KB235152

개미 허리의 추억 (下)

추억편

개미허리의 추억 (下)

김범선 지음

추억편

이담 Books

프롤로그 *prologue*

　한반도의 역사는 이합(離合)의 역사였다. 분열(分裂)과 합산(合算)을 반복해 온 윤회(輪廻)의 역사였다. 우리가 살고 있는 이 시대는 남과 북으로 분열된 시대에 살고 있다. 역사 전체를 놓고 보면 분열의 시대도 역사 기록의 한 과정일 뿐이다. 이 세상에 존재하는 모든 것들은 영원한 이(離)도 없고 영원한 합(合)도 없다. 역사도 하나의 이치(理致)이며 도리(道理)이기 때문이다. 그래서 우리의 역사는 생멸(生滅)의 순리(順理)에 따라 있는 그대로의 현상(現象)을 잘 보여 주고 있다. 다만 밤을 어둠으로 밝히려는 인간들이 그것을 보지 못할 뿐이다.

　전쟁문학의 특징은 전쟁이라는 특수 상황 속에서 인간 본성을 적나라하게 보여 주는 데 있다. 삼라만상의 모든 것 중에서 인간을 가장 기쁘게 하는 것은 인간이다. 또한 인간을 가장 괴롭히는 것도 인간이다. 이 소설의 특징 역시 전쟁이라는 특수한 여건 속에서 인간의 삶을 재조명하고 밝히는 데 있다.

　독자 여러분들께서는 이 소설의 전편에서 전쟁이라는 거대한 톱니바퀴 속에서 인간은 아주 무력하며 한없이 나약한 존재임을 보았을 것이다. 이 세상에서 전쟁만큼 추악한 범죄는 없다. 전쟁은 어떤 명분으로도 합리화가 될 수 없으며 정당성을 입증할 수가 없다.

전쟁은 승자가 없다, 오직 패자만 있을 뿐이다. 전쟁에서 패자는 인간이며 유일한 승자는 전쟁 그 자체일 뿐이다. 한 국가의 역사는 진실만으로는 성립되지 않는다. 왜냐하면 정권은 짧고 국가는 영원하기 때문이다.

小白山 心池堂에서

梵善

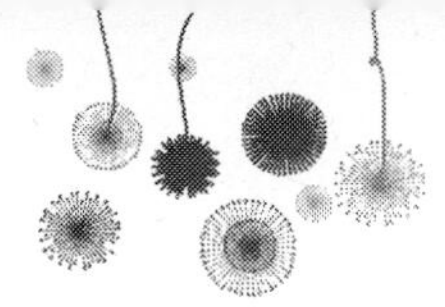

목차 contents

#1 노염의 나루

1967년 12월 20일 울진군 기성초등학교.

오랜 침묵 끝에 을수의 동생 세란이가 어렵게 입을 열었다. 그녀는 눈물을 글썽이며 말을 했다.

"아빠가 네게 전하랬어. 엄마는 반대를 했지만 아빠가 꼭 그렇게 하라고 말씀하셨어. 그래야 네가 오빠를 잊을 수가 있대."

세란이는 오랜만에 지혜를 찾아 기성국민학교로 왔다. 겨울 바닷가에 학교는 스산하고 황량하였다. 두 사람은 학교에서 나와 지혜의 자취방으로 갔다. 그리고 방 안에 들어가 마주 앉자, 세란이는 을수가 월남에서 전사를 했다고 말했다. 월남에 있는 을수의 소속 중대장이 편지를 보내왔다고 말했다.

전사 통지서와 편지를 받고 엄마는 기절을 했고 엄하기만 했던 아버지는 통곡을 하며 병이 나서 몸져누워 있다고 말했다. 세란이의 말을 들은 우지혜의 얼굴이 새파랗게 질렸다. 그녀는 말없이 방바닥을 내려다보았다. 전기풍로와 냄비, 그리고 쌀자루와 앉은뱅이책상, 겨울 방학을 일주일 앞둔, 우지혜 선생은 갑자기 그 모든 것이 낯설게 느껴졌다.

지혜의 얼굴이 점점 흐려졌다. 그녀의 얼굴은 창백하게 질려 있었다. 그리고 고개를 숙이며 쓰러졌다.

"지혜야! 지혜야!"

세란이가 지혜를 왈칵 껴안으며 울음을 터트렸다.

"아냐, 절대로 그럴 리가 없어. 오빠는 죽지 않았어."

지혜는 을수가 전사하지 않았다고 중얼거렸다. 을수가 죽었다면 그녀가 모를 리가 없다는 것이다.

"지혜야, 편지를 좀 봐. 중대장님이 보낸 거야."

세란이가 가방 속에서 한 통의 편지를 꺼내 조심스럽게 내밀었다. 그 편지는 월남에서 변을수 일병의 소속 중대장이 보내온 것으로, 변 일병은 킬러밸리에서 매복 중 적과의 교전으로 행방불명이 되었으며 그날 밤의 치열한 격전으로 전사자로 처리되었다고 했다. 전사로 추정하는 근거로는 이튿날 수색조가 매복 지점에서 변을수 일병의 전투 배낭을 찾아냈으나 시신은 발견할 수가 없었다고 말했다. 교전 지역에는 피아간의 치열한 전투로 형체를 알아볼 수 없는 시신이 여러 구가 있었으나, 신원을 정확하게 파악할 수 없었으며 현장의 접근이 어려웠다고 적혀 있었다.

중대장의 편지를 읽은 지혜는 단호한 표정으로 말했다.

"오빠는 아직 죽지 않았어. 오빠가 죽었다면 내가 모를 리가 없지. 넌, 영혼의 존재를 믿지 않니? 난 오빠가 월남으로 떠나간 후 이곳으로 와서 매일 밤 저 바다를 바라보며 기도를 했어.”

그녀는 벌떡 일어나 바다를 향한 작은 창문을 열었다. 철썩거리는 파도 소리와 함께 비릿한 갯바위 냄새가 코를 찔렀다. 파도는 지혜가 거처하는 자취방의 마당 앞까지 밀려오고 있었다.

“세란아, 내가 왜 여길 온지 아니? 오빠 때문이야. 저 바다를 바라보고 있으면 오빠를 보는 것 같아. 수평선 저 멀리서 오빠가 내게 손짓을 하고 있는 거야. 여기선 오빠가 훨씬 더 가깝게 느껴져. 저 바다 끝이 보이지? 저긴 월남이야. 난 바다 건너 저편에 있는 오빠와 밤새워 이야길 했어. 지난밤에도 늦도록 오빠와 대화를 했지.”

그녀의 얼굴에는 무서운 광기가 어려 있었다. 확신에 찬 단호한 표정과 믿음은 변세란을 무섭게 만들었다. 남녀 간의 사랑은 신비한 힘을 가지고 있는 것 같았다. 중대장이 을수 오빠가 전사했다는 편지까지 보내왔는데도 우지혜는 믿으려 하지 않았다.

“지혜야, 정말 오빠가 살아 있을까?”

세란이가 지혜의 눈동자를 마주 보며 물었다

“오빠는 아직 살아 있어. 난 알 수가 있지. 오빠에게 무슨 일이 있었다면 내가 어떻게 오빠와 밤마다 대화를 나눌 수가 있었겠어? 중대장님이 을수 오빠가 죽었다고 편지에 쓴 날 밤은 잠을 잘 수가 없었어. 눈만 감으면 악몽에 시달렸지. 그러나 오빤 죽지 않았어.”

지혜는 확신에 차서 말했다.

“오빠가 살아 있다면 얼마나 좋겠니.”

“세란아, 오빠는 안 죽었어. 어딘가 분명히 살아 있을 거야.”

“불쌍한 을수 오빠!”

“오빤, 혜화동 최고 부잣집에 태어났으면서도 언제나 가난했어. 둘

이서 만날 때도 내가 찻값을 냈어. 네 아빠는 을수 오빠를 언제나 데려온 자식처럼 구박을 했지.”

“지혜야, 나도 너처럼 아빠를 이해할 수가 없었어. 어린 시절부터 아빠에게 부당하게 대우를 받는 오빠가 이상했지. 그러나 이번에 그 해답이 풀렸어. 오빠의 전사 통지서를 받고 가장 충격을 많이 받은 사람은 아빠였어. 평소에 혈압이 높았던 아빠는 이번 일로 뇌출혈을 일으켜 폐인이 되셨어.”

“어머나, 어떡해.”

“생명까지 위독하셨지, 의식이 조금 회복되자 아빠가 이렇게 말했어. 아빠는 젊은 시절 이북에서 단신으로 월남을 했는데 무척 고생을 하셨대. 공사판 노동자로 시작한 아빠가 건축업과 부동산으로 많은 재력을 쌓자 자기의 유일한 분신인 아들에게 가업을 물려주고 싶어 하셨지. 그러나 착하기만 하고 무능한 오빠는 아빠의 일에 관심이 없었어. 아빤 그게 싫었나 봐. 오빠를 점점 더 미워하게 된 거지. 아빠는 지금 서울의대 병원에 입원하고 계시는데 의식이 없는 아주 중태야.”

“그렇게 위독하셔?”

“응, 담당 주치의는 희망이 없다고 말했어. 불쌍한 아빠! 처음 오빠의 전사 소식을 듣고 아빠는 눈물을 흘리며 이렇게 말씀하셨어. 십 년이 걸려 초가삼간을 지었는데 누워서 천장을 바라보니 어두운 밤하늘에 잔별만 보이는구나. 내 인생은 헛살았다. 그렇게 통곡하시며 쓰러졌어.”

“저런.”

“아빠는 애써 쌓은 재력을 단 하나뿐인 아들에게 물려주기 위해 오빠를 혹독하게 훈련시키고 있었어. 그런데 오빠가 전사하다니…….
아빠에게는 하늘이 무너진 거나 다름없지. 우리 모두는 아빠의 깊은
속을 모르고 을수 오빠를 미워하는 줄로 알고 있었어.”

밤이 늦도록 두 사람은 지난 이야기를 하며 웃다가 울며 잠이 들
었다.

부산 군사전용 제4부두 앞 2차선 도로에는 많은 환송객들이 모여
부두 위병소의 정문이 열리기를 기다리고 있었다. 그들은 모두 오늘
월남으로 출발하는 장병들의 가족들이었다.

부두 위병소 정문 헌병이 바리케이드를 걷어 올리자 수많은 환송
객들은 마치 경주라도 하듯 배를 향해 뛰기 시작했다.

사람들은 미친 듯이 그렇게 배를 향해 달음질을 치기 시작했다.
그 속에는 우지혜도 끼여 있었다.

부둣가에는 회색의 거대한 병력 수송선 가이거호가 높은 성곽처럼
버티고 있었다. 7층 건물의 높이와 맞먹는 큰 배는 마치 생전 처음
보는 괴물과도 같았다. 파월 장병들은 보안을 위해 이미 02시에 승
선을 완료하고 있었다.

부두에는 악기를 손에 든 군악대와 꽃다발을 가슴에 안은 여학생
들, 그리고 장병들을 환송하기 위해 나온 많은 인파들이 모여 있었
다. 벌써 장병들은 가이거호의 상갑판에 나와 환송객들을 내려다보
며 손을 흔들고 있었다.

지휘부가 부둣가에 정열을 완료하자 마이크에서 “제대 차렷” 하고
구령을 불렀다. 지혜는 부둣가에 정렬한 지휘부 장병들을 재빨리 훑
어보았다. 을수의 모습은 찾아볼 수가 없었다.

오색의 만국기가 펄럭이고 군악대가 "도라지 도라지" 하고 흥겨운 타령을 연주하자, 까만 교복을 단정히 차려입은 여학생들이 지휘부 장병들의 목에 꽃다발을 걸어 주기 시작했다.

지혜는 발돋움을 하고 배를 올려다보았다. 배는 회색의 거대한 성벽처럼 바다를 가로막고 있었다. 내려다보고 있는 장병들의 얼굴들이 손바닥만 한 크기로 아주 작게 보였다. 장병들의 얼굴은 전부가 비슷한 것 같았다. 수많은 장병들 속에서 변을수의 얼굴을 찾아낸다는 것은 불가능한 일이었다.

"영자야, 여기다 여기!"

장병들이 뱃전에서 오색 테이프를 던지며 애인의 이름을 불러댔다. 장병들은 환송객들의 관심을 끌고 싶어 했다. 그러나 많은 군인들 속에서 "지혜야" 하고 부르는 사람은 없었다.

"자유 통일 위해서 조국을 지킵시다, 그 이름 맹호부대, 맹호부대 용사들아."

군악대가 맹호가를 연주하자 수많은 환송객들과 장병들은 목이 터져라 합창을 하기 시작했다. 환송객으로 나온 어떤 아가씨가 배를 향해 꽃다발과 오색 테이프를 힘껏 던졌다. 그리고 손을 입술로 가져가며 키스를 보내기 시작했다. 장병들이 "와아" 하는 함성을 지르며 그녀에게 꽃다발을 던졌다. 곧이어 지휘부가 부두에서 가이거호로 승선을 완료했다.

"부웅부웅!"

가이거호가 힘껏 뱃고동을 울리자 14,000톤의 거대한 수송선은 예인선에 이끌려 천천히 움직이기 시작했다. 지혜는 부끄러움도 잊은 채 실성한 여자처럼 변을수를 찾아 헤맸다. 어느새 을수를 부르는 그녀의 목소리에는 울음소리가 섞여 있었다. 이제 그와 헤어지면 영원히 만날 수가 없을 것만 같았다.

"일남아!"

우지혜 옆에 서 있던 아주머니가 아들의 이름을 부르며 부두 바닥에 털썩 주저앉았다. 그리고 목 놓아 울음보를 터뜨렸다. 그때였다.

"지혜야!"

어디선가 그녀를 부르는 목소리가 아련히 들려왔다. 그녀는 수많은 사람들 속에서 다시 한 번 장병들의 얼굴을 올려다보았다. 상갑판으로 올라가는 사다리 위에서 한 병사가 철모를 벗어 미친 듯이 흔들고 있었다. 지혜가 애타게 찾던 변을수였다. 변을수는 손에 들고 있던 작은 물건을 힘껏 던졌다.

지혜는 단숨에 달려가 을수가 던져 준 물건을 주워들었다. 그것은 매듭을 묶은 손수건이었다. 그녀는 손수건의 매듭을 풀었다. 매듭 속에는 손수건이 더 멀리 날아갈 수 있도록 십 원짜리 동전이 들어 있었다. 그녀는 하얀 손수건을 펴 보았다. 만년필로 황급히 갈겨쓴 글씨가 눈에 들어왔다.

"지혜야 사랑하는 지혜야.

노염의 나루를 떠나 바다 건너간다. 세월이 흘러 사람은 떠나가도, 오직 불변하는 사랑이 여기 남아 영원히 너와 함께한다."

그녀는 손수건을 잘 받았다는 신호로 두 팔을 힘껏 흔들었다. 수송선이 예인선에 이끌려 천천히 제4부두를 떠나가자 지혜는 배를 쫓아 뛰어가기 시작했다. 뱃전에 서 있던 수많은 장병들이 함성을 질러댔다.

“뛰어요 아가씨, 더 빨리! 월남까지 갑시다.”

장병들은 입을 모아 응원의 함성을 질러댔다. 그녀는 두 주먹을 불끈 쥐고 경주 선수처럼 달렸다. 배가 조금씩 멀어져 갔다. 지혜가 부둣가에 쓰러졌다. 장병들이 소리쳤다.

“일어나요 아가씨, 어서 일어나.”

지혜가 왈칵 울음보를 터트렸다. 그녀는 부끄러움도 잊은 채 두 다리를 뻗고 울었다.

“오빠, 으흑흑…….”

지혜는 손수건을 움켜쥐고 울음보를 터트렸다.

“지혜야, 왜 그래? 지혜야!”

세란이가 지혜를 흔들어 깨웠다. 그녀의 몸뚱이는 땀에 흠뻑 젖어 있었다. 지혜의 얼굴은 불덩어리처럼 달아올라 있었다.

“지혜야, 꿈꿨니? 여기 물.”

세란이가 머리맡에 있는 주전자의 물을 컵에 따라 주었다.

“너, 오빠 꿈 꿨지?”

“응.”

“울면서 오빠 이름을 막 불러댔어.”

“정말?”

“그래 계집애야. 무슨 꿈을 꿨니? 말해 줘.”

지혜는 말없이 컵의 물을 마시고 고개를 숙였다.

“말 안 할 거야? 빨리 말해 줘, 응.”

“부둣가에는 환송 인파가 굉장히 많았어. 난 을수 오빠를 태운 배를 따라가려 무척 애를 쓰며 쫓아갔는데 따라갈 수가 없었어. 수많은 장병들이 배를 타고 힘차게 군가를 부르면서 부두를 떠나갔어.”

"을수 오빠를 봤어?"

"응, 오빠도 군인들 속에 있었어. 오빠 상갑판 꼭대기 마스터 옆 계단에 서 있었는데 하얀 이빨을 드러내며 활짝 웃고 있었지. 군악대가 연주를 하자 군중들이 손에 태극기를 흔들며 맹호가를 합창했어. 그리고 노염의 나루를 배가 떠나갔어."

"노염의 나루? 그게 어디야?"

"군인들이 배를 타고 떠나간 부두야. 오빠가 손수건에 그렇게 썼어. 4부두를 그렇게 부르나 봐."

"손수건에 뭘 썼는데?"

"응 그거, 손수건에 십 원짜리 동전을 싸서 부두로 던졌어. 어머, 동전! 어머머……. 동전이 여기 있네. 정말 손바닥 속에 있네. 어떻게 된 거야? 꿈속에서 동전을 받았는데, 이게 어떻게 된 거지?"

지혜의 손바닥에서는 땀에 전, 10원짜리 동전 하나가 쥐어져 있었다. 그녀는 동전을 보고 너무 놀라서 입이 딱 벌어졌다.

"을수 오빠는 살아 있어. 이건 을수 오빠가 살아 있다는 증거로 내게 보낸 거야."

지혜는 넋이 나간 듯 중얼거렸다.

#2 사랑과 영혼

- 너와 나의 영혼 -

12월 겨울 바다의 파도는 어둠 속에서 차갑게 밀려오고 있었다. 바다 위에는 이제 막 둥근 보름달이 두둥실 하늘 높이 떠오르고 있었다. 지혜는 변을수의 전사 통지서를 믿을 수가 없었다. 을수가 죽었다면 그녀가 모를 리가 없었다. 아직도 그녀는 변을수의 죽음을 믿지 않고 있었다. 그녀는 지금도 변함없이 매일 1통씩 월남으로 편지를 보내고 있었다.

방바닥에 엎드려서 편지를 쓰고 있던 그녀는, 부엌 아궁이에 연탄불을 갈기 위해 일어났다. 연탄불은 자기 전에 갈아 놓아야 했다. 부엌으로 나오자 밖은 엄청나게 추웠다. 그녀는 서둘러 아궁이에 연탄을 갈고는 방 안으로 들어왔다. 그리고 백열등 스위치를 비틀어 불을 끄고 담요를 덮고 누웠다. 눈부신 하얀 달빛이 바다를 향한 작은 창문으로 살며시 기어 들어오고 있었다. 그녀는 하품을 길게 하고는 두 눈을 스르르 감았다.

　지혜는 을수와 함께 종로 3가에 있는 음악 감상실에서 노래를 들으며 따끈한 커피를 마시고 있었다. 그녀는 마주 앉은 바보 같은 사내의 해맑은 눈동자를 가만히 들여다보았다.

　"당신과 나 사이에 저 바다가 없었다면 쓰라린 이별만은 없었을 것을."

　요즘 한창 유행하고 있는 노래가 흘러나오고 있었다. 을수의 눈동자는 지혜에게 무엇인가 애원을 하고 있었다. 그의 새까만 눈동자는 자신의 감정을 숨기는 법이 없었다. 언제나 말보다 눈동자가 더 솔직하게 말을 하고 있었다. 그의 눈은 이렇게 말하고 있었다.
　"지혜야 그만 여길 나가자. 숨이 막혀 죽겠어. 동작동 국립묘지 잔디밭에 가서 알밤이나 구워 먹자."
　지혜는 자신이 어떻게 을수의 마음을 읽었는지 스스로도 신기했다.
　"오빠, 여기서 나가고 싶지, 그치? 국립묘지에 가서 모닥불에 알밤을 구워 먹고 싶지?"
　"어떻게 알았어?"
　변을수가 빙그레 웃으며 물었다.
　"눈동자가 그렇게 말하는걸."
　두 사람은 감상실에서 나와 흑석동으로 가는 버스를 탔다. 그리고 중앙대 앞 흑석동 시장에서 햇밤을 한 됫박 산 다음 동작동 국립묘지를 향해 걸어갔다. 국립묘지는 일부만 묘지로 사용을 하고 나머지는 울타리도 없이 갈대만 수북이 우거져 있었다. 군인들의 묘지 부근에서 조금만 외곽으로 나오면 잡초가 우거진 갈대밭으로 동네아이들의 놀이터도 되고 연인들의 데이트 장소이기도 했다.

　　동작동 국립묘지에 도착하자 을수는 소풍 가는 소년처럼 신이 나서 좋아했다. 지혜는 그가 좋아하는 모습을 보며 동작동으로 오기를 잘했다고 생각을 했다. 당시만 해도 동작동 국립묘지를 찾아오는 사람들은 아주 드물었다.

　　일부만 묘지로 사용하고 있어 그곳에 근무하는 사람들의 눈길이 미치지 않는 곳도 많았다. 두 사람은 그곳에 잠들어 있는 병사들의 묘비명을 구경하며 뒤편 언덕 위로 올라갔다. 묘지에는 많은 전사자들의 유해가 누워 있었다. 전쟁터에서 죽은 병사들의 이야기는 두 사람과는 전혀 상관이 없는 남의 일이었다.

　　군인들의 묘지를 지나서 넓은 갈대밭으로 갔다. 하얀 갈대가 깃발처럼 춤을 추는 언덕 위에서 을수는 나뭇가지를 줍고 지혜는 모닥불을 피웠다. 그리고 알밤을 모닥불에 집어넣었다.

　　탁탁 소리가 날 때마다 노란 밤알이 톡 튀어 나왔다. 두 사람은 모닥불에서 노란 밤알을 주워 먹으며 사랑을 속삭였다.

　　갑자기 불똥이 탁탁 소리를 내며 높이 튀어 올랐다. 깜짝 놀라 뒤로 물러섰다. 그런데 그 불똥이 을수의 옷깃에 옮겨 붙었다. 당황한 을수는 놀라서 옷깃을 털며 불을 끄려 했으나 불길은 어느새 몸 전체에 옮겨 붙어 버렸다. 을수는 불길에 휩싸이며 처참하게 울부짖었다.

　　"살려 줘, 지혜야!"

　　어느새 그의 몸은 피투성이가 되어 있었다. 옷은 갈기갈기 찢어져 걸레가 되어 있었고 오른쪽 팔은 어깨에서부터 절단되어 떨어져 나가고 없었다. 상처 부위에서는 붉은 핏줄기가 분수처럼 뿜어져 나오고 있었다. 그는 도살장에서 도끼를 맞은 돼지처럼 괴상한 목소리로 울부짖었다.

“지혜야 살려 줘!”

그는 울부짖으며 피투성이가 된 손을 내밀어 그녀의 옷깃을 거머잡았다.

“으악!”

지혜는 놀라서 비명을 지르며 잠에서 깨어났다. 온몸이 땀에 흠뻑 젖어 있었다. 그녀는 겁에 질려 꼼짝도 할 수가 없었다. 손끝 하나도 까딱할 수가 없었다. 방 안은 이해할 수 없는 음산한 냉기와 요사스러운 기운으로 가득 차 있었다. 눈이 부신 푸른 달빛이 창호지 문턱의 중간에 걸려 있었다. 그녀는 하얀 창호지에 어리는 달빛에 눈이 부신 듯 손으로 두 눈동자를 비볐다. 그리고 손을 떼는 순간, 무서운 비명 소리를 내질렀다.

하얀 창호지 문 위에 검은 그림자가 떠오르고 있었다. 바람에 흔들리는 앙상한 감나무 잔가지 사이로 또렷이 내비치는 검은 그림자, 그것은 방금 본 변을수의 모습이었다.

조금 전 꿈속에서 피투성이가 된 채 그녀의 옷깃을 거머잡았던 을수가 창문에 바른 문종이 위에 검은 그림자로 천천히 떠오르고 있었다. 을수는 철모를 쓰고 오른쪽 팔이 절단된 채 지혜를 향해 마주보고 서 있었다. 그녀는 깜짝 놀라 책상 위에 놓인 괘종시계를 바라보았다. 시계 바늘은 자정이 지나 어느새 1967년 12월 22일 1시 24분을 가리키고 있었다.

“오빠!”

지혜가 목이 메어 울부짖었다. 둥근 보름달이 조금씩 기울자 창호지 위에 비치는 을수의 그림자는 점점 위쪽으로 올라가기 시작했다. 드디어 을수의 그림자가 창호지 문에서 완전히 사라져 버렸다.

"오빠!"

그녀는 방문을 걷어차고 밖으로 뛰쳐나갔다. 그리고 을수의 그림자를 찾았다. 텅 빈 마당에는 하얗게 파도만 밀려오고 있었다. 그녀는 바닷가에 우두커니 서서 밤하늘을 올려다보았다. 쟁반같이 둥근 보름달 위로 음산한 한 조각의 구름이 외롭게 떠돌며 지나가고 있었다. 그녀는 왈칵 울음을 터뜨렸다. 그리고 이내 땅바닥에 다리를 쭉 뻗고 앉아 통곡을 했다.

그녀가 목숨을 바쳐 사랑하던 사람이 마지막으로 어둡고 먼 태평양 바다를 건너 그녀에게 이별의 인사를 하기 위해 찾아온 것이다. 이제 을수는 그녀 곁을 영원히 떠나 버린 것이다. 그것은 시공을 초월한 한 남자의 사랑이 하얀 달빛이 되어 연인에게 마지막 작별의 인사를 하기 위해 멀고 먼 겨울 밤바다를 건너온 것이다. 그들은 오직 남녀 간의 지극한 사랑의 힘으로 영겁에 갇힌 시간 속에서 찰나에 비밀의 문을 열고 서로 사랑하는 사람을 볼 수가 있었다.

그날 밤 같은 시간. 멀고 먼 태평양 바다 건너 낯선 이국의 땅, 킬러밸리에서 변을수 일병은 적의 정글도에 오른쪽 어깨를 맞고 팔이 절단된 채 비명을 지르며 쓰러졌다. 그는 7중대가 킬러밸리 입구 매복 전투에서 전사자로 처리된 후에도 개미허리 김이수 하사, 임태호 상병과 함께 29일 동안을 더 살아 있었다. 그러나 오늘밤 이 시간, 01시 24분에 킬러밸리 월맹군 38연대의 탄약고 부근에서 적에게 노출이 되어 정글칼을 맞고 전사하였다.

월남전 파병은 1964년 월남정부의 군사적인 지원 요청에 의해 제44대 국회 본회의에서 해외 파병 동의안이 가결됨에 따라 시작되었다. 1964년부터 1973년 3월 23일 마지막 철수 시까지 8년 8개월 동안 연인원 372,850명이 참전하였다.

그리고 참전자 중 한국군 5,077명이 사망하였고 10,960명이 부상을 당했다. 그리고 미군들이 살포한 고엽제에 7만여 명이 피폭을 당하여 지금도 투병 생활을 하고 있다. 1964년에는 비전투 부대인 의무부대와 비둘기 부대가 월남으로 갔다. 그러나 주월 한국군 사령부가 월남에 창설됨에 따라 맹호부대, 백마부대, 청룡부대, 십자성 부대, 백구부대, 은마부대 등 전투부대가 파병이 되었다.

병사들은 자기들을 강제로 낯선 이국의 전쟁터로 보낸 부산의 제4부두를 '노여움의 나루'라고 불렀다. 제4부두(노염의 나루)에서 월남으로 파병된 372,850명의 장병들 중에 5,077명은 그곳에서 전사하여 귀국선을 타지 못했다. 그들은 한때 자기들을 그곳으로 보낸 조국으로부터 용병이라고 비난을 받으며 박대를 당했다. 대한민국 근대화의 초석이 된 그들을 과거 정부는 용병으로 매도하며 비난을 했다. 그들은 개인의 자격으로 월남으로 간 것이 아니었다. 372,850명의 병사들은 조국의 이름으로 하나뿐인 자신의 소중한 생명까지 국가에 바치며 충성을 다했으나, 정부는 그들을 배신하며 외면을 하였다.

오늘날 우리가 누리는 물질적인 풍요와 선진 한국의 경제적인 부는 낯선 이국에서 자신의 소중한 생명을 조국에 바치며 산화한 이름모를 병사들의 피와 눈물이 이룩한 것이다.

잊지 마오, 조국이여! 그들을 기억해 주오. 아직도 귀국선을 타지 못한 5,077명의 젊은 병사들은 조국을 향해 밤이면 푸른 중대기를 앞세우고 군화 소리도 요란하게 '진짜사나이'를 부르며 어둡고 먼 태평양 바다를 건너오고 있다.

#3 도깨비 같은 놈

풋갓 비행장 경비대 소속, 19번 해안도로 순찰대는 가랑비를 맞으며 해안선을 수색하고 있었다. 19번 해안도로는 넓은 들판을 지나 태평양 연안을 끼고 북쪽으로 올라가고 있었다.

수색대는 통상적인 순찰 업무였기 때문에 수색은 건성으로 하고 지난밤 P.X에서 비밀리에 상영한 이태리산 포르노 영화에 대해 킬킬거리며 야한 농담을 하고 있었다.

갑자기 분대장 덴 스미스 하사가 "허쉬(쉬)!" 하고 속삭이며 갈대밭에 엎드렸다. 그리고 파도가 끊임없이 밀려오는 해안의 모래톱을 손가락으로 가리켰다.

해안은 태풍의 영향으로 높은 파도가 치고 있었다. 파도는 하얀 물거품을 일으키며 해변으로 밀려들어 오고 있었다.

19번 해안도로가 지나는 이곳 해안은 내륙에서 흘러내린 강물이 킬러밸리를 통과하여 태평양 바다와 합수되는 지점이었다.

우기에 접어든 지금은 내륙의 폭우로 많은 흙탕물이 바다로 유입되고 있었다.

덴 분대장이 가리키는 모래톱에는 사람으로 추정되는 검은 물체가 있었다. 분대는 재빨리 사주 경계를 하고 월터 일병을 첨병으로 내보냈다. 모래톱으로 접근한 월터는 수신호로 그것은 사람인데 V.C나 월맹군 병사의 시체로 보인다고 전해 왔다.

분대는 산개하여 곧 그 시신에 접근을 시작했다. 시체는 형편없이 찢어져 걸레가 된 군복을 입고 있었다. 시체는 얼굴 윤곽이 뚜렷한 다부진 몸매를 하고 있었다. 특히 허리가 한 줌밖에 되지 않는 깡마른 사내로 전체적으로 날카롭고 빈틈이 없는 얼굴을 하고 있었다. 굳게 다문 입술 가에는 검붉은 피가 말라붙어 있었다. 하반신은 해변의 모래톱에 반쯤 파묻혀 있었다.

모래 속에서 삐쭉이 내밀고 있는 정글화는 심하게 불에 그슬려 있었다. 월터 일병이 빠른 손놀림으로 시체의 허리띠에 인계 철선을 묶었다. 그는 시체가 흔들리지 않게 조심해서 작업을 마쳤다. 그리고 철선을 끌고 30m 후방에 있는 모래 언덕 뒤에 숨었다. 그리고 줄을 힘껏 잡아당겼다.

시체는 모래톱을 빠져나와 한 바퀴 떼구루루 구르고는 하늘을 향해 반듯하게 누웠다. 분대는 그제야 안심하고 시체의 주변을 에워쌌다.

그들이 그렇게 하는 데에는 그럴 만한 이유가 있었다. V.C나 월맹군들은 시체의 등 뒤에 안전핀을 뽑은 수류탄을 숨겨 놓는 수가 있기 때문이다. 그것을 잘 모르는 병사들은 시체를 수색한답시고 함부로 다루다가 조금만 움직여도 수류탄이 꽝 하고 터져 버렸다.

이제 수색대는 그렇게 흔한 수법에는 걸려들지 않았다. 그들도 처음에는 적이 만든 부비트랩에 걸려 많은 병사들이 죽은 경험이 있었다.

"앗! 시체가 살아 있다."

몸을 수색하던 월터 일병이 비명을 지르며 뒤로 껑충 물러났다. 분대는 깜짝 놀라 재빨리 시체를 에워싸고 총구를 겨누었다.

위생병 베이커가 시체의 맥박을 짚어 보고 재빨리 응급 처치를 시작했다. 그는 살아 있었다. 바로 개미허리였다. 수색대는 서둘러 부대로 귀대를 시작했다.

"빨리 던져라 월터."

베이커 상병이 재촉하자 월터 일병은 M16 소총의 대검을 힘껏 던졌다. 그러나 대검은 벙커의 출입문에 표시된 둥근 원 안에 꽂히지 않고 튕겨 나와 버렸다.

"오오!"

그는 실망에 겨워 신음 소리를 토했다.

수색대의 지하 벙커는 담배 연기가 안개처럼 자욱하게 가득 차 있었다. 월터는 지하 벙커의 나무로 만든 뒷문에 둥근 표적의 원을 그려 놓고 단검 던지기 연습을 하고 있었다.

바야흐로 오늘 오후에는 풋갓 비행장에서 단검 던지기 시합이 벌어질 예정이다. 58공병대의 존슨, 14병기대대의 카우보이 출신의 맥스, 풋갓 비행장의 월터 등은 칼 던지기 시합의 명수들이다.

우기에 접어든 지금, 매일같이 쏟아지는 빗속에 갇혀 지내는 병사들에게 단검 던지기 시합은 가장 큰 축제였다. 그 시합은 보이스 무전기로 인근 부대에도 중계할 예정이었다. 그 시합은 마치 본국에서 미식축구 경기가 방송으로 중계되는 것처럼 인기가 대단했다.

특히 금년에는 어떤 이유 때문인지는 몰라도 월맹군들의 우기 공세가 없었다. 따라서 병사들은 어두컴컴한 지하 벙커 속에 갇혀 지루한 장마에 몸살이 날 지경이었다.

오늘 오후에 풋갓 비행장에서 단검 던지기 시합이 벌어진다는 소문이 나돌자 계속되는 장맛비의 무료함에 지친 많은 병사들의 입을 통해 조금씩 보태지고 과장되어 중부 월남 전 지역에 빠르게 퍼져 나갔다.

중부 월남 지구 파월 미군 장병 단검 던지기 시합은 부수적으로 대규모 도박으로 이어졌다. 마치 경마에 돈을 거는 것과 마찬가지였다. 이번 시합의 공식적인 프로모터는 풋갓 비행장 P.X의 먼데이 병장이었다.

58공병대의 존슨과 14병기대대의 맥스는 이미 도착해서 몸을 풀고 있었다.

앙케에 주둔하고 있는 2사단의 흑인 챔피언 로저가 이 시합에 참가하기 위해 풋갓 비행장으로 오고 있다는 보이스가 날아들었다. 2사단의 로저와 전차 대대의 폴이 도착하면 바로 시합에 들어갈 것이다.

풋갓 비행장의 영웅 월터 일병은 이 시합에 대비하여 지하 벙커에서 연습을 하는 중이었다.

"탁, 타닥."

나무판자에 무엇인가 부딪치는 듯한 둔탁한 소리가 들려왔다. 어쩌면 물건을 던지는 소리처럼 들리기도 했다.

이따금 "와아" 하는 함성과 함께 응원하는 목소리도 들려왔다. 그것은 운동회 날 마을 대항 400m 경주를 시작할 때 구경꾼들이 지르는 함성과도 같았다.

"얏, 타닥!"

또다시 함성이 울리며 왁자지껄하게 떠드는 소리가 들려왔다. 그러나 개미허리는 그 소리가 무엇인지 전혀 알아들을 수가 없었다. 개미허리는 잠속에 빠져 있었다. 그리고 비몽사몽 중에 옛날로 돌아갔다.

개미허리 김이수는 안동시 일직면에서 누대로 내려오는 대지주 집안의 5형제 중 4번째 아들로 태어났다.

아버지가 사변 때 죽자 어머니인 일직댁이 아들 다섯을 데리고 야반도주를 해 안동 마뜰에서 자리를 잡았다. 그들의 집은 선어대 제방 밑에 있는 허허벌판에 우두커니 볼품없이 서 있었다.

겨울철이며 선어대 강둑으로 살을 에는 북서풍이 불어왔다. 그러나 여름철이면 들판 가득히 풍성한 수박과 참외 등이 지천으로 널려 있었다.

형제들은 야생마처럼 넓은 들판을 마음껏 뛰놀며 자유롭게 살았다. 어머니 일직댁은 체격은 작았으나 머리가 아주 비상하고 강인한 성격을 가진 여걸이었다.

사람들은 김이수의 형을 '와이'라고 불렀다. 알파벳의 Y가 아니고 경상도 사투리 때문에 '왕'이 '와이'로 발음이 된 것이다. 왕처럼 동네를 제 마음대로 휘젓고 다닌다고 붙여진 별명이었다. 그들 5형제는 하나같이 모두 미남이었는데 그중에서도 와이는 정말 잘생긴 학생이었다. 그는 쌍꺼풀이 진 둥근 눈과 여자처럼 하얀 피부를 가지고 있었다. 그러나 싸움판에서는 어느 누구도 따라올 수 없는 대담한 용기와 투지를 가지고 있었다.

그에 대한 일화는 지금도 많은 사람들의 입에 오르내리고 있다. 고등학교에 다니던 어느 날, 와이는 느닷없이 법흥교를 지나가는 학생들의 통행세를 받겠다고 나섰다. 그가 그렇게 하는 이유는 불우 학생들의 공납금을 내기 위해서라고 했다.

그는 안동시로 들어오는 관문인 법흥교를 가로막고 지나가는 학생들에게 통행세를 받기 시작했다. 학교에서 그 사실을 알고 와이를 족쳤지만 그는 능글맞게 웃으며 본교 학생들은 통행세를 제외시키겠다고 말했다. 그리고 이튿날부터 본교 학생들은 통행세가 제외되었다.

그는 당시 주먹 세계의 보스였다. 그의 보스다운 기질은 언제나 공정하고 사내다웠다. 그래서 그는 여학생들에게 인기가 좋았다. 그가 생글생글 웃으며 여학생을 한 번만 쳐다보면 마음을 빼앗기지 않는 여학생들이 없었다.

다섯 형제는 일직댁이 뼈 빠지게 일을 해서 공부를 시켰지만 언제나 공부는 건성으로 하고 운동을 좋아했다. 형제들은 저녁을 먹고 낙동강의 넓은 백사장에 나가 운동을 했다. 역기도 들고 평행봉도 하며 태권도와 권투도 했다. 추운 겨울철에 살을 에는 북서풍이 불어오는 날에도 웃통을 벗고 땀을 뻘뻘 흘리며 운동을 했고 더운 여름철에도 그들은 체력 단련을 했다.

그렇게 운동을 하다가 목이 마르면 마뜰의 넓은 들판의 참외밭과 수박밭에서 먹고 싶은 대로 과일을 따다 먹었다.

언젠가 한번 그들 형제들이 밤에 수박밭에 서리를 갔다. 그들이 수박밭을 휘젓고 다닐 때였다.

"거기 누고? 이놈들아, 그 자리에 서지 못할꼬?"

주인 영감이 고함을 지르며 원두막에서 내려오려고 했다. 그런데 갑자기 원두막이 지진이라도 난 것처럼 심하게 흔들거렸다. 이런 장난을 할 사람들은 오직 일직댁 망나니들뿐이었다. 주인 영감은 오히려 사정을 했다.

"니 와이 맞제? 제발 곱게 따가거래이. 먹을 만큼만 따 가거라. 수박 순은 밟지 말고."

잘못 그들의 비위를 거슬러 놓았다가는 금년 농사는 폐농하기가 십상이었다. 그냥 두었다가 내일 아침 일찍이 일직댁을 찾아가 이야기를 하면 후하게 수박 값을 쳐 줄 것이다. 그녀는 언제나 자식들이 한 일을 사과하며 정확하게 계산을 해서 갚았다.

농사철에 과로로 일직댁이 몸져눕자 와이가 어디서 예쁜 여학생을 데리고 와서 식구들의 밥을 짓게 하여 먹었다.

물론 여학생은 일직댁이 딸처럼 데리고 잤다. 3일 만에 여학생이 읍내 자기 집으로 돌아가자 그 다음에는 김이수가 여학생을 데리고 왔다.

일직댁이 몸져누워 있는 동안 다섯 형제는 모두 여학생을 데려다 밥을 해 먹었다. 집에 데리고 온 여학생들은 모두 양갓집의 규수들로 안동 읍내에서는 내로라하는 가문의 자녀들이었다.

일직댁은 그게 무척 신기했다. 망할 놈의 개망나니들이 무슨 재주로 저렇게 남의 귀한 집의 딸들을 후려 오는지 신기하고 궁금했다. 일직댁은 자기 속으로 내놓은 자식들이지만 무척 자랑스럽고 든든했다.

어느 날 팔월 염천의 무더위 속에서 하루 내내 땅콩 밭의 김을 매다가 귀가한 일직댁은 늦은 저녁밥을 짓다가 문득 신세를 비관하며 한탄을 하였다.

나이 서른에 홀로 되어 개망나니 같은 아들만 다섯, 그중에 예쁜 딸 하나만 낳아도 이런 고생은 없었을 걸. 망할 년의 팔자야 더럽고도 더럽다. 이런 날은 딸이 얼마나 좋겠는가?

그러나 도둑놈 같은 아들만 다섯 명이다. 놈들 중 어느 하나도 저녁밥을 짓는 녀석은 없었다. 그녀는 슬픈 마음이 들었다. 그래서 아들 다섯을 모두 불러 마루에 앉히고 목 메인 소리로 이렇게 말했다.

"아무리 생각해도 나는 죽는 게 더 편할 것 같다. 내 팔자가 이 모양이니 더 이상 고생해 봐야 무슨 낙이 있겠느냐? 선어대 물에 빠져 죽기로 작정했으니 말리지 마라."

그렇게 선언을 한 일직댁은 저녁 어둠살이 끼는 낙동강 둑을 따라 선어대로 걸어갔다. 그녀가 길을 나서자 아들들이 우르르 따라 나섰다.

'예이 요놈들! 니들 오늘 욕 좀 봐라. 내가 만날 너희들에게 당하고만 있을 줄 알았나?'

그녀는 아주 비감한 표정으로 눈물을 훔치며 낙동강 제방을 걸어갔다.

"왜 따라오냐? 그만 들어가거라."

일직댁은 그렇게 말하며 속으로 무척 고소했다.

'요놈의 자식들아. 어디 혼 좀 나 봐라. 내가 아니면 누가 니들 저녁밥을 챙겨 먹이겠나.'

아들들이 계속 따라 나오자 일직댁이 다시 말했다.

"그만 들어가래도."

그녀는 속으로 쾌차를 부르면 다시 한 번 초를 쳤다. 그런데 막내가 하는 말이

"괜찮아, 엄마! 어서 가 봐. 물에 빠져 죽는 것도 구경이잖아. 난

한 번도 사람이 물에 빠져 죽는 걸 못 봤단 말이야."

이게 가장 믿었던 국민학교 2학년 막내 정수 놈의 대답이었다. 그래도 막내 정수만은 울며불며 엄마의 치마꼬리를 잡고 늘어질 줄 알았다. 그런데 막내 너마저……. 일직댁은 아주 실망을 했다.

녀석들은 무엇이 그렇게도 좋은지 저희들끼리 연신 싱글벙글 웃으며 장난질만 했다. 그녀는 더욱 기가 차고 약이 올랐다.

선어대 절벽 위에 올라간 일직댁은 신고 있던 검정 고무신을 나란히 벗어 놓고 벼랑 끝으로 걸어 나갔다.

'이젠 나를 붙잡겠지. 그리고 울면서 나를 말리겠지. 다른 놈은 몰라도 막내는 인정이 아주 많은 아이니 나를 붙잡고 늘어질 거야.'

그런데도 다섯 놈들은 빙글빙글 웃으며 구경꾼들처럼 그냥 지켜보고만 있었다. 절벽 끝에서 까마득히 내려다보이는 시퍼런 강물을 보자 그녀는 와락 겁이 났다. 그리고 기가 찼다. 정말 저 미련한 녀석들은 내가 뛰어내려 죽는다고 해도 구경만 할 망나니들이었다.

'죽긴 내가 왜 죽어? 막내 정수까지 어미가 강물에 빠져 죽는다고 해도 두 눈을 멀뚱거리며 구경만 하고 있는데 내가 왜 죽어?'

일직댁은 그만 억울한 생각이 들었다. 그래서 마음을 돌려 벗어 놓은 고무신을 발에 꿰어 신었다. 그러자 정수가 앞으로 나서며 말을 했다.

"엄마는 물에 빠져 죽는다고 해 놓고는 왜 안 뛰어내려? 모처럼 재미있는 구경 좀 하려는데 왜 그래? 겁이 나서 그래, 빨리 뛰어내려."

황소 같은 다섯 아들놈들이 우우 달려들어 그녀를 달랑 들어 안고는 선어대 절벽 끝으로 걸어갔다. 아들의 품에 안겨 절벽 끝에서 시퍼런 강물을 내려다보자, 그녀는 그만 겁에 질려 황소 같은 비명을 내질렀다.

"에구머니, 이놈들이 사람 죽인다. 사람 살려!"

그녀는 기겁을 하며 비명을 질러댔다.

"이히히 - !"

다섯 아들놈들은 엄마가 죽는다고 비명을 지르자 좋다고 웃으며 엄마를 안고 절벽 끝에서 빙글빙글 돌리며 저희들끼리 장난을 치기 시작했다.

일직댁이 모르는 게 하나 있었다. 아들놈들은 모두 장성한 놈팡이들이었다. 이까짓 선어대 절벽쯤이야 눈을 감고도 하루에 수백 번씩 다이빙을 하고 있었다. 설사 그녀가 벼랑 끝에서 뛰어내린다고 해도 다섯 아들놈들은 물개처럼 저희들의 어미를 구출해 낼 것이다.

녀석들은 그들 나름대로 어미에 대한 깊은 애정과 사랑을 가지고 있었다. 다만 그녀만이 아직도 자식들을 어린애로 착각하고 있었을 뿐이다. 계집애들과 달리 남자 아이들은 엄마에 대한 사랑을 그런 식으로 표현하였다.

그 뒤부터 그녀는 아무리 힘이 들고 어려워도 물에 빠져 죽는다는 말은 하지 않았다. 대신 목을 매달아 죽는다고 공갈을 쳤으나 그 말도 자주 하기가 겁이 났다.

그런데 태풍 사라호로 선어대 제방이 무너지며 살고 있던 집이 모두 떠내려가 버렸다. 농토도 전부 유실되었다.

그녀는 생계가 어려워 망나니 같은 다섯 아들을 데리고 대구시 칠성동 대한방직 후문 앞에 월세방을 얻어서 이사를 했다.

대구로 이사 온 첫날부터 다섯 아들은 이삿짐은 내팽개친 채 똥개처럼 온 동네를 킁킁거리며 냄새를 맡고 다녔다. 그리고 이튿날부터 험상궂게 생긴 칠성동 개망나니들을 모두 집 안으로 불러들였다.

그리고 새벽부터 밤늦도록 기타를 치며 노래를 부르고 술을 처먹고 저희들끼리 싸움을 벌였다.

집주인은 ‘세를 잘못 주었구나’ 하고 후회를 했지만 이미 때가 늦었다.

동네 사람들은 처음에는 시끄럽다고 불평을 했으나 험상궂은 5형제와 건달들을 보자 어느새 기가 죽어 입도 뻥긋하는 사람이 없었다.

형제들의 어머니는 여장부였다. 아무리 험상궂은 깡패들도 그녀 앞에서는 고양이 앞에 생쥐처럼 순해졌다.

“쌍칼아, 저녁밥 짓게 물 좀 떠온나.”

“예 어머님.”

깡패도 그녀 앞에서는 얌전한 토끼로 변했다. 여장부는 남자 다루는 법을 잘 알고 있었다.

형제들은 마냥 불량한 짓만 하는 게 아니었다. 동네의 웃어른들을 만나면 깍듯이 예의를 갖춰 인사를 했다. 녀석들은 안동 일직 지주 집안 출신답게 어린 시절부터 행세하는 양반들의 예의범절을 알고 있었다.

아무리 살기가 어려워도 사정이 딱한 가난한 이웃들에게 베풀어 줄 줄 아는 넉넉한 마음을 가지고 있었다. 이것이 객지 생활을 하는 형제들에게 큰 힘이 되었다.

어느 여름밤에 동인동 깡패들이 떼거리로 몰려와서 형제들에게 도전장을 냈다. 형제들은 종합 운동장에서 동인동 깡패들과 집단으로 패싸움을 벌였다. 동인동 깡패 15명은 다섯 형제들에게 묵사발이 되었다. 그날 밤에 형제들이 싸움에서 패했더라면 그들은 다시 낙동강 선어대 제방 밑의 옛집으로 돌아가야 했을 것이다.

그 뒤부터 대구시 일원에서는 막내 정수까지 마뜰 형님으로 통했다. 와이 형은 칠성동 굴다리 부근에 태권도 도장을 열었다. 그리고 주먹 세계에서는 은퇴를 했다.

그러나 둘째 김이수는 달랐다. 그는 천성이 호랑이처럼 대담하고 여우처럼 교활하고 늑대처럼 겁이 없었다. 그리고 사소한 물욕을 탐내지 않았다. 어느새 그는 대구의 주먹 세계를 통일하는 대부가 되어 있었다. 그는 막강한 권력과 힘을 가진 그 세계의 제왕이었다.

개미허리 김이수는 시끄러운 소리에 잠에서 깨어났다. 멀리서 병사들의 야유와 함성이 질펀하게 들려왔다. 정말 오랜만에 사람 사는 사회로 돌아온 것 같았다.

개미허리는 지난 닷새 동안 물 한 모금도 먹지 못하고 정신을 잃은 채 누워 있었다. 어제 겨우 의식을 회복하고 이곳 정보 장교에게 간단한 심문을 받았다.

경비대 정보과는 즉시 맹호 사단에 개미허리의 인적 사항을 조회하였고 그의 신원은 바로 밝혀졌다. 그는 내일 기갑연대로 떠나는 헬기 편으로 후송될 것이다.

지난 닷새 동안 개미허리는 완전히 죽은 사람이었다. 이곳 비행장 병원의 뛰어난 의술이 아니었다면 그는 목숨을 잃었을 것이다. 군의관들이 포기하고 산소마스크를 제거할 때마다 그의 복부는 불룩하게 솟아오르며 호흡을 시작했다. 그가 겨우 의식을 회복하자 경비대 막사로 옮겨졌다. 그러나 아직도 그는 중환자 상태였다.

얼굴은 그간의 고생과 중병으로 핼쑥하게 야위었고 차갑게 남을 비웃는 듯한 미소도 이젠 찾아볼 수가 없었다. 날씬하고 유연하던 몸매는 겨울 나뭇가지처럼 앙상하게 메말랐고 움푹 팬 두 볼은 길게 상처가 나 있었다. 눈은 황소의 눈깔처럼 흐릿하고 초점이 맞지 않아 촌놈처럼 두리번거리기만 했다.

그리고 이따금 눈가에는 이유를 알 수 없는 눈물이 흘러내렸다.

이곳 병원의 군의관들도 동양 병사의 끈질긴 생명력과 불가사의한 정신력에 감탄을 하고 있었다. 개미허리는 의식이 돌아오자 아주 빠른 속도로 회복을 했다. 그는 왕성한 식욕으로 밥을 먹고는 눈 속의 살쾡이처럼 몸을 웅크리고 계속해서 잠만 잤다. 그는 구사일생으로 목숨을 구한 것이다.

그는 목침대에 누워 손가락의 관절을 딱딱 소리가 나도록 꺾었다. 그리고 자기도 모르게 허리에 차고 있던 탄띠로 손이 갔다. 그러나 생명처럼 소중하게 여겼던 탄띠와 표창은 간 곳이 없었다. 그 대신 포로처럼 헐렁한 미군의 정글복을 입고 있었다. 그는 팔베개를 하고 다시 잠을 청했다. 그때 위생병 베이커가 개미허리에게 다가왔다.

"헤이, 타이거(맹호)! 빨리 일어나라. 빅게임이 벌어졌다. 구경하러 가자."

베이커가 개미허리를 흔들며 말했다. 두 사람은 지난 며칠 동안 깊이 정들어 있었다. 개미허리는 베이커의 헌신적인 간호로 빠른 회복을 보이고 있었다.

베이커는 오하이오 주립 대학의 히스토리 데파트먼트(역사학과) 1학년에 재학 중 입대하였다고 했다. 야전용 침대에 누워 두 눈만 멀뚱거리던 개미허리가 베이커의 허리에 차고 있는 M16 소총의 대검을 가리키며 손을 쑥 내밀었다. 베이커는 영문도 모른 채 빙긋이 웃었다.

"이거 말인가?"

베이커가 대검을 잡고 물었다. 개미허리가 고개를 끄덕이자 그는 허리에 차고 있던 대검을 쓱 뽑아 내밀었다. 침대에 누운 채 대검을 이리저리 돌려보던 개미허리의 얼굴 표정이 묘하게 굳어졌다.

갑자기 개미허리가 침대에서 상체를 벌떡 일으켰다. 순간 M16 대검이 날카로운 소리를 내며 날아갔다. 대검이 막사 출입문의 표적에 정확히, 그리고 깊숙이 꽂혔다.

막사 안에 있던 G.I들이 순간 깜짝 놀라 침대 위에 있는 동양 병사를 바라보았다. 갑자기 누군가 박수를 치기 시작하자 순식간에 병사들은 열광적으로 환호했다. 그들은 타이거 병사가 그렇게 비상한 솜씨를 가지고 있는 줄은 꿈에도 몰랐었다.

타이거는 20m 거리에서 사과 크기의 표적을 정확하게 명중시켜 버린 것이다.

위생병 베이커가 개미허리에게 시합에 대해 자세히 설명하고는 참가할 것을 적극적으로 권유했다. 막사 안의 미군들은 개미허리에게 모두 돈을 걸겠다고 했다.

개미허리는 거절할 이유가 없었다. 개미허리가 승낙하자 찰리 경비대는 몹시 좋아했다. 이 시합은 고액이 걸린 도박판이다. 개미허리가 이 시합에서 이길 수만 있다면 중대는 순식간에 돈방석에 앉을 것이다.

개미허리는 곧 최상급의 귀빈 대접을 받기 시작했다. 그는 장군처럼 경호를 받으며 시합에 참가할 준비를 했다.

오후 2시 10분. 운동장처럼 넓은 사병 휴게실은 입추의 여지 없이 많은 병사들이 빽빽하게 들어찼다. 휴게실 안으로 들어가지 못한 병사들은 억수같이 쏟아지는 장대비를 맞으며 창문가에 붙어 서서 고개를 길게 내밀고 안을 들여다보았다.

선수들이 복싱 선수처럼 보디가드의 호위를 받으며 입장을 했다.

부대장과 장교들도 경기를 참관하고 있었다. 이 시합은 중부 지구에서는 가장 큰 게임이기 때문이다. 경기의 공식적인 프로모터인 P.X병인 먼데이 병장이 간단하게 선수들을 소개했다.

마침내 시합이 시작되었다. 먼저 58공병대의 존슨 하사가 사선으로 걸어 나왔다. 존슨은 시카고 태생으로 몸집이 고릴라처럼 생긴 거구의 사내였다. 그의 체중은 135kg이었다. 그는 손을 번쩍 들어 관중들의 환호성에 답례를 하고는 주최 측에서 건네준 다섯 개의 M16 소총 단검을 성냥개비처럼 가볍게 손아귀에 움켜잡았다.

먼저 그는 10m 거리에서 M16 단검 다섯 개를 던져 표적에 명중시켜야 했다. 그것은 일종의 예선전과 같았다. 그가 예선을 통과하게 되면 그 다음에는 20m 거리에서 10개의 단검을 던지게 될 것이다.

도박판은 경기 횟수에 따라 점점 더 커지게 되어 있었다. 특정 선수가 예선전을 통과하게 될 것인가 하는 문제에 돈을 걸기도 했다. 결선에서는 그 선수의 표적 명중률에 따라 상금의 액수도 달라졌다.

보이스 무전병이 인근 58공병대와 14병기대대, 그리고 2사단에 미식축구 경기를 중계하듯 승률을 전했다.

특히 그중에서도 불청객 타이거 병사의 승률이 10%로 중계되자, 곧이어 타이거가 누구냐고 각 부대에서 조회가 오기 시작했다. 무전병은 타이거 병사에 대해 설명을 하고 그는 태권도 유단자라고 강조했다.

실내가 쥐 죽은 듯이 조용해졌다. 존슨은 사선에 서서 손바닥 안에 거머쥔 단검을 말굽 던지기 식으로 언더로 던졌다. 그의 단검은 다섯 개 전부가 10m 거리에서 가볍게 10㎝ 원 속에 정확히 꽂혔다.

경비대 병사들이 휙 하고 휘파람을 불며 열광을 했다. 다른 선수들도 단검 다섯 개를 가볍게 명중시켰다. 개미허리도 모두 명중을 시켰다.

주최 측에서 출전 선수들에게 맥주를 한 캔씩을 돌렸다. 김이수 하사는 맥주를 사양하고 콜라를 따서 목을 축였다.

휴식 시간에 주최 측은 다시 선수들의 명중률에 돈을 걸기 시작했다. 어떤 특정 선수에게 돈을 걸고 다시 그 명중률에 이중으로 돈을 거는 것이다. 예선을 통과한 지금, 김이수 하사의 승률은 30%로 높아졌다.

선수들은 긴장을 풀기 위해 담배를 피우며 휴식을 취하고 먼 길을 같이 수행한 동료들은 출전 선수들의 팔을 마사지하며 응원을 하고 있었다.

본선 시합이 시작되었다. 타깃이 20m 거리로 멀어지고 표적이 20㎝로 커졌다.

먼저 2사단의 흑인 상병 로저가 단검 10개를 받아 들고 사선으로 걸어 나갔다. 그는 목이 돼지처럼 달라붙은 전형적인 범죄자의 인상이었다. 로저는 갱 영화의 총잡이처럼 두 눈을 똑바로 뜨고 사선 위에 올라섰다. 그는 자욱한 담배 연기 속에서 빙 둘러 서 있는 장병들을 한 번 휘둘러보고는 단검을 던지기 시작했다.

그의 단검 던지는 솜씨는 과연 일품이었다. 총 10개의 단검 중 6개가 표적에 명중하고 4개가 빗나가 버렸다. 관전하는 병사들은 열광적으로 박수를 쳤고 그를 따라온 동료들은 서로 얼싸안고 껑충껑 충 뛰며 아주 기뻐했다. 20m의 거리에서 이런 명중률은 거의 신기에 가까운 솜씨였다.

그 다음에 출전한 58공병대의 존슨이 다섯 개, 14병기대대의 키다리 중사 맥스가 6개의 단검을 명중시켰다. 풋갓 비행단의 루이스는 홈그라운드의 이점을 충분히 살려 장병들의 열렬한 응원을 받으며 등장을 했다.

루이스는 머리를 짧게 깎고 키가 멀대같이 큰 흑인 병사였다. 그는 입대 전에 메이저리그의 트리플 더블 소속의 야구 선수로 포지션이 투수였다고 했다. 그는 투수답게 신중한 자세로 하나씩 던졌다. 그의 솜씨는 초인의 경지에 달해 있었다.

그는 4개까지는 오버로 던져 정확히 표적에 명중시켰다. 다섯 번째는 사이드로 던져 명중, 6번째 실패, 7번째 명중, 8번째 9번째는 실패였다. 그때마다 관중석에서 함성과 탄식이 터져 나왔다.

어느새 그의 얼굴에는 땀이 줄줄 흐르며 러닝셔츠가 흠뻑 젖어 있었다. 조금 전까지만 해도 패기에 차 있었던 그의 얼굴은 계속되는 긴장과 집중력으로 녹초가 되어 있었다. 이것은 거금이 걸린 도박판이다.

마지막 열 번째 단검이 표적 깊숙이 명중했다. 그는 10개의 단검 중 7개를 명중시켜 지금까지 출전한 선수 중에는 가장 명중률이 높은 선수가 되었다.

사병 휴게실은 흥분된 장병들의 고함 소리와 함성으로 떠나갈 것만 같았다. 병사들은 몹시 흥분하여 괴성을 지르며 캔 맥주를 샴페인처럼 흔들어 터뜨렸다. 하얀 거품이 분수처럼 천장까지 튀어 올랐다.

이제 마지막으로 사선 위에 올라선 사람은 타이거부대의 병사 한 사람뿐이다. 그가 아무리 잘 던진다고 해도 하나님이 아닌 이상 투수 출신인 루이스의 솜씨를 능가하지는 못할 것이다.

아무리 단검을 잘 던지는 사람도 이렇게 먼 거리에서 7개를 명중시킨다는 것은 날아가는 파리 눈알을 맞추는 것보다 더 어려울 것이다.

개미허리의 얼굴은 아직도 병색이 완연하고 핼쑥하게 여위어 있었다. 옛날처럼 다른 사람을 비웃는 듯한 미소도 사라지고 오랜만에 사람 사는 세상에 나온 스님처럼 얼이 빠져 있었다. 그는 이 시합에 나온 것을 후회하고 두려워하는 것만 같았다. 많은 미군 장병들을 빙 둘러보는 그의 얼굴은 잔뜩 겁을 집어먹고 있었다.

"깟뎀 타이거, 꺼져 버려."

미군 병사들 중에서 누군가 욕설을 퍼부으며 야유를 했다. 순간 개미허리는 미군 장병들의 얼굴을 싸늘한 눈초리로 노려보기 시작했다. 그의 눈빛은 예리한 칼날과도 같았다. 냉랭한 얼굴은 미군들을 비웃는 표정이 역력했다.

개미허리는 꾸부정하던 허리를 독사처럼 꼿꼿하게 세웠다. 그리고 입가에는 의미를 알 수 없는 미소가 번져 나갔다. 그의 눈동자는 살아서 시퍼런 불똥을 튀기며 무섭게 이글거렸다.

주최 측에서 단검을 건네주자 그는 지금까지 출전한 다른 선수들과는 달리 열 개의 단검을 허리에 찬 탄띠에 손잡이가 위로 가도록 하나씩 찔러 넣기 시작했다. 그는 영문을 몰라 바라보는 미군들은 안중에도 없는 듯, 단검 하나하나를 정성 들여 탄띠에 찔러 넣었다.

구경하는 병사들은 저 친구가 도대체 뭘 하려고 저러나 하고 흥미를 가지고 바라보았다. 아마도 탄띠에서 단검을 하나씩 뽑아서 던질 모양이라 생각을 했다.

탄띠에 단검을 모두 찔러 넣은 개미허리는 다시 한 번 빙 둘러 서 있는 미군들을 바라보았다. 그의 얼굴 표정은 마치 꿈을 꾸는 것만 같았다. 갑자기 개미허리의 얼굴에 살기가 어리며 두 눈은 알 수 없는 적대감으로 가득 찼다.

그의 동그란 두 눈에는 파란 불꽃이 일기 시작했다. 개미허리의 두 손이 가볍게 떨기 시작했다. 그의 손이 허리에 닿는 순간 10개의 단검이 속사 권총의 탄알처럼 흰 섬광이 소리 없이 튀어 나갔다.

타타타 타악.

열 개의 단검 모두가 타깃의 둥근 원 안에 명중을 했다. 그것은 눈 깜짝할 사이의 일이었다. 구경꾼들은 어리둥절하여 표적을 바라보았다.

무슨 일이 생긴 거지? 도대체 어떻게 된 거야?

표적 20㎝ 원 속에는 열 개의 단검이 고슴도치 등처럼 나란히 꽂혀 있었다. 그 자리에 서 있던 많은 병사들은 자기 눈을 의심하기 시작했다. 그때 누군가 손바닥으로 탁탁 소리를 내며 박수를 치자, 그때야 모두들 정신을 차리고 환호성을 질렀다.

"브라보 타이거!"

그들은 동양 무술의 정수를 구경한 것이다. 그들이 장난삼아 던지는 칼 던지기 놀이와는 근본적으로 달랐다. 그 속에는 개미허리의 정신이 들어 있었다.

그 시합의 승자인 개미허리는 6,640달러의 상금을 받았다. 개미허리의 한 달 봉급은 56불 20센트였다. 갑자기 그는 큰 부자가 되었다.

풋갓 비행장에서 개미허리는 졸지에 명사가 되었다. 그는 그곳에서 VIP 대접을 톡톡히 받았다. 그와 동시에 많은 친구들을 사귀게 되었다. 특히 베이커와의 우정은 그 후에도 계속되었다.

그 뒤 풋갓 비행장의 미군 병사들은, 그날 맹호부대의 한 병사가 보인 칼 던지기 솜씨에 대해 오랫동안 화젯거리로 삼았다. 많은 병사들이 보태고 더한 이야기는 전설 속에 신화가 되어 오랫동안 그곳에 남아 있었다.

개미허리는 다음 날 아침 9시 기갑 연대로 떠나는 헬기 편에 실려 맹호부대로 귀환을 했다.

#4 훈장 없는 영웅

우기로 접어들었으나 월맹군의 공세는 어쩐 일인지 중지되었다. 병사들은 계속 쏟아지는 폭우로 외곽 초소에서 근무를 하는 게 고작이었다. 고국에서 맹호부대로 발송되어 온 조선일보에는 일면에 폭설이 내린 사진과 함께 '10년 만의 큰 폭설로 곳곳이 교통 두절'이라는 톱기사를 내세우고 있었다. 사진은 폭설로 교통이 두절되어 완전히 고립된 대관령 부근의 민가에 헬기로 식량을 투하하는 장면이 실려 있었다.

"담배 피우겠나?"

정보과장 우영진 소령이 김이수 하사에게 신탄진 한 개비를 내밀었다.

"전 안 피웁니다, 소령님."

"담배도 고국의 담배가 최고야. 맛이 아주 좋은데. 한 대 피워 보지 그래. 집이 대군가?"

"예, 대한방직 후문 부근입니다."

"난 영천일세."

"반갑습니다. 소령님."

"풋갓 비행장에서 보내온 자네 진술서는 잘 읽었네. 특이한 체험을 했더군. 정말 믿을 수가 없었네. 소설 같은 이야기지, 안 그런가?"

천장에 달린 선풍기가 빙빙 돌아가자 책상 위에 놓인 서류들이 바람에 날리며 사방으로 흩어졌다. 우 소령은 신탄진 담뱃갑으로 서류철을 눌러 놓았다. 그러고는 풋갓 비행장에서 보내온 김이수 하사의 진술서를 꼼꼼하게 읽기 시작했다.

겨우 아침 9시가 지난 시간인데도 벌써 등 뒤에는 땀방울이 줄줄 흘러내리기 시작했다. 오늘은 또 얼마나 푹푹 찌려는지?

"에 또 이건 뭐냐? 응, 이게 그건가?"

우영진 소령이 진술서를 읽는 동안에도 천장에 달린 선풍기는 달달거리는 소리를 내며 돌아가고 있었다. 그리고 사무실 창밖에서는 고성능 마이크 소리가 연병장에 쩌렁쩌렁하게 울려 퍼졌다.

"야 임마! 악대 소리가 뭐 그래? 나팔이 더위에 녹았냐, 다시!"

인사 장교가 고함을 빽 지르자 군악대는 다시

"짠짜 - 자 - 안 - 짜안" 하고 팡파르를 울렸다.

"세워 - 이 - 총!"

사열 지휘관이 길게 구령을 뽑자 연병장에 도열해 있던 병사들이 기계처럼 움직였다.

"그래, 바로 고기다. 더운데 딱 한 번만 더 해 보자. 내가 사단장님이라 카고 요래 나오신다. 요번에는 진짜로 한다. 알것 제? 야아 악대, 니들 나팔 더듬하이 불면 행사 끝나고 직이뿐다 알것제? 자아, 사단장님이 요래 나오신다, 시작!"

"받들 어이 - 총!"

하고 구령을 부르자 넓은 연병장은 마이크 소리가 메아리가 되어

"받들어 - 이 - 총" 하고 되받아쳤다.

"맹호!"

"짠짜 - 자 - 안 - 짠."

"좋아, 인제 뭐가 좀 지대로 되는 거 같다. 제자리에 앉아 담배 한 대 피우고 편히 쉬어."

개미허리가 창밖에 눈을 주었다. 인사 장교가 급하게 연단을 내려 갔다. 행사를 위해 연병장에 서 있던 병사들의 등은 금방 흥건히 땀이 배어 나왔다. 연대는 이제 사단 작전이 끝이 나고 연병장에 모두 집결을 해 있었다.

병사들은 곰처럼 둔탁한 방탄복을 모두 벗고 A급의 정글 복으로 갈아입었다. 그들의 어깨에는 맹호 마크가 선명하게 빛이 났다.

그리고 검게 탄 얼굴에는 흥겨운 미소가 번져 나갔다.

사단 작전이 모두 종결된 지금, 병사들은 훈장과 부대 표창을 받고 사단장님이 특별히 하사하신 에스레이션을 받아 가지고 쏭카우 해변으로 휴양을 갈 것이다. 그리고 퀴논의 문둥이 촌으로 관광도 가게 될 것이다. 물론 이번 작전에 참가한 전우들 중에는 전사한 사람도 있고 부상당한 병사들도 있지만, 오늘 하루는 모든 것을 잊고 마음껏 즐기자. 오늘 밤 8시에는 인기 가수 김세레나가 나오는 특별 쇼도 한다고 했다. 전쟁터야 항상 그런 것이 아니겠나? 한편은 비참

하게 총에 맞아 죽고 다른 한편은 전쟁을 이용해서 돈을 벌고…….

전쟁은 언제나 극과 극으로 가는 것이다.

그런데 그것을 정하는 사람은 누구이며 그렇게 되도록 만드는 사람은 누구인가? 전쟁터에서 하나님은 존재하기도 하고 존재하지 않기도 했다. 전투 중에 병사들은 하나님이 자기편이기를 간절히 바라지만 전지전능하신 하나님은 어느 누구 편도 아니라는 것을 금방 알게 된다.

"어떻게 킬러밸리로 들어갔나? 거긴 작전구역 밖인데."

진술서를 읽고 있던 우 소령이 고개도 들지 않고 말했다.

"설명하려면 무척 깁니다."

김이수 하사가 창밖을 내다보며 대답했다.

"괜찮아 말해 보게."

"칠중대는 킬러밸리 남쪽 3㎞ 지점을 수색 도중, 첨병이 적의 부비트랩에 걸렸습니다. 중대는 약이 올라 킬러밸리 입구에서 매복으로 V.C를 치고 오뚝이(헬기)로 뜰 생각이었습니다."

"그곳이 작전 구역 밖이라는 것도 몰랐나?"

"물론 알고 있었지요, 그러나 약이 올라……."

"칠중대가 매복에 실패한 부분은 이미 조사된 사항이야. 어떻게 킬러밸리로 들어가게 되었는지 그걸 말해 보라고, 요점만 간단히. 진술서에는 킬러밸리를 통과하여 저쪽 친구들 수색대에 발견되었다고 했는데……. 그건 말도 안 되는 소리지, 안 그런가?"

"중대는 작전 삼 일째, 킬러밸리 입구에서 매복을 섰지요. 매복 위치도 좋고 은폐물도 많고 해서 아주 이상적인 위치였어요. 그런데

23시경에 행방불명이 된 정우병 상병이 살려 달라는 비명을 질렀어요.”

“행방불명이 되었다고? 누가?”

“낮에 중대 첨병으로 수색을 나간 분대가 부비트랩에 걸려 흑곰은 죽고 정 상병이 행방불명이 됐어요. 결국 사건도 그래서 벌어진 거지만.”

“그럼 그 친구가 적의 포로가 되었단 말인가?”

“그렇습니다, 정 상병이 밤새도록 비명을 지르며 울부짖는 바람에 중대는 야마가 올라 미칠 지경이었지요. 새벽 한 시경에 약 2개 대대의 월맹 정규군이 공격을 해 왔어요.”

“월맹군이, V.C가 아니고?”

“분명히 정규군이었습니다.”

“믿을 수가 없군. 어떻게 2개 대대의 정규군이 우리 첩보망에도 걸리지도 않고 그렇게 은밀하게 숨어 있을 수가 있단 말인가? 잘못 봤겠지, 안 그래?”

“이 눈으로 똑똑히 봤습니다. 정말 정규군이었요. 중대는 야마가 올라 녀석들을 한 방에 골로 보내려 했지요. 그런데 저쪽은 엄청나게 많은 병력이 우릴 공격했습니다. 대포 공격도 받았고요.”

“뭐야? 박격포겠지.”

“중공제 곡사포였습니다.”

“자네는 점점 이해하기 어려운 말만 골라서 하는군. 어떻게 그들이 포를 가지고 있었겠나?”

“믿지 않으셔도 좋습니다. 중대는 순식간에 무너져 철수 지점으로 퇴각을 했지요. 아, 그런데 철수 헬기까지 적의 로켓포에 맞아 떨어졌습니다. 퇴로가 봉쇄되자 우리들은 사방으로 흩어졌습니다. 어둠 속에서 정신없이 튀었지요.”

“어디로?”

“그냥 도망쳤지요, 어딘지도 모르고……. 칠흑 같은 어둠 속을 정신없이 달렸어요. 더구나 가랑비까지 내렸어요. 짙은 밤안개로 한 치 앞도 볼 수가 없었지요. 지옥이 따로 없었어요. 거긴 우리가 처음 보는 곳이었습니다. 정말 미칠 지경…….”

“사단장님께 받들어 - 이 - 총!”

“맹호!”

이제야 겨우 연병장에서 식이 시작되는 모양이었다. 두 사람은 대화를 중단하고 창밖에서 들리는 구령 소리에 귀를 기울였다. 연병장은 잠시 동안 조용하기만 했다.

“도원경? 그게 무슨 뚱딴지같은 소리야, 무릉도원 말인가? 세상에 그런 게 어디 있어? 말도 안 되는 소리, 에헤헤…….”

“정말로 있었어요, 카펫 같은 푸른 초원에 하얀 대리석 건물, 정원에는 붉은 넝쿨 장미들이 만발하였고 집 앞으로는 청록색 강물이 그림처럼 흐르고 있었어요. 그리고 예쁜 여자들도…….”

“꿈같은 소릴 하는군. 정말 여자들이 있었어? 참말이면 나도 한번 가 보게.”

“그런 곳이 있었지요.”

“계속해 보게, 김 하사.”

“도원경을 떠나 강물을 타고.”

“잠깐, 그렇게 좋은 곳을 왜 떠났나? 나 같으며 그곳에 눌러앉아 살겠네.”

“킬러밸리에 큰 화재가 발생했습니다. 강물에 유입된 기름으로 도 원경까지 불길이 번졌어요. 그래서.”

“본인은 맹호 A호 작전에서 용감히 싸우다 전사한 전우들과 부상을 당한 병사들에게 진심으로 애도와 위로의 마음을 전합니다. 앞으로 본 사단은⋯⋯.”

“이보게 김 하사, 그게 정말이야? 참말로 연대나 사단 규모의 정규군들이 킬러밸리에 주둔하고 있었단 말이지? 이건 공식적인 질문하고는 관계가 없는 이야기야. 정말 그렇게 많은 병력을 봤어? 내가 궁금해서 그래⋯⋯.”

우영진 소령은 새로 신탄진 담배 한 개비에 불을 댕기며 물었다.

김이수 하사는 우 소령이 건네준 16절 갱지에 연필로 자세히 약도까지 그려 가며 병력 주둔 상황을 세밀하게 설명했다. 그리고 월맹군 38연대가 그들의 공격으로 탄약고와 연료 저장고가 폭발을 하며 괴멸되는 과정을 자세히 설명했다. 그리고 탄약고가 폭파되었을 때 원인을 알 수 없는 B52 비행기의 폭격에 대해서도 말했다. 마지막으로 김이수 하사는 킬러밸리에서 끝까지 행동을 같이했던 임태호 상병과 변을수 일병의 비참한 최후를 담담하게 말했다.

“지축을 울리는 폭음과 함께 탄약고가 폭발했어요. 순간, 전 깜짝 놀랐습니다. 왜, 두 사람이 약속 시간보다 5분간이나 먼저 탄약고를 공격했는지, 이해할 수가 없었어요. 폭음과 함께 밀림 속에서 갑자기 강력한 서치라이트가 두 사람을 잡았습니다. 교차되는 서치라이트에 걸린 두 사람은 살 맞은 노루처럼 멍청하게 그 자리에 서 있더군요, 손으로 두 눈을 가리면서.”

"8,000럭스의 조명은 1초만 정면으로 받아도 각막이 순식간에 타 버려."

"그런데 제논 서치라이트를 어디서 구했나? 미군들에게서 뺏은 건가?"

우 소령이 심각한 얼굴로 말을 했다.

"적은 우두커니 서 있는 변 일병을 향해 벌 떼들처럼 달려들었습니다. 그리고 대검으로 도살장에 소를 잡듯 내리쳤어요. 눈이 보이지 않는 변 일병은 돼지처럼 비명을 지르며 나동그라졌지요. 변 일병이 쓰러지자 임 상병이 M16 소총의 개머리판을 미치듯이 휘두르며 변 일병을 가로막았습니다."

"잔인하군. 그만하게."

우 소령은 침울한 얼굴로 신탄진 담배 연기를 가슴 깊숙이 빨아들였다. 두 사람은 한동안 할 말을 잃고 서로의 얼굴을 쳐다보기만 했다.

"1대대 3중대 병장 백정기 화랑무공훈장, 1대대 2중대 하사 윤영식 화랑무공훈장, 앞으로!"

"도라 – 지 도 – 라 – 지 백 – 도라지…….."

악대가 흥겨운 도라지 타령을 연주하자 박수 소리가 연병장을 가득 채웠다. 연병장은 사단장의 치사가 끝나고 어느새 훈장 및 부대 표장이 수여되고 있었다. 호명이 된 병사들은 사단장님께 경례를 하고 얼굴이 벌겋게 상기된 채 훈장을 받고 있었다.

"저는 더 이상 처참한 몰골을 볼 수가 없어 밀림 속에 은폐된 연료 드럼통에 수류탄을 던졌습니다. 드럼통이 터지면서 시커먼 불길이 원시림을 뚫고 하늘로 치솟아 올랐지요. 그리고 불이 붙은 휘발유가 벙커와 진지를 덮쳤습니다. 진지는 불길에 휩싸이며 거대한 용광로처럼 끓어올랐어요. 전 두려움에 떨며 절벽을 기어 올라갔지요. 그런데 갑자기 B52 한 대가 상공을 지나면서 우박처럼 폭탄을 쏟아 부었어요. 저는 그 충격으로 정신을 잃고 절벽에서 떨어졌습니다. 의식을 잃었지요. 그리고 눈을 떠 보니 미군 부대의 막사 안이었습니다. 그게 전붑니다."

김이수 하사가 말을 마치고 우 소령을 담담하게 바라보았다.

"믿을 수가 없어. 우연치고는 너무해, 누가 그런 말을 믿겠나?"

그는 고개를 절레절레 흔들며

"귀관은 금년에는 우기 대공세가 없다고 생각하겠지?

킬러밸리에서 적의 정예 연대가 괴멸당했으니……. 아무든 조금 더 두고 보면 알겠지? 그러나 이거 하나만은 분명해. 아무도 귀관의 말을 믿지 않는다는 사실이야."

"제 눈으로 똑똑히 봤어요. 믿어도 됩니다. 맹세코 확실……."

"누가 그런 소설 같은 이야기를 믿겠나?"

"전부 사실이라니까요, 거짓말이 아닙니다. 제가 왜 그런 거짓말을 하겠습니까?"

"그걸 어떻게 증명할 수 있겠나? 적의 정예 연대가 귀관들 세 사람의 공격으로 괴멸당했다는 말을 누가 믿겠나? 그로 인해 중부 월남 지구의 금년도 우기 대공세가 중지될 것이라는 말을 누가 감히 할 수 있겠나? 귀관 같으면 그런 말을 믿겠어?"

우 소령의 말을 듣고 있던 김이수 하사는 연병장에서 들려오는 흥겨운 악대 소리에 귀를 기울이며 고개를 푹 숙였다. 그리고 한동안 말이 없던 그는, 갑자기 생각이라도 난듯 한 뭉치의 달러와 구리로 만든 실반지와 의치 한 개를 책상 위에 내려놓았다.

그리고 그는 죽음의 계곡에서 씨레이션 담뱃갑으로 내기를 하던 이야기를 했다. 그 일들은 김 하사의 머릿속에 어제의 일처럼 생생하게 떠오르는 것 같았다.

"이 돈은 자네가 풋갓에서 딴 거군. 우리도 자네 소문을 들었네. 대단한 활약을 했더군. 처음에는 풋갓에서 보내온 자네 진술서를 읽고 우리 모두는 배꼽이 빠지라고 웃었네. 사실이 아니라도 얼마나 통쾌한가? 일부 사람들은 귀관이 오면 곧 바로 사단 병원으로 후송시켜야 한다더군. 귀관도 우리 입장을 이해하겠지?"

우 소령은 의치와 실반지를 손바닥 위에 올려놓고 이리저리 살펴보기 시작했다. 그리고 이렇게 말했다.

"귀관은 이걸 증거로 제시하겠지? 그러나 이것만으로는 자네 이야기를 뒷받침하는 입증자료가 될 수 없어, 안 그래? 이건 기념품이야, 자네에게 소중한……."

김이수 하사는 우 소령이 넘겨준 의치와 실반지를 군용 손수건에 소중하게 싸서 상의 호주머니 속에 집어넣었다. 그리고 한 뭉치의 달러를 우 소령에게 내밀었다.

"송금 좀 부탁드립니다, 소령님."

"주소는 임상병과 변 일병의 집이겠지? 귀국해서 자네가 직접 전해 주지 그래."

"의치와 실반지는 제가 직접 전할 겁니다. 그러나 돈은……."

"좋아, 돈은 내가 책임지고 송금하지. 잘 가게 김 하사! 아참, 자넨 원 소속 알파로 특명이 나 있네. 그동안 자넨 실종자로 처리됐어.

알파에서 귀관을 인수하러 올 거야."

"고맙습니다 소령님, 맹호."

김이수 하사는 고맙다는 인사를 한 후 담담한 표정으로 등을 돌렸다.

그가 막 문의 손잡이를 열고 나오는데

"김 하사, 자네 이야기는 모두 사실이야. 누가 무슨 말을 하더라도 난 인정하네."

우영진 소령이 나지막한 목소리로 말했다.

김이수 하사는 아무 말 없이 문을 열고 밖으로 나왔다.

"6중대 상병 박대을 화랑무공 훈장, 앞으로! 상기 인은 제 18제대로 파월된 이래 투철한 군인 정신과 사명감으로 사단 A호 작전에서 적 사살 4명, 카빈 3정을 노획……. 이에 화랑무공훈장을 수여함."

군악대의 흥겨운 나팔 소리와 전우들의 박수를 받으며 얼굴이 새카맣게 탄 병사가 힘찬 목소리로 사단장님께 거수경례를 했다. 그리고 황송하게도 악수까지 했다.

개미허리 김이수 하사는 정보과 앞에 서 있는 나무 그늘에 앉아 저 아래 연병장에서 벌어지고 있는 흥겨운 잔치를 남의 일처럼 구경하고 있었다.

"8중대 병장 이태원, 상병 민문기 앞으로!"

또다시 훈장을 받기 위해 장병들이 사열대 앞으로 뛰어나갔다. 악대가 신나는 노들강변을 연주하고 있었다.

연병장을 무심히 내려다보고 있던 개미허리 김이수 하사가 혼자서 나직이 중얼거렸다.

“7중대 상병 임태호, 일병 변을수 앞으로! 상기 인은 17제대로 파
월된 이래 투철한 사명감과 용감한 군인 정신으로 맹호 A호 작전
중, 킬러밸리에서 적 2개 연대를 섬멸하여 중부 월남을 적의 우기
대공세로부터 방어하였기에 이에 훈장을 수여함.”

군악대가 햇볕에 반짝이는 거대한 나팔로 흥겨운 아리랑을 연주하
고 사단장은 두 사람의 가슴에 반짝이는 큰 훈장을 달아 주었다. 연
병장에 서 있던 수많은 병사들이 박수를 치며 함성을 질렀다. 개미
허리 김이수 하사는 나무 그늘에서 벌떡 일어나 두 사람의 옛 전우
에게 거수경례를 했다.

“맹호.”

#5 고참병(古參兵)

- 군대에서 오래 근무하여 현지의 사정을 잘 아는 병사 -

"저어 혹시 김이수 하사님이 아닌 감유?"

옆에서 누군가 군복의 소맷자락을 자꾸만 잡아당겼다. 김이수 하
사는 경례를 중지하고 뒤를 돌아보았다. 새카만 일등병이 이상한 표
정으로 그를 쳐다보고 있었다.

"하사님은 파월 신병이지유?"

부대 급수차 운전병인 박찬우 일병이 말했다.

"그렇게 보여?"

김이수 하사가 미소를 지으며 대답했다.

"정글복이 A급인데유, 탈색 안 될 걸 보면 알아유."

"군복 때문에 그렇게 보였군. <u>흐흐흐.</u>"

김이수 하사는 풋갓 비행장에서 얻어 입은 A급 정글복을 내려다
보며 자조적인 웃음을 터트렸다.

"그럼, 아니어유?"

“아냐 맞아, 조금 전에 왔어.”

“거 봐요 맞지유, 월남 온 지 한 이십 일 지나니깨 저절로 알게 되는구면유.”

박찬우 일병은 신이 나서 말했다.

“고향이 어딘가? 충청도 말씬데.”

“맞아유 음성이어유, 충북 음성.”

“입대 전에는 뭘 했나? 운전을 아주 잘하는데.”

“청주서 택시 몰았시유.”

급수차는 19번 도로를 쏜살같이 달려 공병대 앞을 지나 비포장도로로 접어들고 있었다. 비포장도로는 빗물로 군데군데 패어 노면 상태가 엉망이었다. 들판에는 여기저기서 녹(삿갓)을 쓴 월남 여인들이 밭일을 하고 있었다. 두 사람은 잡담을 하며 차를 몰고 급수장 외곽에 있는 좁은 도로로 들어섰다.

“왜, 선임 탑승 없이 그냥 왔나?”

김이수 하사가 궁금한 듯 물었다.

“인사계님이 하사님더러 선임 탑승을 하시래유.”

“월남 신병인데?”

“글쎄, 그게 요상해유. 저가 한 번 더 물어보려니까, 요렇게 인상을 팍 쓰시는데 그만 기가 죽어서 기냥 왔시유.”

숲이 우거지고 노폭이 좁은 도로는 끝없이 이어져 있었다. 급수장은 각 부대의 식수를 공급하는 중요한 시설이었다. 한국군뿐만 아니라 미군들과 월남군들도 이곳에 가끔 들러 식수를 얻어 갔다.

급수차가 작은 언덕을 넘어서자 도로가 말굽형으로 굽은 커브 길이 나타났다. 커브 길 안쪽 밭에는 월남 여인 3명이 씨를 뿌리고 있었다. 커브 지점은 빈번한 차량들의 통행으로 바깥쪽의 노면에 흙이 많이 쌓여 안쪽보다 훨씬 더 높아져 있었다.

박 일병이 백미러를 보니 두 대의 급수차가 뒤를 따라오고 있었다. 바로 뒤를 따라오던 급수차의 호송병이 길가의 우거진 숲을 향해 "따따닥 따다닥" 하며 위협사격을 시작했다. 김이수 하사의 차가 급수장 정문으로 들어서자 지하 초소에서 방탄조끼를 입고 손에 M16 소총을 든 땅딸이 중사가 뛰어나오며 고래고래 소리를 질렀다.

"개새끼들아, 죽고 싶어? 빨리 손들고 내려, 더 높이 들어 임마!"

땅딸이 중사는 독사처럼 약이 올라 있었다. 레슬링 선수처럼 목이 어깨에 달라붙은 새파란 중사는 M16 소총으로 김이수 하사의 턱을 겨누며 살 맞은 돼지처럼 노려보았다.

김이수 하사는 재빨리 차에서 내리며 경례를 했다.

"맹호."

"니들이 사격했냐?"

"아뇨, 우린 사격을 안 했어요. 저네들이 위협사격을 했습니다."

뜻하지 않은 환영에 김이수 하사는 어안이 벙벙해서 대답을 했다.

"뭐야, 저 새끼들이 했어? 저런 죽일 놈들! 저 새끼들이 우리 애들이 매복해 있는 곳에 사격을 했단 말이지, 미친놈들! 애들이 화가 나서 죽여 버리겠다고 길길이 날뛰는 걸 억지로 말렸어."

중사는 김이수 하사의 급수차를 향해 통과 신호를 한 후 뒤를 따라 미군 급수차가 들어오자,

"까땜 양코야, 죽기 싫으면 당장 꺼져."

땅딸이 중사는 총으로 위협을 하며 서툰 영어로 너희들이 우리 애들을 향해 사격을 했으니 물을 줄 수가 없다고 야단을 쳤다. 미군들

은 "아이 엠 쏘리"를 연발하며 물을 달라고 사정을 했다. 그들은 맥주 한 박스를 내밀며 땅딸이 중사에게 매달렸다.

그제야 화가 풀린 중사는 크게 선심을 써서 그들에게 급수를 허락했다. 미군들은 땡큐를 연발하며 급수차를 전진시켰다.

조금 전까지만 해도 파랗게 맑았던 하늘에 갑자기 시커먼 먹구름이 끼며 소낙비가 쏟아지기 시작했다. 한바탕 쏟아질 모양이다. 30분 정도 지나자 소낙비는 언제 그랬냐는 듯 그쳐 버렸다. 그리고 금방 파란 하늘에 햇볕이 쨍쨍 내리 쪼였다. 그동안 김이수 하사는 급수장 벙커에서 점심을 얻어먹었다. 급수장 권 중사는 조금 전에는 미안했다며 붕어 매운탕과 맥주를 내밀었다. 붕어는 급수장에서 수류탄으로 잡는다고 했다. 급수장에서는 회식이 있을 때마다 매운탕을 만들어 먹는다고 했다. 소총으로도 고기를 쏴서 잡는데 총에 맞은 고기는 먹을 게 없다고 했다. 그러나 수류탄을 한 방 까면 반 바커스 정도의 고기는 쉽게 잡힌다고 했다.

권 중사는 알파는 그리 먼 곳이 아니니 다음 주에 서로 만나 같이 고기를 잡자고 말했다. 붕어는 뼈가 억세고 깊은 맛이 덜했지만 전쟁터에서 붕어 매운탕 맛보기가 어디 그리 쉬운 일인가?

"장님(급수장), 고맙습니다. 맹호."

김이수 하사가 진심으로 고마워하며 인사를 했다.

"잘 가게 김 하사, 또 보자."

김 하사의 차가 급수장을 빠져나오자 조금 전에 야단을 맞았던 14 병기대대의 미군 급수차가 뒤를 따라 나오고 있었다. 조금 전까지 소나기가 쏟아졌던 하늘은 거짓말처럼 맑게 개어 있었다. 급수장에서 차가 숲길을 1㎞ 정도 빠져나오자 작은 언덕길이 나타났다. 언덕 위에 올라 조금 전에 지나온 커브 길을 내려다보자 도로에는 그동안 내린 소낙비로 누런 흙탕물이 질펀하게 고여 있었다. 조금 전 밭에서 일을 하던 여인들은 소나기를 피해 집으로 돌아갔는지 한 사람도 보이지 않았다.

"박 일병, 14병기 급수차를 먼저 보내라."

갑자기 김이수 하사가 서둘러 M16 소총에 탄창을 갈아 끼우며 명령을 했다.

"왜 그런디유, 우리가 먼전디 재수옵게."

"빨리 비켜 줘, 임마!"

말라깽이 하사가 날카로운 목소리로 말했다.

박찬우 일병은 깜짝 놀라 핸들을 우측으로 돌려 길을 비켜 줬다.

"땡규!" 영문을 모르는 14병기 급수차가 고맙다고 인사를 하며 윙 하고 쏜살같이 옆으로 빠져나갔다.

'성질 한번 더럽네.'

박찬우 일병은 속으로 하사에게 욕설을 퍼부으며 차를 몰았다. 14병기 차를 따라 박찬우 일병이 기어를 일단으로 바꾸며 출발을 하려 하자 말라깽이 하사가 손으로 저지하며 기다리라고 말했다. 그리고 엑스밴드에 걸린 수류탄을 뽑아 무릎 위에 나란히 놓았다. 박찬우 일병은 왜, 월남 신병 하사가 저 지랄을 하는지 몹시 궁금하고 이상했다. 14병기 급수차는 50m 전방의 커브 길을 이제 막 전속력으로 통과하고 있었다.

"꽝!"

"악!"

14병기 급수차의 앞바퀴가 흙탕물이 고인 커브 지점에 들어서자

천지를 진동하는 폭음과 함께 차량은 산산조각이 나며 하늘로 붕 떠올랐다. 미군 병사들의 살 조각들이 차량의 보닛 위에 우박처럼 떨어졌다.

"전속 전진."

말라깽이 하사가 고함을 지르며 수류탄을 까서 숲 속으로 던졌다. 조금 전까지만 해도 조용하고 평화롭던 들판이 순식간에 총소리와 폭음으로 가득 찼다. 급수차가 달리면서 김이수 하사가 던지는 수류탄의 작렬음은 한낮의 열기에 졸고 있던 밀림의 새들을 깜짝 놀라게 했다. 급수장의 관망대에서 김이수 하사가 전진하는 방향을 따라 LMG 지원사격을 시작했다. 매복해 있던 급수장의 병력이 차량의 전진을 지원하고 있었다.

"더 밟아 임마, 죽기 싫으면 달려, 더더더!"

말라깽이 하사가 M16 소총을 난사하며 버럭 고함을 질렀다. 박찬우 일병은 '월남에 온 지 경우 20일 만에 죽는구나' 생각하니 기가 차고 정신이 아득했다. 총탄이 비 오듯 날아왔다.

그는 정신없이 액셀러레이터를 밟았다. 눈앞에 은영이의 얼굴이 빠르게 지나갔다. 이렇게 다급한 순간에 왜, 부모님의 얼굴은 떠오르지 않고 약혼녀 은영이의 얼굴이 제일 먼저 생각이 나는지 이해할 수가 없었다. 미친 듯이 달리는 급수차의 탱크는 이젠 벌집이 되어 살수차로 변해 버렸다. 살수차는 아스팔트 위에 아까운 식수를 잔뜩 뿌리며 정신없이 달리고 있었다. 어느새 코브라 헬기 두 대가 조금 전에 그곳을 로켓탄으로 쑥밭을 만들고 있었다.

"어디까지 도망칠 거야? 정신채려 임마."

말라깽이 하사가 손바닥으로 박찬우 일병의 뒤통수를 내리치자 그제야 그는 정신이 들어 도로 가에 차를 세우고 핸들에 고개를 푹 처박았다.

'청주시 택시 기사 중에서 그래도 배짱 하나는 알아주던 박찬우였다. 그리고 고등학교 시절에는 규율 부장까지 지냈던 몸이었다. 그런데 전쟁터에서는 이게 무슨 꼴인가? 발길에 불알이 차인 똥개처럼 꼬리를 내리고 허둥지둥 도망치는 모습이, 참말로 한심하고 야코가 죽었다. 어디 기가 죽어 여기서 살겠어? 그런데 가만, 저 말라깽이 하사는 어찌 된 기여? 어떻게 거기에 부비트랩이 묻힌 걸 알았는감. 조금 전에 우리가 지나온 길인디, 워뜨게 고것을 알았느냐 말이여?'

"뭘 그렇게 보냐? 월남 고참님이……. 놀랄 거 없어, 이곳에서는 흔히 있는 일이야. 밭에서 일을 하던 여자들이 계속 작업을 했다면 의심을 하지 않았을 거야. 또 일을 하던 여자들이 비가 그쳤는데도 밭에 나오지 않은 것은 무슨 이유 때문일까? 내가 V.C라도 그곳에 부비트랩을 묻었을 거야. 오늘 일로 앞으로 저 급수장은 한 달간 폐쇄될 거야. V.C가 길을 열어 주지 않을걸. 그만 가자."

말라깽이 하사가 말을 마치자 급수차는 살수차가 되어 19번 도로 위에 귀중한 물을 뿌리며 앙케고개 밑에 있는 알파를 향해 달려가고 있었다. 반쯤 얼이 빠진 박찬우 일병은 옆 좌석에 선임 탑승을 하고 있는 말라깽이 하사의 얼굴을 잠깐 훔쳐보았다. 정말 월남 고참을 한 사람 보게 되는구나 생각하면서…….

그러나 하사는 무엇을 그렇게 생각하는지 창밖 저 멀리 아득히 보이는 검은 산 그림자를 정신없이 바라보고 있었다. 커브 진 모퉁이를 돌 때마다 그는 고개를 길게 내밀고 아쉬운 듯 먼 산을 바라보고 있었다. 저 산이 악명 높은 킬러밸리란 말이지. 어떻게 말을 좀 붙여보려고 했던 박찬우 일병은 마른침을 꼴깍 삼키며 입을 꾹 다물었다.

하사는 억지로 눈물을 참고 있는 것만 같았다.

#6 올빼미의 눈

-밤에만 보는 눈-

"꽝!"

"부관, 어디야?"

"바로 코 옆에 박았는데요."

쌍안경을 보던 부관 신록 중위가 대답을 했다.

"탱고야, 너 많이 늘었구나. 잘하면 날아가는 파리 좆도 때리겠다."

포대장 반복어 대위는 기분이 몹시 좋은 듯 탱고라는 별명을 가진 도영남 상병을 치켜세웠다.

"에헤헤, 올빼미 강 병장님을 따라가려면 아직 멀었시유. 족탈불급인디."

2포 사수 도영남 상병이 기뻐하며 두 팔을 번쩍 치켜들었다.

"좋았어!"

쌍안경으로 앞산의 표적을 노려보고 있던 포반장들이 모두 도영남 상병을 칭찬했다.

"어이 신 중위, 놀랍잖아? 탱고 놈, 난다 날아. 탱고야, 한잔 받아라."

포대장 반복어 대위가 맥주 한 캔을 도영남 상병에게 훌쩍 던졌다.

"야아, 탱고 잘했다."

2포 반장 성호규 중사가 도영남 상병을 번쩍 들어올렸다.

앙케 고개 밑에 주둔하고 있는 A포대는 지금 한창 잔치 분위기가 무르익어 가고 있었다. 105㎜ 포가 발사될 때마다 포대는 "와와" 하는 함성과 함께 흥겨운 놀이판이 한바탕 벌어졌다. 사단 작전이 종료된 지금, A포대는 내일 쏭카우 해변으로 휴양을 가게 되어 있다. 출발에 앞서 A포대는 이번 작전에 참가한 포반들에게 부상으로 배급된 에스레이션과 사단장 상품을 걸어놓고 포반끼리 시합을 벌이고 있었다.

상품이 많이 나오긴 했지만 그것을 공평하게 나누어 줄 방법이 없었다. 따라서 포대는 작전이 끝이 나면 전 포대를 집합시켜 놓고 그들이 가지고 있는 105㎜ 곡사포로 시합을 벌였다. 이번 작전에 참가한 포사수들의 사격 솜씨가 얼마나 늘었나, 눈여겨보는 자리이기도 했다.

포탄 한 발 가격이 고국에서는 쌀 한 가마니 값이라지만 그보다 더 비싼 사람의 생명도 파리 목숨처럼 취급되는 전쟁터가 아닌가? 그래서 여기선 포탄을 가지고 장난을 치고 있는 것이다.

시합에는 A포대 나름대로 엄격한 규칙과 룰이 있었다. 표적 명중에 대한 심사는 장교와 포반장들이 함께 하게 되어 있었다. 따라서 평소에 사격을 지휘하던 포반장들은 시합에는 참가하지 못하고 뒷전에서 자기 포반 차례가 되면 속이 타서 애만 태우고 있었다. 포반장들이 빠진 105㎜ 포는 전적으로 사수와 쫄따구들의 솜씨에 달려 있었다. 일체의 관측 장비가 없이 소총을 쏘듯 사수가 어림짐작으로 저 멀리 눈에 가물가물하는 표적을 명중시켜야 하는데, 그게 어디 말처럼 그렇게 쉬운 일인가?

A포대 전방에는 해발 600m의 녹이라고 부르는 산이 있었다. 밀림으로 뒤덮인 산의 중심부에는 절벽과 함께 톡 튀어나온 흰 바위가 있었다. 병사들은 흰 바위를 돼지코라고 부르며 내기 시합 때마다 사격의 표적으로 삼았다. 한번 작전에 참가할 때마다 포수들은 수천 발의 포탄을 소모하기 때문에 사격에는 도사들이다.

그러나 작전 시에는 관측 장비가 없이 눈대중으로 대충 사격하는 일은 거의 없었다. 목측으로 표적을 명중시키는 일은 돌팔매로 날아가는 제비 불알을 명중시키는 일보다 더 어려웠다.

따라서 포수들은 손바닥만 한, 돼지코 바위를 명중시키려 무진 애를 썼다. 그런데 조금 전에 탱고 도영남 상병이 바로 돼지코를 조금 비켜난 곳에 포탄을 명중시킨 것이다.

포대장은 포대원들 중에서 사수들을 제일 소중하게 생각했다. 사수들의 능력에 따라 명중률이 달라지기 때문이다. 그런데 사수들 중에서도 가장 나이가 어린 도영남 상병이 표적 가까이에 포탄을 때린 것이다. 포대장이 좋아하는 것도 무리는 아니었다.

쌍안경을 보며 심사를 하고 있던 장교들과 포반장들은 지금까지 세 번 사격한 중에서 방금 사격한 2포 성적이 가장 우수하다고 판정을 내렸다.

"야아 5포! 5포, 준비됐냐?"

부관 신록 중위가 한쪽 손을 번쩍 치켜들며 물었다.

"5포 잘해, 니들 못 때리면 오늘밤에 좆뺑이 칠 줄 알아."

심사를 하고 있던 5포 반장 장호동 중사가 몸이 달아 두 손을 입에 모으고 소리를 질렀다. 떠들썩하던 포대는 순식간에 숨소리 한 점 없이 조용해졌다.

포대의 장병들은 쌍안경이나 혹은 포대경으로 흰 바위 돼지코를 노려보기 시작했다. 5포 사수 올빼미가 잔뜩 긴장하여 포대경에 눈을 대고 한 손으로 방아쇠 끈을 잡고 섰다.

발가벗은 맨발에 누런 팬티만 걸친 올빼미는 너무 긴장하여 다리를 발발 떨며 포대경을 들여다보고 있었다. 고무줄이 축 늘어진 누런 팬티는 허리춤에서 흘러내려 엉덩이에 걸렸고 그 아래로 시커먼 체모와 함께 귀중한 물건이 빠끔히 고개를 내밀고 있었다. 드디어 방아쇠의 줄이 팽팽하게 잡아당겨졌다.

"준비이 쏴!"

"꽝."

"와앗" 소리와 함께 올빼미가 개구리처럼 팔짝 뛰어 올랐다. 그는 팬티가 벗어지는 것도 모른 채 노루처럼 껑충껑충 뛰기 시작했다.

"저런 정통이잖아?"

3포 반장 박 중사가 신음 소리를 토하며 중얼거렸다.

"아아! 올빼미가 최고다."

장병들은 함성을 지르며 우르르 5포로 모여들었다. 그리고 올빼미를 들어 하늘 높이 헹가래를 쳤다.

"야, 니들 이의 없지? 이건 올빼미 거다 알것제?"

포대장 반복어가 지휘대로 껑충 뛰어오르며 말했다. 그의 손에는 에스레이션에서 나온 하나뿐인 금딱지 손목시계가 들려 있었다. 포대장은 올빼미의 손목에 시계를 채워 주고는 팔을 번쩍 치켜들었다.

올빼미는 월남에 온 이래 최고의 기분이었다.

"어이 P.X 허 병장, 내 앞으로 달고 맥주 다섯 박스만 주라."

올빼미는 기분이 좋아 모처럼 호기를 부렸다.

파월 이래로 A포대는 작전이 끝날 때마다 관례에 따라 흰 바위 돼지코를 향해 사격 시합을 벌여 왔다. 그런데 수많은 사수들이 명중을 시키지 못한 돼지코를 올빼미 강동화 병장이 단 한 방에 때려버린 것이다. 병사들 사이에는 또 하나의 전설이 생겼다.

장병들은 술에 취해 노래를 부르기 시작했다.

"혜에숙아 내 동생아
몸성히 자알 있느냐.
(지가지가 장장 깨깽깨깽)
여기는 씰록 쌜록 개공칠
배불뚝이 포대다아
(지가지가 장장 깨깽깨깽)."

장병들은 장단에 맞춰 신나게 노래를 불렀다.

그런데 SIG(통신반) 벙커 지붕 위에 혼자서 우두커니 쪼그리고 앉아 눈알만 멀뚱거리는 병사가 있었다. 그는 개미허리였다. 개미허리는 정글복을 단정히 차려입고 무릎을 가지런히 한 채, 두 손으로 턱을 괸 모습으로 잔치 마당을 물끄러미 내려다보고 있었다.

"전마 김 하사 아이가? 오라 캐라, 같이 한잔 묵자 캐라."

6포 오정태 하사가 말했다.

"치워라, 임마! 재수 없다. 전마 얘기는 꺼내지도 마라, 술맛 없다."

3포 임병욱 하사가 고함을 빽 질렀다.

"저 새끼는 와 저래 다 디져가는 인상이고?"

"지 혼자서 문디이 버들강아지 따 묵고 배 앓는 소리만 해 싸니 누가 알끼 뭐고?"

A포대로 원대 복귀한 개미허리는 무척 우울한 나날을 보내고 있었다. 어쩐지 포대 분위기가 옛날 같지 않았다. 지난번 작전 때부터 무척 친했던 전상용 하사는 귀국하고 없었다. 그뿐만 아니라 벙커 속에서 싸움을 벌였던 손무삼 하사도 귀국을 하고 없었다.

A포대는 그동안 무척 변해 있었다, 어쩐지 남의 집처럼 눈치가 보이고 불편했다. SIG 벙커 안에서도 개미허리가 들어서면 병사들은 저희들끼리 쑥덕거리다가도 시침을 뚝 떼고 모른 체하는 일들이 많아졌다.

오늘 아침 일이었다. 밥을 먹기 위해 식당에 들렀더니 취사반의 오중태 하사가 물었다.

"어이, 김 하사, 고것이 참말이랑가? 이리 좀 와 보더라고 으잉. 김 하사가 킬러밸리에서 쫄따구 둘을 미끼로 주고 혼자서만 달랑 살아나왔다고 야단들이여. 참말로 요상한 야그지 안 그래? 근데 고게 무슨 야그여?"

취사반 오중태 하사가 소문 듣기로는 개미허리가 킬러밸리에서 졸병 두 명을 월맹군에게 미끼로 던져 주고 혼자서만 비겁하게 살아서 돌아왔다는 것이다. 소문은 더욱 그럴듯하게 꼬리를 물어 연대 정보 장교가 직접 개미허리를 심문하여 내용이 밝혀졌다는 것이다. 부대 안에서는 개미허리의 그런 비겁한 행동이 곧 군법회의에 회부될 것이라는 소문이 떠돌고 있었다.

개미허리는 심기가 불편했다. 그의 소속 부대 알파는 더 이상 안

식처가 되지 못했다. 킬러밸리 사건 후 7중대의 관측병에서 A포대로 복귀한 개미허리는 본대에서도 완전히 개밥에 도토리가 되어 있었다. 그는 비겁자로 낙인이 찍혀 있었다.

A포대에서 현재 그의 보직은 태권도 교관이었다. 그가 맡은 직책은 병사들이 가장 싫어하는 직책이다. 월남에 온 병사치고 태권도 안 해 본 사람이 어디 있으며 자칭 유단자가 아닌 병사가 어디 있겠는가?

그는 매일 아침 일찍 일어나 다른 고참들이 늦잠을 즐기는 동안, 포대장 성화에 못 이겨 신병들에게 태권도를 가르쳐야 했다. 전쟁터에서는 사람을 효과적으로 죽이는 무기들이 얼마든지 많은데 왜 태권도를 배워야 하는가? 태권도 교관부터 이런 생각을 하는데 누가 태권도 교육을 좋아하겠는가?

개미허리는 병사들이 모두 술에 취해 곯아떨어진 후에도 SIG(통신방) 벙커 지붕 위에 혼자 앉아 있었다. 어느새 먼동이 트며 새벽이 밝아오고 있었다.

#7 하사의 목검과 장군의 방패

- 장군은 인간이고 병사는 사람이다 -

A포대 통신반 신동협 병장은 더위 때문에 자꾸만 짜증이 났다. 오후 5시 이전에는 무슨 일이 있더라도 통신반 급여 송금 서류를 서무계 조동기 하사에게 제출해야만 한다. 서무계 조동기 하사는 10분만 지나도 신경질을 내며 짜증을 부렸다. 그런데 벙커 속의 무더위는 작성 중인 송금 서류를 자꾸만 버려 놓았다. 가만히 있어도 흘러내리는 땀방울이 팔뚝을 타고 손목 부근에 흥건히 고였다. 그리고 힘들여 써 놓은 송금 서류를 적셔 못쓰게 버려 놓았다. 그는 신경질이 나서 쓰고 있던 송금 서류를 쭉 찢어 버렸다. 그리고 신탄진 한 개비를 입에 물고 목침대 위에 벌렁 누었다.

'일병 권영남. 주소 강원도 인제군 신남면. 가만, 신남면? 어디서 많이 듣던 이름인데……. 이런 바보같이 내가 전에 근무했던 곳이 아닌가?'

신동협 병장은 목침대에서 벌떡 일어나 앉았다. 그가 월남으로 온 것은 겨우 두 달 전에 일이었다. 그런데 그 두 달 전의 일들이 마치 아득한 먼 옛날처럼 느껴졌다. 고국에서의 일들은 마치 전혀 다른 세계의 삶처럼 생각이 되었다.

그때 개미허리가 벙커 안으로 들어왔다. 신동협 병장은 반가워했다.

"웬일이야?"

"신 병장, 오늘 온 신병들 신상명세서 좀 보여 주라."

"건 뭐 하려고?"

"태권도 교관을 넘겨야겠어. 오늘 온 신병 중에 태권도 하는 놈 없나?"

"그 좋은 직책을 왜 넘기려고 하노?"

"너 임마! 자꾸 사람을 놀릴 거야, 이걸 그냥."

"삼단이 한 명 있긴 한데."

"이리 줘 봐."

"내가 포대장 꼬셔 태권도 교관 자리를 다른 사람에게 넘겨줄까? 그럼 넌 편하잖아, 어때? 그런데 조건이 있어. 킬러밸리에서 생긴 일들을 나한테 솔직하게 털어놔 봐. 그럼 협조하지."

포대장 복어는 신동협 병장의 고등학교 선배였다.

"건 안 돼, 임마."

"배짱부릴 처지가 못 될 덴데……. 너, 교관 안 하면 늦잠도 잘 수 있다. 어쩔 거여? 비밀은 지켜 주마, 싫어?"

"그렇게 궁금해? 허긴 킬러밸리 일로 떠들썩하니 친구인 너도 궁금하겠지. 이야기해도 내 말을 믿지 못할 거야. 믿지 못할 말을 내가 왜 떠벌리고 다니겠어? 떠들면 점점 더 구설수에만 오르겠지. 그게 난 싫어."

"걱정하지 마라, 난 입도 뻥끗 안 할 테니."

"좋아, 밤에 P.X 앞에서 만나자. 넌 내 친구야."

그날 밤 P.X 앞에서 개미허리는 신동협 병장에게 킬러밸리에서 일어난 일들을 상세히 들려주었다. 신동협 병장은 그의 말을 믿었다.

개미허리가 신동협 병장에게 거짓말을 해야 할 이유가 없었다. 더구나 개미허리는 그가 가지고 있던 표창 8개가 하나도 남아 있지 않았다. 평소 개미허리는 3자루의 목검과 8개의 표창을 호신용으로 가지고 다녔다. 표창은 그의 분신과도 같았다. 표창은 한시도 그의 몸을 떠난 적이 없었다. 그런데 8개의 표창을 모두 날린 것은 그만치 그가 위험에 처해 있었다는 증거가 아닌가?

그는 3자루의 목검을 장검에서 단검까지 크기별로 가지고 있었다. 장검은 수련용으로, 단검은 호신용으로 가지고 있었는데 목검 중에서도 똑같은 크기의 단검을 두 자루 가지고 있었다.

그중 한 자루가 지난번 우기 공세 때 미군들의 브리핑 자료에서 나온 것이다. 그 목검은 킬러밸리에서 표창을 모두 쓴 개미허리가 다급해서 마지막으로 가지고 있던 목검을 던진 것이다. 그리고 그 목검은 월맹군 38연대 치 연대장실에서 미군 수색대가 발견한 것이다. 두 개의 목검 중 다른 한 자루의 목검은 개미허리가 앙케 패스로 떠날 때 신동협 병장에게 정표로 준 것이다.

그러나 목검에 대한 일들은 나중에 밝혀진 것들이며 당시 목검의 소유자인 개미허리는 원대에 복귀한 후 A포대에서 비겁자로 낙인이 찍혀 쪼다로 대접을 받고 있었다.

결과적으로 월맹 군부 중에서 가장 뛰어난 핵심 인재가 킬러밸리에서 한국군 패잔병 3명에 의해 어이없이 당해 역사의 장막 뒤편으로 사라져 버린 가장 아이러니컬한 사건이었다.

한국군 하사의 목검에 월맹군 정예 장군의 방패가 뚫린 것이다. 그런데 그 당사자들은 아무것도 모르고 있었다. 전지전능하신 하나님께서는 그런 일들을 눈도 하나 깜짝하지 않고 태연히 저질러 버렸다. 그게 전쟁터인 것이다.

개미허리가 들려준 킬러밸리 이야기는 먼 후일 신동협 병장이 이 소설을 쓰는 계기가 되었다.

해안을 따라 북상하는 철로와는 달리 19번 도로는 빈케를 지나 앙케 고지를 넘어 닥토로 이어졌다. 이 도로는 남부 월남에서 북부로 가는 가장 중요한 도로였다. 그러나 근간에 와서 북부로 가는 보급 통로가 앙케 고지에서 두절되는 일들이 많아졌다. 앙케 고지의 도로는 문경새재와 같이 험난한 길이었다.

"앙케 통로 때문에 번개작전이 곧 있을 거라는 소문이야. 정말로 번개작전을 할까?"

개미허리가 신동협 병장에게 물었다.

"그걸 어떻게 알겠어. 앙케 통로가 자꾸 두절되니 그런 소문이 떠돌겠지. 어제도 미군 보급 차량이 앙케 패스에서 기습을 받았대."

"낮잠 시간에 FDC에 들렀는데 정 중사가 곧 연대작전이 있을 거래. 앙케로 가는 보급품이 자꾸만 두절되니 미군들이 더 이상 버틸 수가 없지. 안 그래?"

A포대는 앙케 고지 가까이 주둔하고 있었다. 특히 그들이 지원하는 보병은 앙케 통로 확보가 주된 임무였다.

오늘 아침에도 앙케로 가던 미군 보급 트럭이 23번 교량을 통과하려는 순간 기습을 받았다. 보급 수송 차량은 무장 장갑차가 캄보이를 하고 중간에는 보급품을 잔뜩 실은 대형 트럭 19대로 편성이 되어 있었다. 물론 대형 트럭 중간에는 무장한 험비가 끼어 있었다.

적은 앞에서 선도하는 캄보이 장갑차를 통과시키고, 일 번 보급 트럭을 박격포로 공격을 했다. 일 번 보급 트럭에 불이 붙어 길이 막히자 후속 차량들은 더 이상 가지 못하고 그 자리에 멈추어 섰다.

순간 적들은 박격포로 19대의 보급 차량을 단숨에 박살을 내 버렸다. 미군들이 할 수 있는 방법은 장갑차로 파괴된 트럭을 도로 밖으로 밀어내고 남은 보급차를 몰고 전속력으로 도망치는 길뿐이었다. 보급품은 씨레이션이나 군사용 장비가 대부분이다. 만약 보급차에 포탄이나 탄약을 실었다면 캄보이 차량은 콩가루가 되어 버렸을 것이다.

기습을 당한 미군들은 보급 차량의 중간에 끼어 있던 8번 험비로 재빨리 불타는 트럭을 길가로 밀어붙이고 인근 한국군 보병 부대로 줄행랑을 놓았다. 보급 차량은 겨우 5대만 살아남았다.

이 사건으로 사병들 사이에는 곧 연대 작전으로 앙케 고지의 월맹군들을 소탕할 것이라는 소문이 더욱 신빙성 있게 떠돌았다.

개미허리는 신동협 병장의 대답이 신통치 않자 화제를 바꾸었다.
"태권도 교육생 차출이 있다는데 정말이야?"
"누가 그래?"
"서무계 박 상병이."
"태권도 교육생 차출이야 가끔 있지. 하지만 거기 가면 죽어."
"알고 있어. 갈 사람이 없다면 내가 가면 안 될까?"

“쉽지 않을걸. 작전 병력이 모자라 안달인데, 복어가 교육 보내려고 하겠어? 복어 생각은 차출 명령을 질질 끌다가 작전만 떨어지면 전선으로 도망칠 속셈일걸.”

“니가 힘 좀 써 봐. 나 거기 보내 줘.”

신동협 병장은 개미허리를 물끄러미 바라보았다. 아무도 가지 않으려고 하는 그곳에 자원을 하는 이유를 알 수가 없었다.

맹호 A호 사단 작전이 끝이 나자 상부에서는 각 예하 부대에 태권도 교육생을 차출하라는 명령을 내렸다. 명목은 사단 태권도 교육관에서 예하 부대 교관 양성을 위해 훈련생을 차출한다는 것이다.

그러나 예하 부대 병사들은 태권도 교육에 차출되는 것보다는 정글 속을 빡빡 기며 V.C와 싸우는 게 백 번 더 낫다고 생각을 했다. 그 이유는 지난번 처음 교육생으로 차출된 병사들이 한마디로 떡이 되어서 돌아왔기 때문이다.

처음 교육생 차출이 있었을 때에는 경쟁이 아주 치열했다. 포대장에게 맥주를 사다 바치며 태권도 교육생으로 차출되려고 애를 썼다.

전쟁터에서 이보다 더 좋은 특과가 어디에 있겠는가? 다른 병사들이 정글 속을 빡빡 기며 피를 흘리는 동안 시원한 실내 도장에서 야호 하고 헛발질이나 몇 번 하면 되는 것으로 알았다.

그러나 태권도 교육생으로 차출되었던 병사들이 귀대해서 전하는 말을 듣고는 사단 태권도 교육에 대해 정나미가 떨어져 버렸다. 차라리 V.C와 싸우다 죽는 것이 훨씬 더 낫다는 생각을 하게 되었다.

지난번 A포대에서 차출되어 한 달간 사단 태권도 도장에서 교육을 받았던 정찬구 병장만 해도 그랬다. 그는 태권도 공인 3단이었다.

사단 태권도 교육관에 도착한 정찬구 병장이 신고를 하자 머리를 빡빡 깎은 상병 한 놈이 아주 거만한 자세로 입을 열었다.

"에또 난, 본 교육대 사범 상병 오원수다. 제군들은 피교육생이기 때문에 오늘부터 계급은 몰수하도록 하겠다. 먼저 오늘 입교한 교육생들의 기능 정도를 평가해 보도록 하겠다. 평가 방법은 나와 대련을 뜨도록 한다. 너, 앞으로 나와!"

오원수 상병이 정찬구 병장을 지목했다. 정찬구 병장은 속으로 오원수 상병을 비웃으며 대련 자세를 취했다.

순간 오원수 상병의 오른발 뒤꿈치가 전광석화와 같이 정찬구 병장의 아구통을 돌려 버렸다. 하얀 이빨이 우박처럼 우두둑 소리를 내며 마룻바닥에 떨어졌다.

당일 입교한 피교육생들은 모두가 오원수 상병에게 그런 식으로 당했다. 이 소문은 순식간에 예하 부대로 퍼져 나갔다. 그런 일들이 생긴 뒤부터 사단 태권도 교육생 차출은 V.C가 우글거리는 갈대밭에 헬기로 랜딩하는 것보다 더 인기가 없었다.

오원수 상병이 피교육생을 그렇게 거칠게 다루는 것에 대해 무성한 소문이 나돌았다.

태권도 교육을 피서지로 생각하는 병사들에게 교훈을 가르쳐 주기 위해 단장이 직접 그렇게 지시를 했다는 둥, 무도관의 관장과 사범이 특과인 자기들 자리를 넘보는 친구들에게 경고를 하기 위해 그렇게 했다는 둥, 이런저런 소문들이 아주 무성하게 떠돌았다.

이제 사단 태권도 교육관은 병사들에게 인기가 가장 없는 곳으로 낙인이 찍혀 버렸다. 포대장 반복어도 오늘 아침 간부회의 자리에서 이렇게 말했다.

"부관, 곧 번개작전이 있을 모양이야. 작전명령만 떨어지면 태권도 교육생 차출 같은 건 없다. 우리 애들이 대포 모가지를 끌고 정글 속을 기는데, 어느 개 아들놈이 태권도 하라고 하겠어? 슬슬 눈치나 살피다가 명령만 떨어지면 잽싸게 내빼자고. 부관, 애들에게 보따리 부터 먼저 싸라고 혀."

그런데 개미허리가 그렇게 악명 높은 사단 태권도 교육생을 자원 하고 나선 것이다. 신동협 병장이 그 이유를 묻자 개미허리는 자기 는 이번 작전에서 꼭 빠지고 싶다고 대답을 했다. 지난번 킬러밸리 에서 아주 혼쭐이 난 모양이었다. 그는 이번 작전에 대한 예감이 좋 지 않다고 말을 하면서 전우들에게까지 피해를 입힐 것만 같다고 말 했다.

"신 병장, 복어(포대장) 한번 꼬셔 봐라. 나, 태권도 교육 보내자고."

"정말이야, 해 보는 소리야?"

신동협 병장은 진심으로 만류를 하고 싶었다. 그러나 개미허리는 태권도 교육관에 가서 맞아 죽어도 좋으니 꼭 보내 달라고 졸랐다.

"니 소원이 정말 그렇다면 복어에게 말해 보마. 들어줄는지는 모 르겠다만."

"신 병장, 너 복어 잘 꼬셔야 돼."

"걱정 마. 복어가 고등학교 선배라는 것 잘 알잖아. 그런데 조심해 야 할 거야, 교육대의 사범 한 놈이 하사라면 이를 간대."

"알아서 할게."

신동협 병장은 진심으로 개미허리가 걱정이 되었다. 킬러밸리에서 일어났던 일들을 개미허리로부터 고해성사를 받듯 모두 들은 후로부 터 진심으로 그를 걱정했다.

"준비이 쏴아!"

부관 신록 중위가 명령을 내렸다.

꽝.

6문의 105㎜ 대포가 일제히 불을 뿜기 시작했다. 천지를 진동하는 포성으로 대지는 몸을 떨고 공기는 찢어지는 아픔으로 비명 소리를 질러댔다. 포 사격은 벌써 2시간이나 계속되고 있었다.

어느새 시간은 오후 3시 30분, 섭씨 45도의 불볕더위 속에서 병사들은 점심도 거른 채 사격을 하고 있었다.

시간이 흐를수록 포대장 반복어 대위는 마음이 조급하고 초조해졌다. 단 5분만이라도 포 사격을 중지할 수만 있다면 부하들에게 씨레이션이라도 먹일 텐데, 숨 돌릴 여유도 없이 보병들이 다급하게 사격 요청을 하니 쉴 틈이 없었다.

땡볕에 노출된 포수들의 벌거벗은 몸뚱이는 어느새 하얗게 소금이 말라붙어 있었다. 포수들이 폭염에 기절해 쓰러지면 포대는 끝장이었다.

A포대는 해발 400m의 산허리에 진지를 구축하고 산 아래에 내려다보이는 부락을 향해 포탄을 날려 보내고 있었다. 부락은 반달 같은 푸른 해안선을 끼고 40여 호의 농가가 옹기종기 모여 있었다. 부락 앞에는 눈부신 하얀 모래밭과 파란 에메랄드 쪽빛 바다가 그림같이 펼쳐져 있었다.

우편엽서에나 나옴 직한 그런 아름다운 부락이 전투로 처참하게 불에 타오르고 있었다.

부락 뒤편의 밀림 속에서는 격렬한 총격전이 벌어지고 있었다. 밀림에서 타오르는 불길은 부락의 농가 전체에 옮아 붙으며 무서운 기세로 타오르고 있었다.

방탄조끼를 입은 3중대 병사들이 M16 소총을 무차별로 난사하며 부락에 접근하고 있었다. 중대가 진입하는 부락 뒤편의 밀림 속에는 수많은 월맹군들이 무서운 기세로 응사하고 있었다. 부락 중심 한복판의 공터에는 닭과 오리 떼들이 날개를 퍼덕이며 도망을 치고 있었다. 그리고 사람뿐만 아니라 개와 돼지도 총소리에 놀라 비명을 지르며 날뛰고 있었다.

A포대는 보병들이 진입하는 부락 뒤편으로 후퇴하고 있는 월맹군들의 퇴로를 차단하기 위해 포탄을 퍼붓고 있는 중이었다.

6문의 105㎜ 포는 포신을 산 아래로 향한 채, 격전지를 향해 쉴 새 없이 포탄을 날려 보내고 있었다. 포대는 잠시도 숨 돌릴 만한 여유가 없었다. 육안으로 바로 내려다보이는 부락에서 전우들이 생사를 건 사투를 벌이고 있는데 어떻게 점심을 먹을 수가 있겠는가?

"워메, 저게 뭐여?"

인사계 남 상사가 갑자기 산 아래를 가리키며 비명을 질러댔다. 순간 포대장의 얼굴은 백짓장처럼 하얗게 변했다. 이건 예삿일이 아니었다. 적들이 쏘는 박격포 탄이 3중대를 향해 날아오고 있었다. 포탄은 두 발 혹은 세 발씩 날아와 정확히 탄착점을 찾지는 못한 채 청록색 바닷물에 떨어지고 있었다. 바다에 떨어지는 포탄은 굉장한 분수를 만들고 있었다. 저 포탄이 정확하게 탄착점을 찾는다면 3중대는 순식간에 전멸될 것이다.

포대장 반복어 대위가 다급하게 소리쳤다.

"어이 강 상사, 외곽 경비병 전부 집합시켜. 빨리!"

포대의 모든 병력은 사격에 동원되었다. 통신, 행정, 취사병까지도 포반에 배치되어 포탄 상자를 까는 작업에 동원이 되었다. 나무 상자 속에 두 발씩 들어 있는 포탄은 야전삽으로 밴딩이 된 철사를 툭 쳐서 끊으면 검은 마분지 통에 거꾸로 결합이 된 두 발의 포탄이 나왔다. 그렇게 한 다음 야전삽 날로 마분지 통을 까고 알맹이를 꺼내 탄알과 장약을 결합해야 사격할 수가 있다.

숙달된 포수들은 단 3번의 삽질로 포탄을 만들었다. 그러나 포 사격이 오늘처럼 장시간 계속되면 장약을 조립하는 포수들은 지쳐서 작업 속도가 느려지거나 과로로 기절하는 일까지 생겨났다.

"경비병, 니들도 전부 포반에 붙어라. 야 조 일병, 너는 포수들에게 물을 줘라. 포에도 물을 주고(포신이 과열된 것을 물로 냉각시키라는 뜻임). 그리고 포수들의 몸에도 물을 뿌려 줘라. 이러다가 생사람 잡겠다."

워낙 상황이 다급해지자 포대장은 외곽 경비병들까지도 모두 철수시켜 버렸다.

"포대장님! 물 드세요."

이성호 상병이 식수통에서 물을 떠서 내밀었다. 포대장은 한 모금 마시다가 깜짝 놀라며 물을 내뿜었다.

"앗! 뜨거. 야 임마, 이게 물이야? 누가 물을 펄펄 끓여서 달라고 했어?"

식수가 불볕에 뜨거워진 것이다. 물은 너무 뜨거워서 목이 타도 마실 수가 없었다.

그때 사격을 지휘하던 부관 신록 중위가 단 아래로 굴러떨어졌다. 더위에 기절한 것이다.

“전 포대, 사격 중지!”

사격이 중지되자 포수들은 포 다리 그늘 밑에 쓰러져 버렸다. 그들은 너무 지쳐 일어날 수가 없었다. 포대장 반복어 대위가 지휘부 상황실에 30분만 점심 식사시간을 달라고 사정했다. 곧이어 포대에 20분간의 휴식 명령이 하달되었다.

포대가 주둔한 진지는 벌거숭이 민둥산이었다. 나무 한 그루, 풀 한 포기도 없는 곳이었다. 이곳은 미군들이 고엽제를 살포한 지역이다. 나뭇잎은 모두 떨어지고 앙상한 가지만 흉측하게 서 있었다. 풀잎 역시 미군이 살포한 고엽제 때문에 허옇게 말라 죽어 있었다.

짧은 휴식 시간에도 병사들은 열대의 강렬한 햇빛을 피할 곳이 없었다. 오직 105㎜ 포 다리 밑에 드리워진 작은 그늘만이 유일한 휴식처였다. 병사들은 포 다리 밑에 병아리 새끼처럼 옹기종기 모여 뜨거운 햇빛을 피하고 있었다.

산 아래 부락에서는 아직도 3중대 병사들이 처절한 전투를 벌이고 있었다. 그 전투는 다음 날까지 계속되었다.

#8 뛰는 놈 위에 나는 놈

- 왕이 된 졸개 -

"오뚝이 온다."

누군가 소리치자 포 다리 그늘 밑에 누워 있던 병사들이 슬며시 일어나 앉았다. 산허리를 빙빙 돌던 H21 헬기 한 대가 포대의 진지에 풀썩 내려앉았다. 진지는 순식간에 누런 먼지를 흠뻑 뒤집어썼다. 헬기 속에서 우편 행낭과 각종 보급품이 하역되기 시작했다. 뜻밖에도 헬기 속에서 단독 군장을 한 은희용 상병이 훌쩍 뛰어내렸다.

"은 상병 어디서 오는 거야? 야, 정말 오랜만이다."

우편물을 챙기며 신동협 병장이 반갑게 맞았다.

"찰리로 가는 길인디 바로 가는 오뚝이가 없시유. 여거서 하룻밤만 기다리면 내일 오뚝이가 온대유."

"은 상병, 태권도 교육관에 입소했다며?"

"오늘 수료했잖아요. 열 시에."

"야, 너 알파 김 하사 알지? 개미허리 김 하사 말이야. 어떻게 지내고 있어?”

“이히히! 김 하사님 때문에 태권도 교육관에서 난리가 났시유.”

“뭐야? 난리가 났다고, 왜?”

신동협 병장이 놀라서 물었다. 옆에서 보급품을 수령하던 인사계 남 상사가 인상을 쓰며 비웃었다.

“그럴 줄 알았다 개새끼, 개미허리가 된통으로 사고를 쳤구나. 그 자식은 가는 곳마다 사고를 치네, 망할 자식!”

남 상사가 가래침을 퉤 하고 뱉었다.

“뭔 일이 있었는데?”

신동협 병장이 다시 물었다. 찰리의 은희용 상병은 개미허리보다 1기 앞서 사단 태권도 교육관에 입소했기 때문에 그간의 사정을 잘 알고 있었다.

은희용 상병이 히죽이 웃으며 입을 열었다.

“사병들이 구내식당으로 가려면 반드시 태권도 교육관 앞을 지나 가야 하는디 김 하사님이 통행세를 받고 있시유.”

“무슨 소리야, 그게?”

은희용 상병이 한참을 웃다가 설명을 하기 시작했다.

개미허리는 태권도 교육관 문 앞에 의자를 가져다 놓고 앉아, 지 나가는 사병들을 불러 쓸데없이 잡담을 한다고 했다. 그러다가 느닷 없이 상대방의 어깨나 팔의 급소를 잡아 버린다고 했다.

개미허리의 독수리 발톱 같은 날카로운 손가락이 급소 혈을 잡으 면 아무리 운동깨나 했다는 깡패 출신 병사들도 너무 아파 오줌을 찔끔 싸며 비명을 지른다고 했다. 사병들은 개미허리가 무서워 배가 고파도 식당에 밥을 먹으러 가지 못한다고 했다. 사단 공병대 중대장이 태권도 관장에게 엄중한 항의를 했으나 관장은 빙그레 웃기만 했다고 한다.

"개미허리가 너무 맞아 대갈통이 돌았구나, 불쌍한 자식!"

인사계 남 상사가 혀를 차며 중얼거렸다.

"김 하사님이 돈 게 아니구유. 태권도 관장님이 돌았시유."

은희용 상병이 정색을 하며 말했다.

"건 무슨 말이야, 관장이 돌았다는 게?"

인사계 남 상사가 의아한 표정을 지으며 물었다.

"참말로 웃기지유, 김 하사님이 태권도 교육장을 묵사발로 만들었시유. 그뿐만이 아니고요. 지금 교육관에서는 김 하사가 왕이어유, 왕!"

"고거 참 듣고 보니 요상한 야그여. 은 상병, 홀딱 까놓고 시원하게 야그해 보더라고요, 이잉?"

취사반 오중태 하사가 답답한 얼굴로 독촉을 하자 은희용 상병은 혓바닥으로 마른 입술을 축이며 그간의 사연을 이야기하기 시작했다.

"주목, 제군들은 오늘부터 피교육생이므로 본 교육을 수료할 때까지 계급을 몰수하도록 하겠다. 본 교관은 교육대에서도 가장 인정이 많기로 소문이 난 사범, 상병 오원수다. 이곳을 수료하고 나간 많은 교육생들이 나를 보고 죽어도 꼭 '원수'를 갚겠다고 벼르는 모양인데 언제든지 환영한다. 단 본인은 태권도 공인 7단임을 미리 밝혀 두니 명심하기 바란다. 잠시 후에 관장님의 임석하에 입소식을 거행하도록 하겠다. 그 전에 제군들의 기능 정도를 평가하기 위하여 약속 대련을 갖도록 하겠다. 이것은 앞으로 제군들의 교육에 참고로 하기 위해 기능을 평가하는 것이며 다른 뜻은 없다. 자 그럼 누가 먼저 할까?”

상병의 눈이 쥐를 노리는 고양이처럼 피교육생들을 째려보기 시작했다. 2열 횡대로 도열한 교육생들의 얼굴이 하얗게 질리며 목이 움츠러들었다. 고양이는 어떻게 하면 쥐들을 더 맛있게 요리할 수 있는가를 즐기는 것 같았다.

“너, 앞으로!”

사범이 험악하게 인상을 쓰며 앞줄에 서있는 일등병을 지목하자 키가 멀대처럼 크게 생긴 병사가 겁을 잔뜩 집어먹고 긴장된 얼굴로 주춤주춤 앞으로 걸어 나왔다.

오원수 사범의 표정은 ‘요걸 어떻게 요리해서 녀석들의 기를 팍 죽이나’ 하고 음흉스럽게 웃고 있었다.

“자, 덤벼라!”

오원수 사범은 도복 앞자락을 손으로 잡아당기며 김병식 일병에게 다가갔다. 키다리 일병은 오기가 나서 ‘새끼, 니가 운동을 했으면 얼마나 했나’ 하고 대련 자세를 취했다.

김병식 일병이 연속 발차기 동작으로 공격해 오자 오원수 사범은 유연한 동작으로 거칠게 들어오는 상대방의 발길을 가볍게 피하며 왼쪽 발을 받아 차듯이 쭉 뻗었다. 그리고 멈칫하는 순간 잽싸게 돌아서며 오른쪽 발이 전광석화와 같이 상대방의 얼굴로 날아갔다.

“파악!”

“욱!”

태권도 공인 4단인 통신대 김병식 일병은 단 일격에 얼굴이 수박통이 깨어지듯 퍼석 소리를 내면 나가 떨어졌다. 하얀 이빨이 옥수수 낟알처럼 사방으로 흩어졌다. 오원수 사범의 기술은 정말 뽐낼

만했다. 2열 횡대로 정렬해 있던 열아홉 명의 입소생들은 모두 바싹 얼어붙었다.

"다음은 너!"

"저요?"

"그래 임마, 너 말이야."

공병 중대 목상수 병장이 이판사판으로 대련 자세를 취하며 돌려차기로 선제공격을 시작했다. 궁지에 몰린 쥐가 사력을 다해 고양이를 공격하는 것이다. 목상수 병장의 공격 솜씨는 일품이었다. 공격 후 착지 시, 몸의 중심이 흩어지게 마련인데 왼발이 착지하는 순간, 어느새 오른쪽 발이 연속적으로 상대방을 공격하기 시작했다. 그것은 고단자만이 할 수 있는 몸놀림이었다. 목상수 병장의 동작은 돌고래가 물을 가지고 놀리듯 부드럽고 힘이 있었다.

그러나 오원수 사범은 몇 번 발을 주고받다가 원숭이처럼 유연한 동작으로 스텝을 바꾸며 "싸아!" 하는 소리와 함께 눈 깜짝할 사이에 상대방의 목을 차 버렸다. 목상수 병장은 "캑!" 하는 괴상한 소리를 내며 창문가에 나가 떨어졌다. 그리고 간질병 환자처럼 온몸에 경련을 일으키며 발작을 하기 시작했다. 당일 입교한 열아홉 명이 모두 입소 신고라는 명분하에 이렇게 얻어맞았다.

오원수 사범 뒤에는 체중 130kg의 고릴라같이 생긴 병장이 거만한 자세로 팔짱을 끼고 입소생들을 노려보고 있었다. 교육관 창문가에는 바지를 무릎까지 걷어붙이고 선풍기 바람에 땀을 식히며 두 눈을 지그시 감고 앉아 있는 사내가 있었다. 그가 바로 이곳의 관장인 준위 이태수였다. 그는 손으로 발바닥을 쓰다듬으며 처음부터 이 소동을 합법적인 구타인 양 못 본 척하고 앉아 있었다.

“마지막으로 하사, 어이 하사! 너 일로 나와.”

오원수 사범이 김이수 하사를 손가락으로 가리키자 그는 깜짝 놀라 등 뒤를 돌아보았다.

“너 말이야 임마, 하사가 왜 이렇게 빌빌해.”

“저 말입니까?”

“그래, 너 말고 또 누가 있나?”

한쪽 구석에 모여 서 있던 입소생들은 김이수 하사가 하는 짓이 너무 처량해서 킥킥거리며 웃음보를 터트렸다. 험악한 인상으로 노려보고 있던 오원수 사범도 하사가 하는 짓이 너무 황당하고 엉뚱해서 쿡쿡거리며 웃음을 참았다. 그런데 갑자기 하사는 무슨 마음이 들어서인지 뽀르르 쫓아 나와

“아이쿠 성님!”

하고 상병의 바짓가랑이를 두 팔로 껴안고 넓죽이 엎드렸다. 마치 사지를 뻗은 개구리처럼……

“성님, 살리 주이소, 제발 살리 주이소!”

“뭐야 임마, 어 – 허허헛…….”

오원수 사범은 하사의 느닷없는 행동에 웃음을 터트리며 실컷 비웃었다. 그는 이 말라깽이 하사를 마음껏 농락할 생각이었다. 그런데 이 똥개는 미리 겁을 잔뜩 집어먹고 자기 발로 항복을 한 것이다. 그는 파월되기 전에 전방 G.P에 있었는데 그때 그곳 하사에게 된통 당한 일이 있었다. 그래서 하사 계급이라면 무조건 이를 북북 갈았다.

“임마, 하사 체면이 있지. 빨리 일어나라, 차려!”

“때리려고요? 몬 일어나겠심더. 성님, 제발 살리 주이소.”

“차려!”

"아이고 성님요, 와 이래십니꺼. 지는요, 포대장님이 여게 가면 특과라 캐서 왔심더. 정글 속에서 기다가 죽는 것보다는 안낫겠나 싶어 왔심더. 제발 살리 주이소, 성님! 엉엉 – 엉……"

하사는 꿇어앉아 두 손으로 싹싹 빌며 넓죽이 큰절까지 하며 울음보를 터트렸다.

"야, 너 몇 단이냐?"

오원수 사범은 교만한 자세로 물었다.

"태권도 '태' 자도 모릅니더, 그저 여기 가면 좋다캐서 포대장님께 맥주 사 주고 왔심더. 지는 운동에 맹탕이라예, 괜히 포대장님한테 속아서 온 거라예. 지는 부대로 돌아갈람니더."

오원수 사범은 기가 차서 창가에서 선풍기 바람을 쐬고 있는 이태수 관장을 힐끗 쳐다보았다.

"새끼는 맹물이다, 그냥 둬라."

관장이 고개를 끄덕이며 사인을 보내왔다.

"꺼져 새꺄!"

오원수 사범은 가볍게 앞차기로 하사를 걸어차 버렸다. 그런데 말라깽이 하사는 우스꽝스러운 몸짓으로 발길질을 벗어나 버렸다.

'재수 없는 자식.'

사범은 갑자기 자존심이 팍 상해 버렸다. 맹물 하사가 한 방에 뒤로 벌렁 나가 떨어졌더라면 그냥 봐주려고 했는데 이게 겁 대가리도 없이 피해? 독사처럼 약이 오른 사범은 천천히 자세를 바꾸다가 갑자기 돌아서며 전력을 다해 차 버렸다. 그런데 이게 웬일인가? 말라깽이 하사는 어느새 오원수 사범의 등허리를 두 팔로 껴안고

"아이쿠, 할배요! 와 이래십니꺼? 지가 뭐를 잘몬했습니꺼. 살리

주이소, 엉엉엉⋯⋯.”

하고 교육관이 떠나가도록 큰소리로 울어댔다.

‘뭐야 임마, 이 새끼가 겁 대가리 없이 관장 앞에서 두 번씩이나 피해? 쪽팔리게.’

오원수 사범은 부끄럽고 창피했다. 더구나 관장 앞에서 맹물 하나도 처리 못 하면서 어떻게 사범 노릇을 하겠는가? 그는 비장의 특기인 돌려차기로 혼신을 다해 공격했다.

‘넌 임마, 끝장이야. 죽지는 않아도 병신은 될 거야.’

그러나 그가 착지하는 순간, 어느새 말라깽이 하사는 사범의 오른쪽 다리를 두 손으로 잡고 빙빙 돌며

“사람 살려요, 사람 살리 주-이-소. 여게가 도살장이가 생사람 때려잡게. 아이고 사단장님요, 사람 살리 주-이-소. 이 도적놈들이 사람 죽이니더.”

하고 악을 쓰며 온 동네가 떠나가도록 고함을 질러댔다. 이 소동으로 공병 중대의 병사들은 물론 병기 중대, 통신 중대의 병사들, 그리고 점심밥을 짓던 취사병들까지 무슨 큰 구경이라도 생긴 것처럼 구름 떼처럼 몰려들었다. 구경꾼들이 인산인해를 이루자 허리가 한 줌밖에 안 되는 말라깽이 하사는 저만치 껑충 뛰며 뒤로 물러났다. 그리고

“야, 상병! 내가 널, 세 번이나 봐줬어. 이젠 내 차례야, 임마! 덤벼라 꼬맹아.”

하고 언제 그랬냐는 듯이 코웃음을 치며 교만하게 비웃었다.

“뭐야 임마, 말라깽이가 겁도 없이 기어올라. 넌 죽었다 임마, 싸아!”

오원수 사범은 분노로 치를 떨며 필사의 힘을 다해 이단 옆차기로

공중에 붕 떠올랐다. 그리고 단숨에 놈의 머리통을 찍어 버렸다.

그러나 말라깽이 하사는 생글생글 웃으며 물 찬 제비처럼 자세를 낮추었다. 그리고 빙그르르 돌며 마른 장작개비 같은 오른쪽 다리를 쭉 뻗어 올렸다.

순간 상병은 "캑" 하는 괴상한 비명 소리와 함께 팽이처럼 빙그르르 돌며 저쪽 구석에 나가 떨어졌다. 그리고 울컥 피를 토하며 내동댕이친 개구리처럼 사지를 벌벌 떨며 경련을 일으켰다.

"야, 뭘 보나? 다음은 너 차례야 임마! 덤벼라 돼지야, 어서 덤벼!"

말라깽이 하사는 언제 그랬느냐는 듯 생글생글 웃으며 손가락으로 병장 강철 사범을 불렀다. 팔짱을 끼고 옆에서 구경을 하고 있던 거구의 고릴라는 말라깽이 하사를 노려보았다.

"어서 덤벼 돼지야, 에그, 겁을 잔뜩 집어먹었구나, 쯔쯔쯔……. 불쌍한 놈!"

"뭐야 임마, 그렇게 죽고 싶어?"

강철 사범은 국기원 태권도 본부에서 관장을 하다 입대한 태권도 국가대표 선수였다.

그는 탱크처럼 육중한 체격을 두 발에 싣고 공중에 붕 떠올랐다. 그러나 하사의 몸놀림은 더 빨라 마치 한 마리 학처럼 우아하게 춤을 추기 시작했다. 그것은 태권도에서는 구경도 할 수 없는, 그리고 볼 수도 없는 부드럽고 우아하며 아름다운 동작이었다. 하사의 동작은 상대방보다 언제나 한 수 앞서 움직이고 있었다. 하사의 몸놀림은 언뜻 보기에는 엉성하고 느리며 빈틈이 많아 보였다.

그러나 강철 사범은 아무리 공격을 해도 하사의 털끝 하나도 건드릴 수가 없었다. 하사의 몸놀림은 전혀 예측할 수가 없었다. 그는 의

도적으로 강철 사범을 조롱하고 있었다. 강철 사범은 생전 처음으로 심한 두려움을 느끼며 하사를 노려보았다.

"너 임마! 오늘 임자 만났어. 9단도 운동을 했다고 까불어? 애들 장난 같은 재주로 할배를 몰라보고 함부로 까불어? 이 몸은 합이 19단이시다. 잘 봐 둬라, 어른을 몰라보고 까불면 얼마나 무서운 벌을 받는가를!"

말라깽이 하사는 붕 떠오르며 몸을 발랑 뒤집어 오른발을 가볍게 놀렸다. 입대 전 국기원 관장이며 태권도 공인 9단인 강철 사범은 국민학생처럼 부동자세로 서서 무자비하게 얻어터졌다. 그의 얼굴은 붉은 피로 금방 물들었다. 그러나 하사는 여전히 생글생글 웃으며 장난처럼 사범을 때렸다. 그러나 입으로는 장난을 쳤으나 발길은 아주 잔인하여 조금도 사정을 봐주는 법이 없었다. 더구나 그는 급소만 골라서 쳤다. 거구의 고릴라 강철 사범이 힘없이 나동그라졌다.

"당신이 관장이요? 어디 한번 놀아 봅시다."

고릴라 강철 사범을 순식간에 피투성이로 만든 말라깽이 하사는 창가에 앉아 있는 관장을 지긋이 노려보며 말했다. 말라깽이 하사의 동그란 눈은 얼음처럼 차갑고 냉랭한 기운이 무섭게 서려 있었다. 똑바로 쳐다보기도 무서운 살기 어린 눈빛……

이태호 관장은 전율에 몸을 파르르 떨며

"김 하사님, 오늘은 그만합시다."

"관장님께 한 수 더 배워야겠소, 여길 보시오, 관장!"

말라깽이 하사는 자기 명찰 위에 붙인 마크를 손가락으로 가리켰다. 하사의 명찰 위에는 활짝 편 손가락 열아홉 개가 빽빽하게 그려져 있었다. 전쟁터에서는 병사들의 복장에 대해 그렇게 심하게 규제

를 하지 않는다. 그 역시 그런 분위기에 따라 멋을 부리고 있는 것
으로 생각을 했다. 그런데 말라깽이 하사는

"이건 거짓말이 아냐. 어디 셋이서 한꺼번에 덤벼 보시지."

하고 말했다.

"김 하사님, 안으로 들어가서 조용히 이야기를 합시다. 제발 부탁
이요, 그렇게 합시다."

"좋소! 그럼 오늘부터 내가 관장이요."

말라깽이 하사는 그제야 굳었던 얼굴이 풀리며 만족한 웃음을 머
금었다. 그리고 뒷짐을 지고 천천히 교육관 안을 한 바퀴 돌았다. 그
리고 아주 거만한 자세로 팔자걸음을 걸으며 관장을 따라 안으로 들
어갔다.

은희용 상병의 말을 들은 A포대 대원들은 배를 잡고 웃었다. 신동
협 병장은 개미허리라면 충분히 그럴 만한 배짱과 실력을 갖추었다
고 생각했다. 하지만 그런 엉뚱한 일을 벌이기 위해 태권도 교육을
지원한 것은 아니라고 판단을 했다. 그가 그곳을 지원한 이유는 킬
러밸리에서 생긴 일들을 모두 잊고 정리할 시간적인 여유가 필요했
을 것이라고 생각했다.

#9 천산갑(穿山甲)의 간(肝)

- 죄는 청상개비가 짓고 벼락은 고무나무가 맞는다 -

"어메, 이게 뭐시랑가? 신 병장, 넌 먹물잉게 이게 뭔지 알게지라 잉."

6포 반장 정 중사가 지나가는 신 병장을 불러 세우고 물었다.

"뭔데 그래요?"

"요로코롬 요상하게 생긴 요놈이 머시랑가?"

신동협 병장은 6포반 빨래 건조대 뒤로 갔다. 포반은 지하 벙커 속에 있었다. 그 벙커 뒤에는 각목을 세워 만든 빨래 건조대가 있어 세탁물을 걸어 두고 말렸다. 그런데 군용 팬티와 러닝셔츠가 걸려 있는 건조대 빨랫줄에는 이상한 물건이 걸려 있었다.

그것은 초록색 거북이처럼 생긴 요상한 물건이었다. 그것의 등에는 손바닥만 한 크기의 투명한 비늘이 한 꺼풀 박혀 있고 몸뚱이에는 악어처럼 긴 꼬리가 달려 있었다.

앞 주둥이는 거북이처럼 생겼는데 전선으로 목을 묶어 빨랫줄에 걸어 놓았다. 빨랫줄의 높이가 1m 70㎝인데 그 괴물의 꼬리가 땅바닥에 질질 끌리고 있었다.

거북이 모양의 그 괴물은 온몸이 초록색이었다. 가슴과 배 부분은 연한 초록빛으로 그 껍질은 부드럽고 말랑말랑했다.

포대 진지 9번 관망대 앞에는 갈대숲이 시야를 가리고 무성해 초소 근무에 지장이 아주 많았다. 초소 시야를 가려 버렸다. 지난주에는 V.C 들이 갈대숲 사이로 은밀하게 침투하여 아군 초소 공격을 해 왔다.

그리고 이따금 정체를 알 수 없는 괴물체가 갈대숲을 헤치며 초소 주변으로 접근하여 조명탄을 터트려 진지를 발칵 뒤집어 놓기도 했다.

적으로 추정되는 그 물체는 동작이 너무 빨라 초소에 접근할 때마다 M16 소총으로 사격을 하면 순식간에 사라져 버렸다.

이상한 것은 그 물체가 움직일 때는 갈대가 파도처럼 움직이며 갈라졌다.

어떤 병사는 아나콘다 같은 거대한 뱀이 초소 주변을 돌아다닌다고 했고 또 다른 병사는 V.C의 첩자가 접근하는 것이라고 했다. 문제는 그 물체가 초소 주변에 조명탄을 터트리고 인계철선을 망가트려 병사들을 놀라게 해 자주 비상이 걸리게 하는 데 있었다.

따라서 진지에서는 초소 주변에 갈대숲을 완전히 제거하기로 했다. 불도저로 갈대숲을 밀어 버리고 오렌지 에이전트(고엽제)를 살포하기로 했다.

병사들에게 오렌지 에이전트의 독성 따위는 문제가 되지 않았다. 또 당시에는 그 독성에 대해 잘 모르고 있었다. 단지 밤마다 지겹게 걸리는 비상 때문에 잠을 못 자는 게 고통스러울 뿐이었다.

병사들은 진지 주변의 갈대숲을 불도저로 완전히 밀어 버리고 풀을 죽이는 고엽제를 살포하여 발가숭이로 만드는 것을 진심으로 기뻐했다. 약제는 녹색 드럼통에 들어 있었다. 그 드럼통 상단에는 노란색 테가 둘러져 있었다. 그리고 그 노란 테 속에는 'DANGER'라고 쓰여 있었다. 'DANGER' 그게 무슨 말인가? 그들에게 그건 단지 영어일 뿐이었다.

병사들은 팬티 차림으로 철모 속에 풀 죽이는 분말 가루(고엽제)를 물에 타서 손으로 저으며 초소 주변에 휘휘 뿌리고 다녔다.

그런데 오늘 아침 58공병대의 불도저가 와서 9초소 주변의 갈대숲을 완전히 밀어 버렸다. 그 작업을 하던 2포반에 이상중 일병이 이상한 괴물을 발견하였다. 그 괴물은 미군 불도저가 갈대숲을 파헤치고 땅을 밀 때 깔려 죽은 것 같았다.

그 괴물의 갑옷은 아주 단단하여 무거운 불도저의 궤도바퀴에 깔렸으나 몸뚱이가 터지지는 않고 그냥 압사를 당했었다.

이상중 일병은 괴물을 발견하고 외곽 진지에서 질질 끌고 와서 빨래 줄에 매달아 놓고 무엇인지 바라보며 분석을 하고 있었다.

많은 병사들이 빙 둘러서서 이 괴물에 대해서 한마디씩 하였다.

"요거는 거북이의 변종인기라. 사람으로 말하면 튀긴기라."

이상중 일병이 아는 체하며 말하자.

"무신 소리, 요놈은 월남 도마뱀인 기라. 니는 눈까리로 보면서도 모리나."

한동수 병장이 아는 체하며 말했다.

포대 병사들은 시끌벅적하게 떠들며 한마디씩 했으나 정확하게 이 괴물의 이름을 아는 사람은 없었다.

단지 병사들은 그동안 인계철선을 건드려 조명탄을 터트린 범인이 이 괴물일 것이라는 막연한 추측에는 의견이 일치하였다.

신동협 병장도 이 괴물의 이름을 알 수가 없었다. 처음 보는 동물이었다. 그는 생물 시간에 동물도감 속에서 본 수많은 동물들을 머릿속에 떠올려 보았으나 이렇게 괴상하게 생긴 것은 처음 보았다. 그러나 등 위에 갑옷을 두른 손바닥만 한 투명한 비늘을 보자 갑자기 이상한 생각이 들었다. 이것은 희귀한 동물인 것이다. 잉어비늘처럼 생긴 저 투명 비늘만 해도 엄청난 값어치가 있을 것만 같았다.

“야, 이 일병. 이거 나 주라.”

신동협 병장이 말했다.

“뭐하시게요.”

“비늘이 이상하게 생겨서 구경 좀 하게.”

“5달러 주세요.”

“비싸다, 안 해.”

“그럼, 3달러.”

“싫어.”

“그럼, 맥주 다섯 캔만 주세요.”

“좋아, 내가 샀다.”

“이 괴물을 뭐하시게요.”

“표본 할까 해서 그래.”

신동협 병장도 그 괴물로 무엇을 하겠다는 뚜렷한 생각이 없었다.

“야, 뭣들 하냐.”

구경꾼을 헤치고 개미허리 김이수 하사가 불쑥 나타났다. 그는 빙 둘러 서 있는 병사들을 헤치고 그 괴물 앞으로 다가갔다.

“어, 이것 봐라.”

개미허리는 몹시 놀라는 눈치였다. 그는 뒷짐을 지고 중지 손가락으로 그 괴물의 배를 꾹꾹 찔러 보다가 다시 등 뒤의 비늘을 살펴보기도 했다.

"야, 이거 나 주라."

개미허리가 생글생글 웃으며 말했다.

"김 하사님, 한 발 늦었심더. 이 괴물은 신 병장님 꺼라 예."

"어이, 신 병장 네가 샀냐?"

"그래."

"얼마에."

"맥주 다섯 캔."

"야, 돈이 썩었냐. 이걸 사게."

그는 이죽거리며 괴물의 연한 초록빛 뱃살을 중지 손가락으로 꾹꾹 찔러보다가 등에 덮인 비늘을 만져 보기도 했다.

신동협 병장은 이상한 생각이 들었다. 개미허리가 이런 괴물에게 관심을 가지는 것은 아주 드문 일이었다.

"김 하사. 이 괴물 이름이 뭐고? 니는 알제."

"모른다, 내가 우째 알겠노."

"참말이가?"

"난도 모른다."

"니, 지금 구라치는 기제. 숨기지 말고 솔직하이 말해 봐라, 이기 뭐고?"

"참말로 모른다카이."

그렇게 말하면서 그는 괴물의 말랑말랑한 배를 자꾸만 중지 손가락으로 쿡쿡 찔러 보았다. 그리고 허리에 차고 있던 작은 표창을 꺼내들고 그 괴물의 배를 5㎝ 정도 가르기 시작하였다.

빙 둘러 서 있던 많은 병사들은 개미허리 김 하사가 무엇을 하는
지 몰라 그냥 구경만 하고 있었다. 날카로운 표창으로 괴물의 배를
가르자 연한 초록빛 가죽이 찢어지며 붉은 피가 배어 나오는 내장이
조금 드러났다.

개미허리는 중지 손가락을 뱃속에 넣고 무엇인가 뒤적거리며 만지
기 시작했다. 그리고 손가락 한 마디만 한 빨간 살점을 뽑아냈다. 그
러고는 입을 쩍 벌리고는 꿀꺽 삼켜 버렸다. 순식간에 일어난 일이
었다.

"앗!"

구경하던 병사들이 깜짝 놀라 모두 비명을 질러댔다. 그러나 개미
허리는 입맛을 쩝쩝 다시며 저만치 휘적휘적 걸어가 버렸다.

"야, 김 하사."

신동협 병장이 다급하게 쫓아가서 그의 소맷자락을 낚아채며 말했다.

"방금 삼킨 게 뭐고?"

"니는 몰라도 된다."

"이 괴물은 내 꺼야 임마! 방금 니가 먹은 게 뭐고?"

"말해도 니는 모른다카이."

많은 병사들이 두 사람의 실랑이를 구경하고 있었다.

"김 하사, 정말 그럴 거야."

"말하면 욕할 긴데."

"욕 안 할게."

"약속해라."

"좋아 약속했다, 말해라."

"니, 괴물 이름이 뭔지 아나."

"몰라, 그러니까 묻지."

"이기, 청상개빈 기라."

"청상개비? 그게 뭐고?"

"니는 그런 말도 몬 들어봤나? 죄는 청상개비가 짓고 벼락은 고목나무가 맞는다고."

개미허리의 이야기는 이런 것이었다.

이 세상에는 두 가지 귀중한 보물이 있는데 하늘에는 용의 입에 물린 여의주요, 땅에는 청상개비의 간이라고 했다. 청상개비는 여름철에 비가 오지 않으면 하늘에다가 똥구멍을 치켜들고 옥황상제에게 욕을 한다는 것이다. 그렇게 하면 하늘에서 내려다보고 있던 옥황상제가 약이 올라 "이놈" 하고 비와 함께 벼락을 내리치며 청상개비는 잽싸게 고목나무 속으로 숨어 버린다고 했다. 그렇게 해서 아무 죄가 없는 고목나무는 옥황상제가 때린 벼락에 맞아 죽는다. 이 말의 뜻은

"죄는 청상개비가 짓고 벼락은 고목나무가 맞는다."

는 우리나라의 전래되는 속담에 연유된 이야기였다.

죄는 다른 사람이 짓고 벌은 엉뚱한 사람이 받는다는 해석이었다. 개미허리는 이 괴물이 그 속담에 나오는 청상개비라는 것이다. 그것의 간은 전설 속에 나오는 용의 여의주와 맞먹는 귀중한 보물이며 죽은 사람도 살리는 명약이라고 했다.

"뭐야!"

신동협 병장이 놀라서 말했다.

"그걸 어떻게 알았어?"

"우리 할배가 일직에서 한의원을 하셨어. 그래서 내가 좀 알지."

녀석의 대답은 그게 전부였다. 그리고 저만치 휭하니 가 버렸다.

신동협 병장은 그만 천상개비가 싫어졌다. 마치 쓸개 빠진 곰처럼 미련이 없어졌다. 그래서 표본을 하려던 청상개비를 황 일병에게 그냥 주어 버렸다.

귀국한 뒤 신동협 병장은 학교 도서실에서 우연히 동물도감을 볼 기회가 있었다. 개미허리가 말한 청상개비는 학명이 '천산갑'이며 실존하는 동물이었다.

등에 투명한 비늘이 갑옷처럼 붙어 있고 몸의 색깔이 연한 초록이었다. 목이 거북이보다 더 길고 악어처럼 긴 꼬리를 가지고 있었다.

동물도감에서는 '천산갑'의 간이 용의 여의주보다 더 귀한 약재라는 말은 어디에도 없었다. 단지 천산갑의 비늘이 귀한 약재로 사용되며 그 희소성으로 인해 고가의 귀중품으로 구하기가 하늘의 별을 따는 것처럼 어렵다고 했다.

당시 신동협은 천산갑의 간이 귀중한 약재인지 아닌지는 알 길이 없었다. 그러나 개미허리가 천산갑의 간을 빼 먹은 것은 사실이었다. 그걸 먹은 사람은 불로장생하며 죽지 않는 다고 했다.

"죄는 천산갑이 짓고 벼락은 고목나무가 맞는다."

그것은 마치 국가의 명령에 따라 전쟁이라는 죽음의 계곡으로 내몰린 32만 명의 참전 병사들의 처지와 무엇이 다른가? 월남전에 참전한 많은 병사들은 천산갑의 장난에 따라 벼락을 맞은 고목나무 신세와 조금도 다를 것이 없었다.

#10 배꼽시계
- 쓴맛과 단맛을 경험하다 -

연일 계속되는 장마철의 폭우로 외곽 초소는 흙탕물 속에 잠겨 버렸다. 한 번도 경험하지 못한 열대지방의 무서운 폭우였다. 하늘에서 양동이로 물을 쏟아 붓는 것만 같았다. 자연재해로 쌍방 간의 전투는 저절로 중지되었다.

병사들은 외곽 초소에서 경계 근무를 서는 것이 하루 일과의 전부였다. 그러나 초소의 근무도 많은 고통이 뒤따랐다. 쏟아지는 폭우로 외곽 초소가 물속에 잠겨 있었다. 병사들은 허리까지 차오르는 물속에서 역수같이 쏟아지는 비를 맞으며 한 치 앞도 보이지 않는 캄캄한 어둠 속에서 4시간을 견디어내야 했다.

근무를 마치고 초소 밖으로 나오면 허벅지는 죽은 돼지 껍데기처럼 팅팅해졌고 불알은 흐물흐물하도록 불어 터졌다. 정글화 속의 발바닥은 뱀의 껍질처럼 허물이 홀라당 벗겨졌다. 그래도 초소 안에서 근무를 서는 병사들은 외곽 진지에서 매복을 서는 병사들보다는 형편이 좋았다. 매복조는 쏟아지는 비를 맞으며 판초우의를 뒤집어쓰고 진흙탕 속에 엎드려서 밤을 새워야 했다.

시간당 200㎜가 넘게 쏟아지는 폭우는 살인적이었다. 판초우의의 알싸한 고무 냄새, 축축하게 젖은 사타구니, 추위로 이빨이 딱딱 마주치며 떠는 소리, 소화가 덜된 시큼한 방귀 냄새, 새벽의 속 쓰림과 허기 속에서 병사들은 폭우의 고통을 이겨 내야만 했다.

병사들은 외곽 초소 근무를 마치면 또 벙커 속에 불침번을 서야 했다. 벙커 속에 차오르는 물을 철모로 퍼내야 하는 불침번은 외곽 초소의 근무보다 더 힘들었다. 불침번을 서다가 조금만 깜빡하고 졸면 벙커는 순식간에 물속에 잠기며 샌드백으로 쌓아 놓은 벽이 와르르 무너졌다. 잠을 자던 전우들이 무거운 벙커 지붕에 깔려 죽었다. 그 힘든 불침번은 월남 신병들이 주로 섰다. 우기에 접어들자 병사들은 저절로 대화에 활기가 없어졌다. 병든 환자들처럼 어깨가 축 늘어져 근무 시간 외에는 모두 벙커 속에 쓰러져 잠만 잤다.

신동협 병장은 22시부터 02시까지 외곽 초소에서 근무를 서고 있었다.

'겨우 30분이 지났어? 야, 이거 미치겠군. 정말 미치겠어.'

신 병장은 손목시계를 바라보며 투덜거렸다. 그는 씨레이션 깡통의 비스킷을 입속에 집어넣고 우물거렸다. 까칠한 혓바닥에 부서지는 눅눅한 비스킷은 아무 맛도 없었다.

소변을 참고 있던 신동협 병장은 오줌보가 터질 것만 같았다. 그는 바지도 내리지 않고 허리까지 잠긴 물속에서 소변을 보기 시작했다. 따듯한 오줌 줄기가 바짓가랑이를 타고 술술 빠져나갔다. 사타구니 사이로 흘러내리는 소변의 미적지근한 감촉, 따뜻하고 미끄러운 체온의 느낌이 아주 시원했다. 외곽 초소 근무자들은 누구나 소변을 그렇게 보았다. 그리고 그 물로 세수도 하고 이빨도 닦았다.

초소 주변에는 V.C들의 야간 공격에 대비해 많은 지뢰와 크레모아를 인계 철선으로 연결해 놓았다. 조명탄도 거미줄처럼 쳐 놓았지만 적의 기습은 신출귀몰하여 한시도 방심할 수가 없었다. 초소 근무자는 해가 진 뒤에 움직이는 모든 물체는 무조건 사살하라는 명령을 받고 있었다.

지난주에는 이런 일이 있었다. 9초소 전면에 설치한 조명탄이 갑자기 터졌다. 초소 근무자는 즉시 움직이는 물체를 향해 사격을 하고 크레모아를 터뜨렸다. 폭포처럼 쏟아지는 빗속에서 전 부대에 비상이 걸리고 한바탕 소동이 벌어졌다. 부대는 밤새도록 긴장을 했다.

밤이 지나고 날이 밝자 매복조는 주변을 수색하기 시작했다. 그런데 진지의 침투자는 놀랍게도 두 마리의 들개였다. 오랜 전쟁으로 민가는 모두 파손되고 불에 타 버렸다. 집에서 키우던 개들은 야생의 들개로 변해 여기저기 떠돌아다니고 있었다. 때때로 진지로 침투해 초소 근무자를 놀라게 했다. V.C들은 그 점을 이용해 야간에 그들의 공격 목표인 아군의 진지에 들개를 풀어 침투를 시키곤 했다. 그리고 초소의 위치와 화력의 배치 상황을 세밀하게 관찰했다.

신동협 병장은 시계를 다시 보았다. 어느덧 교대 시간이 가까이 오고 있었다.

02시에 강병수 상병과 초소 근무를 교대한 신동협 병장은 지쳐서 녹초가 되었다. 퉁퉁 부어오른 다리는 무거워서 발걸음을 옮기기도 힘이 들었다. 그는 술에 취한 사람처럼 비틀거리며 통신반 벙커 속으로 기어들었다. 굴속처럼 캄캄한 벙커 속으로 들어가던 신동협 병장은 놀라서 기겁을 했다. 벙커 속에는 물이 허리까지 가득 차 있었다. 벙커는 사질토의 모래땅을 파내고 샌드백에 흙을 채워 벽과 지붕을 쌓아 만든 것이다. 적의 박격포 공격에 대비하기 위해서 그렇게 구축했다. 그러나 사질토를 파서 만든 지하 벙커는 우기에 접어들자 치명적인 약점을 드러냈다. 굵은 모래로 이루어진 지층은 폭우가 쏟아지자 많은 물이 그대로 스며들었다. 불침번은 벙커 속에 스며드는 물을 철모로 밤새도록 퍼내야 했다. 그래야 다른 병사들이 안심하고 잠을 잘 수가 있기 때문이다. 불침번이 조금만 게으름을 피우면 벙커는 금방 흙탕물 속에 잠겨 버렸다.

그런데 불침번인 월남신명 백동호 일병이 철모를 손에 든 채 코를 골며 쓰러져 잠을 자고 있었다. 하긴 밤새도록 혼자서 벙커 속에 스며드는 물을 철모로 퍼내는 일이 보통 일이겠는가? 그걸 경험해 보지 못한 사람들은 고통을 알지 못할 것이다. 끊어질 것만 같은 허리의 통증, 잠시만 허리를 펴도 금방 차오르는 흙탕물, 물집이 잡힌 손바닥의 쓰라림, 어깨와 목의 뻐근함, 허리의 결림 등 그 고통은 죽는 것이 오히려 더 편하다는 생각이 들게 하였다.

그런데 벙커 속에 차오른 물은 벽과 천장에 쌓아둔 모래주머니를 조금씩 무너뜨리고 있었다. 그런데도 초소 근무에 지친 병사들은 정신없이 곯아떨어져 아무것도 모른 채 잠만 자고 있었다. 오직 불침번만 믿고 말이다.

"비상, 콩(베트콩)이다!"

신동협 병장이 다급하게 고함을 질렀다. 잠들어 있던 병사들이 놀라서 벌떡 일어났다. 그 바람에 개미허리도 잠에서 깨어났다. 그는 A포대에 복귀하여 신동협 병장과 같은 벙커를 쓰고 있었다. 개미허리는 잠을 깨자 모래주머니가 움직이는 것을 보았다. 벙커 지붕이 내려앉고 있었다.

"대피 대피!"

개미허리가 밖으로 뛰쳐나가며 외쳤다. 병사들이 개미허리를 따라 밖으로 튀어나갔다.

꽝! 엄청난 굉음과 함께 벙커의 지붕이 풀썩 내려앉았다. 병사들은 다급한 나머지 개인화기도 가지고 나올 틈도 없었다. 잠결에 팬티 차림으로 뛰쳐나온 병사들은 지붕이 폭삭 내려앉은 벙커를 정신없이 내려다보았다. 1분만 늦었어도 병사들은 수백 톤의 흙에 매몰이 되었을 것이다.

붕괴가 된 벙커를 바라보는 통신반 병사들은 걱정이 태산 같았다. 장마가 끝날 때까지 다른 벙커에서 더부살이를 해야 하기 때문이다. 이제야 월남 사람들이 지면보다 더 높이 집을 짓는 이유를 알 것만 같았다. 그런데도 병사들은 그것도 모르고 두더지처럼 땅 밑으로만 기어 들어갔다. 벙커를 잃은 통신반 병사들은 수송부 벙커로 들어가서 괄시를 받으며 더부살이를 시작했다. 수송부에서는 통신반 병사들을 자기 집도 하나 건사하지 못하는 쪼다들이라며 아주 무시를 했다. 그래도 통신반 병사들은 그 멸시와 모욕을 견디어 내야만 했다.

이튿날 아침, 신동협 병장은 갑자기 몸에 이상을 느꼈다. 식당에 아침밥을 먹으러 가는데 오른쪽 겨드랑이 밑에 작은 종기가 2개 돋아난 것을 알았다. 종기는 여드름 같이 아주 작았지만 오한이 나는 게 마치 몸살 같았다. 얼마 지나지 않아 종기는 금방 4개로 늘어났다. 신동협 병장은 기분이 나빠 얼굴을 찡그렸다. 개미허리가 밥을 먹다가 이상한 표정을 지으며 물었다.

"얼굴이 왜 그래?"

"뭐가?"

"이마에 뿔났어."

"뿔?"

손으로 만져보니 겨드랑이에 돋았던 좁쌀만 한 크기의 종기는 어느새 이마로 옮겨져 주먹만큼 커져 있었다. 종기는 순식간에 허리로 엉덩이로 빠르게 옮겨 다니고 있었다. 엄청나게 부어오른 종기에 신동협 병장은 덜컥 겁이 났다. 온몸이 근질근질한 게 이상했다.

취사반 오정섭 병장이 라면 한 그릇을 끓여서 가지고 왔다. 라면은 중환자에게만 주는 특식이었다. 포대장에게 말하자 빨리 대대 의무대로 가보라고 했다.

오침 시간에 쏟아지는 비를 맞으며 신동협 병장은 개미허리와 함께 대대 의무대로 갔다. 김기준 군의관은 물이 찬 외곽 초소에서 매복을 장시간 선, 병사들 중에서 이런 병이 많이 발생한다고 했다. 정확한 발병 원인은 자기도 모른다고 했다. 일종의 풍토병인 것 같다고 말했다. 그는 이런 종류의 풍토병은 치료 방법이 없으며 그 병에 걸린 환자들은 귀국을 하면 바로 낫는다고 했다. 군의관은 소견서를 써주며 이번 제대로 귀국을 하라고 했다.

신동협 병장은 우울했다. 아직도 재대가 6개월이나 남아 있었다. 굶주림과 혹한 속에서 보낸 전방 생활을 생각할 때 죽어도 다시 돌아가기 싫었다. 일등병 시절에 그는, 남의 밥을 훔쳐 먹은 적이 있었다. 그것도 은혜를 원수로 갚은 것이다. 혹한기에 접어들자 전방에서는 빨래 할 곳이 없었다. 겨울철 5개월 동안 빨래를 하지 않은 넝마 같은 내복은 이 투성이었다. 등이 간질해서 손을 집어넣으면 손톱

끝에 이가 묻어 나왔다. 이가 너무 많아 병사들은 밤이면 내복을 벗어 막사 뒤편 줄에 걸어놓았다. 그리고 아침이면 내복을 걷어 탁탁 털면 바닥에 얼어 죽은 이가 마치 하얀 참깨를 털어 놓은 것 같았다. 신동협 일병은 전방 생활 6개월 동안, 단 한 번 내복을 빨아 입었다.

중대 뒤편에는 작은 시냇물이 흐르고 있었다. 시냇물을 건너면 아들은 군대에 보내고 혼자 외딴집에서 살고 있는 아주머니가 있었다. 그날은 일요일 아침이었다. 이가 너무 많고 내복이 더러워 빨아서 입으면 덜 할 것만 같았다. 그래서 철모에 내복을 담아 개울가로 나왔다. 건너편 물구덩이에는 그 아주머니가 함지박에 옷을 담아 가지고 와서 빨래를 하고 있었다. 신동협 일병은 시냇물이 꽁꽁 얼어붙어 빨래를 할 곳이 없었다. 그래서 바위로 얼음을 깨고 물 구멍을 만들었다. 그리고 물구덩이 속에서 빨래를 시작했다. 손이 내복에 쩍쩍 달라붙으며 얼어 터질 것만 같았다. 맞은편에서 세탁을 하던 아주머니가 빨래를 다하고 일어서다말고

"군인 아저씨, 이 물을 써 봐요. 아직 따뜻해요."

하며 함지박에 남아있는 더운 물을 철모에 부어 주었다.

"고맙습니다, 아주머니."

"물이 모자라거든 우리 집 부엌에서 퍼다 써요. 우리 애도 군대가 가 있는데, 쯧쯧……."

하고 눈이 쌓인 들판을 걸어 집으로 돌아갔다. 내복을 빨다보니 손이 자꾸 얼어붙어 아주머니의 따뜻한 물이 생각났다. 그래서 물을 더 얻기 위해 그 아주머니의 집으로 갔다.

"아주머니 물 좀 가져가요."

하고 말했더니 안방에서

"솥에서 가져가세요."

하고 말했다. 신 일병은 부엌으로 들어갔다. 부엌에는 똑같은 검정 무쇠 솥 2개가 있었다. 첫 번째 무쇠 솥뚜껑을 열자 뜨거운 물이 들어 있었다. 바가지로 철모에 퍼 담았다. 그런데 그 옆의 솥에 무엇이 들어있는지 궁금해졌다. 조심스럽게 뚜껑을 열고 들여다보았더니 노란 좁쌀밥이 바가지에 수북이 담겨 있었다. 조용히 솥뚜껑을 닫았다. 그런데 문제는 그 후 부엌문을 나갈 수가 없었다. 다시 왼손으로 솥뚜껑을 들고 오른쪽 세 손가락으로 조밥을 떠서 입으로 가져갔다. 그리고 표시가 나지 않도록 손바닥으로 바가지에 담긴 밥을 쓰다듬어 놓았다. 한 번, 두 번, 몇 번이나 그렇게 했다. 그런데 이게 웬일인가? 어느새 바가지 바닥이 보이기 시작한 것이다. 정신이 번쩍 들었다. 너무 부끄러웠다. 철모를 들고 뒤도 돌아보지 않고 개울가로 도망을 쳤다. 그리고 얼어붙은 내복을 철모에 담아 그대로 돌아왔다. 추위는 견딜 수가 있었다. 힘든 훈련, 기합, 모두 견딜 수가 있었다. 그런데 배가 고픈 것은 사람의 이성과 판단력을 흐리게 만들었다. 신동협 일병은 그때의 비참한 마음을 평생 두고 잊을 수가 없었다.

또 한번은 인사계 강 상사 집에 겨울철 땔나무를 하기 위해 외출을 한 적이 있었다. 그때 그는, 밥을 너무 먹어 울면서 토한 적이 있었다. 그 또한 숨기고 싶은 가슴 아픈 상처였다.

본부 고참 3명과 함께 덤프트럭을 타고 눈이 덮인 산속으로 나무를 하러 갔다. 부식으로는 쌀이 간혹 섞인 보리쌀과 된장이 조금, 주전자 밑바닥에 깔린 보리쌀을 보자 1인분밖에 되지 않았다. 그게 장병 4명의 한 끼 식량이라니 너무 실망이 컸다. 아침에 동기생 정만

수 일병에게 인사계 집에 땔감나무를 하러 간다고 했더니 그는 대단히 부러워하며

"신 일병, 넌 오늘 좋겠다. 배터지게 먹겠구나."

하며 부러워했다. 그런데 어떻게 저걸 가지고 배가 터져? 신동협 일병은 아주 실망이 컸다. 눈이 쌓인 산속에 도착하자 땔감나무는 지천으로 흔했다. 그런데 최고참 조정일 병장은 나무를 하지 않고 밥을 한다고 했다. 이상한 생각이 들었다. 밥은 졸병이 하는 것이 원칙인데 선임이 한다는 것이다. 점심 때 무렵에 장병 3명이 덤프트럭에 땔감나무를 하나 가득히 실어놓았다. 조 병장이 빨리 밥을 먹으러 오라고 했다.

모닥불에는 닷 되들이 주전자가 구수한 냄새를 풍기며 끓고 있었다. 항고에는 된장국이 김을 내뿜고 있었다. 호주머니 속에서 숟가락을 꺼내 들었다. 전방 병사들은 자기 숟가락은 모두 자기 주머니 속에 넣고 다녔다.

"자아, 밥 먹을까."

조 병장이 주전자 뚜껑을 열자 신동협 일병은 깜짝 놀랐다. 닷 되들이 주전자 하나 가득히 밥이 들어 있었다. 콩, 옥수수, 팥 등이 보리쌀과 섞여 주전자 한 가득히 밥이 되어 있었다. 최고참 조정일 병장이 밥을 한 것은 이유가 있었다. 그는 눈이 겹겹이 쌓인 산속 어디에 가면 콩과 옥수수 낟알이 남아있는지를 잘 알고 있었다. 그래서 고참병인 것이다. 그도 눈에 덮인 전방 산골짜기에서 선배 전우로부터 살아남는 방법을 배운 것이다. 4명의 병사들이 정신없이 주전자 속에 콩밥을 퍼먹기 시작했다. 제일 먼저 조정일 병장이 숟가락을 닦아서 호주머니 속에 집어넣었다. 그다음 문 상병과 장 상병

이, 그러나 신 일병은 숟가락을 놓을 수가 없었다. 조 병장이 신 일병을 바라보며 빙그레 웃었다. 그는 다음 달이 제대였다. 신동협은 마지막까지 숟가락을 들고 있는 자신이 부끄러웠다.

"문 상병."

"예."

"가을철이 되거든 어느 밭에 누가 뭐를 심는지 잘 봐두라고, 그래야 겨울철에 살아남아."

"알겠습니다. 콩은 어디서?"

"털보네 밭이야. 그 집은 금년에 콩을 심었거든."

전방 선임들의 가장 우수한 점은 굶어죽지 않고 살아남는 방법을 알고 있다는 것이었다.

덤프트럭에 땔감나무를 가득 싣고 인사계 강 상사네 집으로 갔다. 짧은 겨울 해는 어느새 넘어가고 밤이 되었다. 인사계와 그 부인이 방 안으로 들어오라고 했다. 그들은 부엌이 달린 농가 아래채 단칸방에 세 들어 살고 있었다. 방 안으로 들어가자 병사들은 깜짝 놀랐다. 밥상 위에 한 양푼의 하얀 쌀밥과 빨간 김치가 수북이 쌓여 있었다. 병사들은 그 많은 밥과 김치를 보자마자 다 먹었다. 꿀맛이었다. 그런데 그것으로 끝이 났으면 좋았을 텐데, 인사계 부인이 금방 찐 송편을 한 그릇 더 내놓았다. 부인은 전방 병사들이 얼마나 굶주리고 있는지를 잘 알고 있었다. 또 정신없이 먹었다. 신동협 일병은 자꾸만 목구멍이 따끔거렸다. 그래도 그는 먹었다. 오늘 아니면 언제 또 이런 음식을 먹어 볼 수가 있겠는가? 갑자기 물이 먹고 싶었다. 인사계 집 마당에 들어오기 전, 공터에서 샘물을 본 생각이 났다. 그래서 살며시 우물가로 나왔다. 보름 달빛이 찢어지게 밝았다. 하얀 달빛에 샘물가에 얼어붙은 얼음이 눈이 부시게 반들거렸다. 조심스럽게 바가지에 물을 떠서 한 모금 삼켰다. 그런데 갑자기 울컥하며 방금 먹은 송편부터 밥까지 올라오기 시작했다. 멈출 수가 없었다. 물바가지를 들고 한 번 토하고는 다시 하늘을 쳐다보았다. 얼어붙은 둥근달이 눈에 덮인 산골짜기를 대낮처럼 환하게 비추고 있었다. 하얗게 얼어붙은 밥알들을 바라보면서 그의 볼에서는 눈물이 흐르기 시작했다. 그 어느 것보다도 배가 고픈 것이 가장 무서웠다.

"치료 방법이 있을 거야."

죽을상을 하고 앉아 있는 신동협 병장을 보고 개미허리가 위로를 했다.

"군의관이 귀국 판정을 한걸."

신동협 병장이 시무룩하게 대답을 했다.

"일진으로 같이 온 윤대식 병장이 이 병에 걸렸었어. 당시에는 조기귀국 제도가 없어 58공병대 의무대로 갔었지. 윌슨이라는 위생병이 단 두 대의 주사로 그 병을 고쳐 주더군."

"정말이야? 그게 무슨 주산데?"

"나도 몰라."

"그 약을 좀 구할 수가 없을까?"

"윌슨은 작년에 귀국했어."

"그럼 헛일이잖아. 나도 귀국하는 수밖에."

"걱정 말아."

"남의 일처럼 말하네."

"치료비만 내라, 고쳐주지."

"농담이지?"

"그 주사약이 하도 신기해서 내가 두 개를 슬쩍해 뒀지."

"그게 정말이야? 야, 나 좀 살려 주라, 부탁이다."

"이히히……. 자식 되게 졸았구나. 그런데 그게 좀 곤란하게 됐어. 매몰된 우리 벙커 속에 있거든."

"벙커 속 어디?"

"내 더블백 안에 있어. 그걸 어떻게 빼내오지? 좋은 방법이 없냐? 머리 좀 짜 봐라."

개미허리는 깊은 생각에 잠겨들었다.

"옳지! 그게 좋겠군. 어디 한번 엿 좀 먹어봐라, 에헤헤……. 넌, 말이다. 내가 시키는 대로해라. 수송부 벙커에 들어가서 입 꾹 다물고 죽는 시늉만 해라. 나머지는 내가 알아서 할 테니까."

"알았어."

두 사람이 수송부 벙커로 들어서자 어느새 신동협 병장이 풍토병으로 조기 귀국을 하게 되었다는 소문이 퍼져 있었다. 소문은 정말 빨랐다. 수송부의 고참들이 정말이냐고 묻자 개미허리는 심각한 얼굴로 그렇다고 대답을 했다.

병사들은 모포를 뒤집어쓰고 끙끙 앓고 있는 신동협 병장에게 진심으로 위로의 말을 했다. 그러자 개미허리가 오늘밤에 자기는 친구 신동협 병장의 조기귀국 송별 파티를 성대하게 열 생각이라고 말했다. 특히 이번에 귀국하는 신 병장을 위해 자기는 풋갓 비행장에서 민간 외교로 얻은 조니워커 2상자를 회식용으로 내놓을 생각이라고 말했다.

수송부 벙커는 회식 준비로 부산하게 움직였다. 이 지루한 장마에 잔치를 하게 되다니. 흥겨운 노래와 춤, 오랜만에 맛보는 조니워커의 감미로운 맛, 그리고 신나는 파티. 수송부 병사들은 생각만 해도 즐거웠다. 신동협 병장이 풍토병에 걸렸다는 사실은 벌써 까맣게 잊고 있었다.

입대 전에 호텔 주방장으로 근무했다는 문찬식 일병이 라면을 끓이고 캘리포니아산 쇠고기로 문둥이 육회를 만들었다. 그는 A레이션으로 술안주를 만들었다. 이젠 술이 들어올 차례가 되었다.

수송부의 선임들이 개미허리에게 양주를 가져오라고 말하자, 그는 몹시 난감한 표정을 지으며 조니워커는 매몰된 통신반의 지하 벙커 속, 자기의 더블백 안에 있다고 말했다. 그리고 미안하지만 수송부의 친절한 전우들이 매몰된 벙커 속에서 술을 찾는 데 같이 협조를 해준다면 자기는 더없는 영광이라고 점잖게 말했다.

칠흑같이 캄캄한 밤에 억수로 쏟아지는 비를 맞으며 팬티만 걸친 수송부 병사들이 매몰된 통신반의 지하 벙커를 파기 시작했다. 이 소식을 전해들은 3포반장 장영일 하사가 귀국 파티에 3포반도 초청을 해준다면 매몰된 보물을 찾는 데 같이 협조를 하겠다고 말했다.

전 포대가 무섭게 쏟아지는 폭우를 맞으며 매몰된 통신반 벙커를 뒤지기 시작했다. 두 상자의 술을 찾기 위해서 말이다.

매몰된 벙커는 모두 파헤쳐졌다. 개미허리는 벙커 속에서 자기의 더블백을 찾아내자 새끼손가락만 한 2병의 주사약만 챙겨 들고는 슬며시 작업장을 빠져 나왔다. 그리고 수송부 벙커로 와서 아무도 모르게 신동협 병장의 엉덩이에 주사 한 대를 놓아주었다.

30분이 지나자 그렇게도 퉁퉁 부어올랐던 신동협 병장의 얼굴이 거짓말처럼 말짱하게 나아 버렸다. 그날 밤, 신동협 병장은 외곽 초소에서 아무도 모르게 또 한 차례의 주사를 맞았다. 그 주사약의 이름은 알 수가 없었다.

이튿날 신동협 병장의 조기 귀국은 완쾌로 판명되어 취소되었다. 군의관 김기준 중위가 어떻게 풍토병을 고칠 수가 있었느냐고 물었다. 신동협 병장은 단 2알의 아스피린밖에는 먹은 것이 없다고 대답을 했다.

그날 밤 포대의 전 장병들을 상대로 통신반 벙커 재건을 위해 사기를 친, 개미허리의 징계 문제를 논의하였으나 5박스의 맥주로 원만하게 해결이 되었다. 포대원들은 개미허리가 통신반 벙커 재건축을 하기 위해 사기를 친 것으로 알고 있었다.

#11 개밥에 도토리

- 적을 기만하는 작전 -

동쪽 하늘에 어둠이 걷히자 핏빛 노을이 새벽하늘을 빨갛게 물들이기 시작했다. 시간이 흐를수록 노을은 더욱 진해져 하얀 무명지에 붉게 물들여진 봉숭아 꽃잎 색깔로 변해 버렸다.

오늘은 또 얼마나 무더운 날씨가 기승을 부리려는지 무쇠처럼 달아오른 대지는 온밤을 지새우고도 후텁지근한 열기로 가득 차 있었다.

A포대는 꼭두새벽부터 바쁘게 움직이고 있었다. 무거운 방탄조끼를 정글복 위에 껴입으며 뛰어가는 병사, 팬티 차림으로 씨레이션을 까먹으며 손으로는 개인 장비를 챙기는 병사, 육중한 포차 위에 설치된 LMG에 실탄을 삽탄하는 병사, 포탄 상자를 어깨 위에 메고 차량에 싣는 병사 등 모두들 바쁘게 뛰어다니고 있었다.

"승차!"

포대장 반복어 대위가 지휘봉으로 손바닥을 치며 짧게 명령을 하자 장병들은 우르르 포차 위로 기어 올라갔다.

"시동!"

포대장이 또 한 번 명령을 내리자 육중한 포차는 부르릉 소리를 내며 엔진을 점화시켰다. 운전병이 액셀러레이터를 밟으며 엔진을 공회전시키자 포차는 꽁무니로 시커먼 연기를 내뿜으며 시끄러운 비명 소리를 내질렀다.

포대는 무전병과 경비병이 동승한 LMG를 장착한 포대장 선두 지프차를 앞세우고 그 뒤에는 6문의 105㎜ 대포를 달고 있는 포차가 일렬종대로 도열해 있었다. 포차의 중간에는 취사반의 보급 트럭, SIG(통신반) 차량, FDC 차량, 급수차, 병기 차량들이 도열되어 있었다. 그리고 맨 뒤에는 부관이 타고 있는 호위용 닷지차가 컴보이를 하고 있었다. 포대의 모든 장비와 인원이 작전 출동을 위해 집결한 것이다.

"전 포대 군장 검사!"

포대장이 명령을 내리자 간부들이 인원과 장비를 점검하기 시작했다

"야 임마, 넌 통뼈야? 왜 방탄조끼를 안 입었어?"

부관 신록 중위가 수송부 김달수 병장의 조인트를 군화발로 까며 소리를 빽 질렀다.

"너무 더워서요."

"짜사, 너만 덥냐? 빨리 입어 임마! 알 만한 자식이 까불고 있어."

부관 신록 중위가 또 한 번 주먹으로 김달수 병장의 머리에 꿀밤을 먹이려 하자 그는 질겁하며 방탄조끼를 얼른 껴입었다.

"검사 끝."

부관 신록 중위가 닷지차 옆에서 큰소리로 포대장 반복어 대위에게 보고를 했다.

맥아더 장군이 애용했다던 시커먼 선글라스를 쓰고 짧은 지휘봉을 손에 든 채 한껏 멋을 부린 포대장 반복어 대위는 영화 속의 패튼 장군처럼 품위 있는 포즈로 뒷짐을 지고 위세도 당당하게 포대를 사열하기 시작했다. 그러나 포대는 겉보기와는 달리 김빠진 맥주처럼 느긋하고 군기가 빠져 있었다. 보통 작전 출발 전에 병사들은 잔뜩 긴장을 하고 신경이 날카로워졌다. 그러나 오늘은 무슨 영문인지 모두들 표정이 밝고 여유가 있어 보였다.

"똥파리 임마! 뭘 보고 웃냐? 날아가는 파리 좆이라도 봤어?"

포대장 반복어 대위가 3포 사수 마종팔 병장에게 말했다.

"맹호, 그런 일 없습니다."

"너 임마, 전번처럼 혼자서 붐붐 하러 나가면 다리몽둥이를 작살낼 거야."

"명심하겠슴다."

3포 병사들이 킥킥거리며 웃음을 터뜨렸다.

"자식, 파리 좆대가리만큼도 겁이 없어. 너 임마! 그거 좋아하면 집에 못 간다. 알겠어?"

"알겠슴다."

"이히히!"

앞 차량에 타고 있던 2포 병사들이 낄낄거리며 웃음을 날리자 포대장 반복어 대위가 뒤를 돌아보며

"웃지 마. 똑같은 자식들이 까불고들 있어. 맨 날 지들끼리만 가고서는."

"포대장님, 한번 모실까요?"

3포 반장 한동희 중사가 포대장의 기분을 맞추며 아양을 떨었다.

"좋았어!"

포대장 반복어 대위는 기분 좋은 얼굴로 고개를 끄덕였다.

오늘은 지휘관부터 어쩐지 나사가 빠지고 느슨했다. A포대는 마치 작전 뒤에 휴양소라도 찾아가는 기분이었다.

02시 15분, 처음 작전 좌표가 떨어졌을 때만 해도 포대 간부들은 잔뜩 긴장했다. 그러나 파월 고참인 FDC의 정호윤 중사가 싱긋 웃으며 입을 열었다.

"포대장님, 우린 들러립니다. 개밥에 도토리예요"

"개밥에 도토리?"

"예."

포대장 반복어 대위는 깜짝 놀랐다. 어떻게 앙케 패스를 경비하는 주력 포대가 이번처럼 중요한 작전에서 개밥에 도토리가 되어 들러리가 될 수 있겠는가?

포대장 반복어 대위는 작전 좌표를 다시 정밀하게 검사했다. 역시 작전 좌표는 퀴논 시가지의 한복판에 있는 월남군 훈련소였다. 그것도 월남군 신병 훈련소였다. 정윤호 중사의 말처럼 들러리가 분명했다.

이런 횡재가 어디 있나?

포대장 반복어 대위는 눈이 휘둥그레졌다. 이번 작전에 우리를 대신해서 브라보 포대가 좆빵이를 칠 모양이다.

자식들, 지난번 빈케 작전 때 우리를 그렇게도 약을 올리더니 이번에는 너희들이 엿을 먹을 차례다.

그래서 A포대는 겉으로는 군기가 팍 들어 긴장한 것처럼 보였으나 속으로는 기쁨에 가득 차 있었다.

병사들은 A급 전투복으로 갈아입고 정글화를 윤이 반짝반짝 나도록 닦아 신었다. 그리고 콩까이를 만났을 때 실수가 없도록 비상금을 털어 속주머니에 간직했다. 병사들은 모두 퀴논 시가지에 관광 여행이라도 가는 듯한 기분이었다.

건기로 접어들자 적들은 부쩍 앙케 통로를 공격하는 횟수가 잦아졌다. 북부로 가는 앙케 통로의 19번 도로가 막히자 그곳에 주둔하고 있는 미군들과 콘돔, 탁토, 케산에서 작전 중인 미군들의 보급품 수송이 중지되었다. 앙케 패스가 두절되면 그곳의 미군들은 모두 굶어 죽을 것이다. 따라서 이번 작전은 앙케 통로를 안전하게 확보하는 데 있었다.

그런데 사단에 있는 높은 분들은 앙케 패스의 터줏대감인 A포대를 빼서 퀴논에 있는 월남군 신병 훈련소로 보내기로 결정했다. A포대를 감시하고 있던 적 첩자들의 판단을 흐리게 할 셈이었다. 작전 내용은 알파 진지에 브라보 포대를 배치시켜 적에게 역정보를 먹일 생각이었다.

이른바 허허실실 전법이었다. 그런 이유로 A포대는 생각지도 않게 호박이 덩굴째 굴러 들어온 것이다.

꿈에 그리던 퀴논 시가지에 관광을 가게 되다니. 잘하면 철조망을 넘어가서 붐붐도 할 수가 있었다.

"전 포대 출발!"

반복어 포대장이 지휘봉을 높이 치켜들고 장군처럼 멋진 자세로 진격 명령을 내렸다. 엔진의 가속음이 연병장을 진동하자 육중한 포차들이 안개처럼 자욱하게 흙먼지를 일으키며 천천히 전진을 하기 시작했다.

포대의 모든 차량들은 청 테이프로 소속 넘버를 봉해 버렸다. 이는 작전 차량들의 보안을 위해서였다.

14대의 작전 차량들이 비상 라이트를 환하게 켠 채 일렬종대로 천천히 연병장을 빠져나가기 시작했다. 정문을 통과하자 곧장 19번 도로 위에 올라섰다. 선도 컴보이 차량이 방향을 남쪽으로 잡았다. 그리고 전속력으로 달리기 시작했다. 그들의 목표는 퀴논이었다.

부산을 출발해서 일주일 동안 긴 항해 끝에 처음으로 발을 디딘 월남의 퀴논 항구. 바다에 떠 있는 성곽 같은 거대한 화물선들이 뱃고동을 울리고 갈매기가 춤을 추던 곳.

항상 그곳에는 귀국선이 기다리고 있을 것만 같은 기분에 가슴이 울렁거리는 퀴논 항구로 가는 중이었다.

퀴논의 월남군 신병 훈련소에 진지를 구축한 다음 날이었다. 오침 시간에 부관 신록 중위가 신동협 병장을 찾아왔다.

"어이 신 병장, 공팔이 문둥이 촌에 대민지원 사업을 나가는데 길 안내 좀 해 줘라."

"전 싫은데요, 부관님."

"야, 너밖에 또 누가 있냐? 다른 애들은 그곳 지리를 모르잖아."

"천 병장도 잘 알아요, 그쪽 지리를……."

"천규덕이 말이냐? 그 자식은 안 돼. 애가 너무 입이 가벼워. 야, 신 병장, 니가 좀 수고해라."

신동협 병장은 공팔 구상원 병장과 동행하는 것이 마음에 내키지 않았다. 공팔은 입으로는 대민지원 사업을 한답시고 떠벌리고 다녔으나 실상은 그게 아니었다. 공팔은 온갖 못된 짓을 다 하고 다녔다. 돈이 생기는 일이라면 염라대왕 목구멍 속이라도 기어 들어갈 녀석이었다. 공팔은 제 명에 못 죽을 놈이었다.

지난번 케산에서도 공팔에게 속아 목숨을 잃을 뻔한 적이 있었다. 신동협 병장은 두 번 다시 공팔의 춤에 놀아날 생각은 없었다.

신동협 병장이 부관 신록 중위의 부탁을 거절하고 막사로 와서 낮잠을 청하는데 C.P 당번병 오정식 일병이 천막 속으로 고개를 들이밀며 말했다.

"포대장님이 문둥이 촌에 가래요."

"포대장님이 정말 그렇게 말했어?"

"그렇습니다."

오정식 일병이 돌아갔다.

신동협 병장은 신록 중위가 장난을 쳤다고 생각했다. 그러나 포대장의 명령은 거역할 수가 없었다.

그는 잠자리에서 일어나 M16 소총과 방탄조끼를 손에 들었다. 모처럼 느긋하게 오침을 즐길 생각이었는데 말이다.

그는 아쉬운 마음을 뒤로하고 통신반 막사를 빠져나왔다. 그는 공팔을 만나러 가는 길에 P.X를 다녀오던 개미허리를 만났다. 개미허리는 얼마 전 태권도 교육관에서 원대 복귀를 했다. 개미허리가 신동협 병장에게 물었다.

"어딜 가냐?"

"공팔과 문둥이 촌에 대민지원 사업을 하러 가."

"대민지원 사업 좋아하네. 누가 가라고 한 거야?"

"말코가, 나보고 길을 안내해 주래."

말코는 신록 중위의 별명이었다.

"놀고 있네. 개새끼들! 야, 신 병장, 죽기 싫으면 내 말 잘 들어.

어젯밤 P.X 창고 앞에서 공팔과 해녀기둥서방이 맥주를 트럭에 싣고 있는 걸 봤어. 그걸 처분하러 갈 거야. 문둥이 촌 어딘가에 접선 장소가 있겠지."

"그래? 으흠, 이제야 납득이 가는군. 공팔이 P.X와 짜고 포대장 몰래 맥주를 팔아먹을 생각이지?"

"임마, 그게 아냐. 이건 공식적인 사업이야."

"공식적?"

"그래, 공팔은 대민지원 사업을 맡고 있어. 대민지원 사업이 뭔 줄 아니? 민간인 지원 업무도 있지만 첩보 수집 업무도 포함되어 있단 말이야. 첩보 수집 업무는 그냥 되는 게 아냐. 돈이 있어야 되는 거지. 공팔은 대민지원 사업의 자금 마련을 위해 마빡을 쳐야 한다면서 포대장을 설득했겠지. 마빡을 치기에는 지금보다 더 좋은 기회가 없어. 포대 진지에서는 앙케 고개를 지나 퀴논까지 맥주를 싣고 와야 하지만 여긴 훈련소만 빠져나가면 되잖아."

"그럼, 맥주만 팔고 오면 되겠네?"

"그게 아냐, 전에는 그런 일을 쉽게 했지만 요즘은 사정이 달라. 공팔이 어떤 놈들과 접선을 하고 있는지 모르겠으나 아주 위험한 짓이야."

"뭐가 위험해? 맥주 주고 돈만 챙겨오면 되는걸."

"그렇게 쉬운 문제가 아냐. 근간에는 V.C들이 상인을 가장하고 접선하려 드는 거야. 그놈들에게 걸리면 뼈도 못 추려. 지난주에 쏭카우의 보병들도 그놈들에게 걸려 묵사발이 났어. 조금만 실수해도 V.C들에게 당해. 이런 거래는 V.C들에게는 호박이 덩굴째 굴러 들어오는 거야. 돈과 물건이 공짜로 생기잖아."

"공팔이 그걸 알고 있을까?"

"공팔은 알면서도 마빡을 칠 놈이야. 녀석은 겁이 없어. 넌, 반드시 트럭의 적재함에 타라고. 그리고 접선 장소에서 공팔이 녀석들과 거래를 할 때 슬며시 뒤로 빠져. 내 말 알아듣겠어? 그럼, 녀석들의 움직임을 알 수가 있을 거야. 죽기 싫으면 잘해."

신동협 병장은 고개를 끄덕였다. 아무래도 이번 마빡 작전에 불길한 일이 일어날 것만 같았다.

트럭이 아스팔트길을 벗어나 비포장도로에 접어들자 해녀기둥서방은 차를 거칠게 몰았다. 트럭은 비포장도로에서 자욱하게 먼지를 일으키며 덜커덩거리며 질주했다.

"좀 천천히 가자. 간 떨어지겠다."

선임 탑승자 공팔이 말했다. 그러나 해녀기둥서방 방이용 병장은 들은 척도 하지 않았다. 해녀기둥서방의 고집은 알아줘야 했다. 신동협 병장은 개미허리의 말에 따라 트럭 적재함에 탄 채 해녀기둥서방에게 길을 안내했다.

신동협 병장은 트럭의 적재함에 실려 있는 화물들을 보았다. 화물은 군용 천막으로 덮여 있었다.

이게 뭘까?

신동협 병장은 궁금증을 참지 못하고 천막 안을 들춰 보았다. 개미허리의 말대로 트럭에 실려 있는 물건은 버드와이저 캔 맥주 상자였다.

대단하군. 이게 어디서 났을까?

맥주는 P.X에서 한 깡통에 10센트를 주고 사 먹었다. 그러나 부대 밖에 나가면 한 깡통에 50센트를 줘야 사 먹을 수가 있었다. 개미허리 말대로 공팔이 마빡을 치는 것 같았다. 이제야 부관 신록 중위가 신동협 병장을 억지로 동행시킨 이유를 알 것만 같았다. 공팔이 마빡을 치는 데 들러리를 서라는 것이다.

신동협 병장은 슬며시 걱정이 되었다. 공팔의 작전에 들러리를 서는 것은 문제가 있었다. 공팔은 언제나 위험한 짓을 골라서 했다. 신동협 병장은 조금 전 길을 나서기 전에 개미허리 김 하사가 귀띔을 해 준 말들을 곰곰이 생각을 했다.

#12 문둥이 촌

- 나병환자의 부락 -

야자나무 사이로 멀리 문둥이 촌이 보였다.

문둥이 촌은 퀴논 시가지의 외곽에 있었다. 그곳은 프랑스가 월남을 지배했던 당시에, 나병환자들을 위해 만든 수용소 시설이었다. 문둥이 촌은 그림같이 아름다운 해안을 끼고 있었다. 미풍에 나부끼는 야자수와 하얀 백사장이 한 폭의 그림과도 같았다.

마을의 중앙에는 고딕식 건축 양식으로 세워진 대리석 성당이 있었다. 아름답게 모자이크가 된 바닥에는 하루내 나병환자들이 기도를 하고 있었다. 월남 정부군이나 V.C 모두 나환자들의 주거 지역에서는 작전을 펴지 않았다. 그곳은 일종의 성역이며 금지 구역이었다. 그들은 하늘로부터 천형을 받은 불쌍한 사람들이다.

문둥이 촌은 성당을 중심으로 나환자들의 주거지역이 집단을 이루며 살고 있었다. 그들의 집은 모두 출입문을 빨간색으로 칠해 놓았다. 나병환자 집이라는 표시였다.

그리고 마을의 곳곳에는 성서에 나오는 성인들의 동상이 세워져 있었다. 성 베드로와 요한, 그리고 해안의 높은 바위 절벽 위에는 두 팔을 활짝 벌린 성모 마리아가 끝없이 넓은 태평양 바다를 바라보고 서 있었다.

문둥이촌 입구에 붉은 덩굴장미로 뒤덮인 아치형의 정문이 나타났다. 선임 탑승자 공팔이 적재함으로 고개를 내밀며 물었다.

"신 병장, 우회 도로가 어디지?"

"우측 길이야."

신동협 병장이 대답했다.

트럭은 우측으로 길을 꺾어 들었다. 잡목으로 덮인 좁은 도로가 나타났다. 문둥이 촌의 우회 도로였다. 트럭이 비좁은 소로를 전진하자 우거진 밀림들이 시야를 가리며 스쳐 지나갔다.

작렬하는 한낮의 더운 열기와 우거진 정글의 후텁지근한 습기가 피부에 와 닿았다. 방탄조끼를 입은 등허리 속으로 땀방울이 줄줄 흘러내렸다.

잡목이 우거진 소로가 끝이 나자 갑자기 시야가 탁 트인 빈 공터가 나타났다. 그곳에는 한대의 트럭이 정차해 있었다. 트럭은 놀랍게도 월남 정부군의 트럭으로 그 곁에 2명이 서 있었다. 한 명은 월남군, 다른 한 명은 민간인의 복장을 하고 있었다.

병사가 트럭 앞에서 차를 돌려세우라는 손짓을 했다. 신동협 병장이 재빨리 적재함에서 뛰어내려 잡목 속에 몸을 숨겼다. 그리고 M16 소총의 방아쇠를 풀었다.

해녀기둥서방이 트럭을 돌려 적재함을 월남군의 트럭에 바짝 가져다 붙였다. 그러자 월남군 병사와 공팔이 트럭 적재함에 올라 맥주

박스를 월남군의 트럭에 옮겨 싣기 시작했다. 맥주 상자가 전부 트럭에 옮겨지자 공팔이 민간인에게 손을 내밀었다. 민간인이 한 뭉치의 달러를 공팔에게 내밀었다. 공팔이 달러를 받아 정글복의 주머니 속에 찔러 넣었다. 공팔이 민간인에게 악수를 청했다. 민간인이 손을 내밀었다. 개미허리의 걱정은 기우로 끝나려는 순간이었다.

타당!

갑자기 그들의 트럭 뒤에서 공포를 쏘며 두 사람이 나타났다. 놀랍게도 그들은 월남군 헌병들이었다. 월남군 헌병이 해녀기둥서방과 공팔에게 총구를 겨누었다. 해녀기둥서방과 공팔이 두 손을 높이 들었다.

신동협 병장은 잡목 속에 숨어 그 광경을 숨을 죽이며 지켜보았다. 놀랍게도 총구를 겨누고 있는 헌병의 총은 AK 소총이었다. AK 소총은 V.C들의 무기였다.

신동협 병장은 그들이 월남군 헌병을 가장한 V.C라고 단정했다. 그렇다면 공팔과 해녀기둥서방의 목숨이 위험했다. 신동협 병장은 망설이지 않고 잡목 속에서 튀어나왔다.

"꼼짝 마! 움직이면 꽥꼴락 한다."

신동협 병장이 M16 소총으로 위협했다. 해녀기둥서방이 재빨리 트럭에 뛰어올라 시동을 걸었다. 신동협 병장과 공팔이 차에 올라탔다. 해녀기둥서방이 잼싸게 액셀러레이터를 밟았다.

부웅!

트럭이 속력을 높이자 신동협 병장이 M16 소총을 난사하기 시작했다. V.C들이 메뚜기처럼 숲 속으로 기어들었다. 그때 공팔이 적의 트럭에 수류탄을 던졌다.

꽹!

트럭이 불이 붙으며 시커먼 연기를 내뿜었다.

"엿 먹어라."

공팔이 소리쳤다. 트럭은 질풍처럼 내달려 문둥이 촌 앞 큰 길로 나왔다. 공팔이 앞자리에서 트럭의 적재함으로 건너왔다. 공팔은 한 뭉치의 달러를 신동협 병장에게 내밀었다.

"신 병장, 우린 말이야. 거래처를 잘못 택했어. 그 거래처는 말코가 알선한 거야. 우린 잘못이 없어. 내 말을 알아듣겠지?"

신동협 병장은 공팔이 준 달러를 물끄러미 내려다보았다.

#13 여자 위에 남자

- 여자와 남자 -

"근마 참말로 겁나더라. 석 하사는 길마한테 대면 피라미 새낀 기라. 턱하이 대련을 뜨는데 이건 국민학생하고 대학생이 맞붙는 것 같애. 그라이 우째 되겠노? 참말로 미치고 팔짝 뛴다 카이."

양진석 일병이 머리를 흔들며 말했다.

"니 구라치는 기제? 석 하사님도 태권도 4단인데 우째 그래 쉽게 당하겠노?"

박재한 일병이 못 믿겠다는 표정을 지으며 말했다. 두 사람은 입대 동기생으로 친하게 지내고 있었다.

"우선 등치가 안 되드라 카이, 근마는 백십키로 거군기라. 자슥이 고리라 맨치로 생깄다 카이."

"고리라?"

"그래, 근마는 월남 놈이 아인 기라. 중국 놈 튀기라 카드라. 그라이 덩치가 그래 크제."

"정말 석 하사님이 한 방에 나가 떨어졌어?"

텐트 속에 누워 두 사람의 대화를 듣고 있던 신동협 병장이 흥미를 느끼며 물었다.

"석 하사님이 턱 하이 말하기를 오냐 그라몬 니카 내카 대련 한번 뜨자 니 됐나? 이거는 국제 시합이니 정식으로 하자 이래 말한기라요."

"무슨 말인지 잘 모르겠다. 처음부터 좀 자세히 얘기해라."

신동협 병장이 자리에서 일어나 앉으며 말했다. 양진석 일병이 말하는 사건의 내용은 다음과 같았다.

취사반의 강윤길 상병이 저녁밥을 지을 물을 얻기 위해 월남군 신병 훈련소의 취사반으로 갔다. 강윤길 상병이 정중하게 물을 좀 얻자고 말했더라면 아무 일도 없었을 것이다.

그런데 강윤길 상병은 어떤 사람인가? 건방지기가 말할 수가 없는 녀석이었다. 그는 우리는 너희들의 조국을 지키기 위해서 먼 곳에서 왔다는 건방진 생각을 가진 친구였다. 그래서 시건방을 떨며 월남군 병사들을 얕보았다.

"야, 넉(물) 좀 주라. 쟈샤, 멍청하이 섰지 말고 물 좀 주라."

강윤길 상병은 훈련소 취사반에 가서 그렇게 말한 것이다. 그랬더니 월남군 병장이 팩 토라지며 싫다고 거절을 해 버렸다. 말은 통하지 않았지만 표정만으로도 이국 병사의 건방진 태도가 마음에 들지 않은 모양이었다. 베트족의 후예인 월남인들은 무척 자존심이 강하고 다혈질인 성품을 가지고 있었다.

그 일 때문에 한, 월 양국의 병사 간에 시비가 붙었다. 그때 어디서 돼지같이 생긴 상병 한 놈이 나타나서 한국말로 외쳤다.

"꺼져 임마."

강윤길 상병이 야마가 돌았다.

"너 죽을래?"

강윤길 상병이 인상을 쓰자 상대방은 해죽 웃었다. 비웃는 표정이 역력했다. 강윤길 상병은 약이 올라 취사반장 석종수 하사에게 월남군 병사들의 괘씸한 소행을 일러바쳤다.

'너희들 나라를 돕기 위해 멀리 타국에서 온 병사들이 저녁밥을 짓기 위해 물을 좀 얻자는데 거절을 해. 우리나라 같으면 아예 밥을 대접해서 보내겠다. 요런 괘씸한 놈들 같으니…….'

석종수 하사가 서슬이 시퍼래서 훈련소 취사반으로 달려갔다. 그리고 시비가 붙었다. 그런데 놀랍게도 돼지 상병이 태권도로 승부를 내자는 것이다. 석종수 하사야 쌍수를 들고 환영을 했다. 그는 태권도 공인 4단이었다.

"태권도로 붙자꼬? 너그들 그기 어느 나라 운동인지 아나?"

이렇게 해서 한, 월 양국은 저녁밥을 짓다 말고 훈련소 취사반에 임시 대련장을 만들어 놓고 태권도 국제 시합을 벌였다. 유감스럽게도 결과는 석종수 하사의 일방적인 참패였다.

석종수 하사가 이단 옆차기로 붕 떠오르자 돼지 상병은 육중한 체구를 가볍게 놀려 피하며 빙그레 웃었다. 그리고 요리조리 미꾸라지처럼 빠지며 석종수 하사를 농락하고 있었다. 석종수 하사는 몹시 조급했다.

태권도를 모르는 이국의 병사들 앞에서 나라의 자랑인 국기의 시범을 보이고 국위를 선양하려 했는데 이런 쫄따구들 앞에서 이게 무슨 개망신인가?

석종수 하사는 약이 올라 팔팔 뛰었지만 돼지 상병보다는 언제나 한 수 아래였다. 월남군 상병은 마음만 먹으면 석종수 하사에게 치명적인 상처를 입힐 수가 있었지만 무슨 이유 때문인지 빙빙 돌면서 놀리고만 있었다.

석종수 하사는 상대가 자신보다 고수임을 인정하고 깨끗하게 패배를 선언하고 돌아왔다. 양진석 일병은 그 일로 포대장이 기분 나빠하며 몹시 침울해한다고 말했다. 신병훈련소 병사들에게 따이한 만호(맹호)도 별 볼일이 없는 군대라는 말을 듣기 때문이다. 포대장 반복어도 그 일 때문에 몹시 자존심이 상했다고 한다.

"가 볼래?"

팔베개를 하고 누워 있던 개미허리가 신동협 병장에게 말했다. 신동협 병장은 심심하던 차라 개미허리를 따라 나섰다. 신동협 병장은 내심 개미허리의 태권도 실력이 어느 정도인지 눈으로 확인하고도 싶었다.

개미허리와 신동협 병장은 월남군 신병훈련소 취사반으로 들어섰다. 월남군 병사들에게 둘러싸여 시시덕거리는 돼지 같은 사내가 눈에 들어왔다. 개미허리는 첫눈에 그가 석종수 하사를 꺾은 돼지 상병임을 알아차렸다.

개미허리가 돼지 상병에게 다가갔다. 신동협 병장은 호기심 어린 눈으로 두 사람을 지켜보았다. 개미허리가 돼지 상병에게 말을 걸었다.

"하세 니엿(상등병), 태권도를 누구에게 배웠나? 불곰에게 배웠지, 그치?"

개미허리의 말에 돼지 상병의 능글맞던 표정이 순식간에 사라졌다.

"불곰이 내게 말한 적이 있어, 월남인 제자를 한 사람 키웠는데 5단 정도는 된다고 했지. 그게 너였군. 퀴논이 네 나와바리냐?"

돼지 상병이 개미허리에게 물었다.

"네 이름은 뭐냐?"

"난 개미허리다."

돼지 상병은 놀랍게도 개미허리 앞에 두 손을 얌전히 모으고 공손하게 무릎을 꿇었다.

"몰라봐서 죄송합니다. 사부님은 개미허리님이 자신보다 고수라고 항상 말씀하셨습니다."

"타우, 반갑다."

"오늘 제가 모시겠습니다."

타우는 두 사람을 취사반 뒤편에 있는 밀실로 안내했다. 넓은 밀실은 호화판으로 꾸며져 있었다. 없는 게 없었다. 양주, 담배, 마약, 과일 등 부족한 게 없었다. 그중에는 한국에서 만든 라면도 있었다.

타우는 퀴논의 암흑가를 한 손아귀에 거머쥐고 있는 막강한 권력자였다. 소위, 그는 전쟁을 이용해서 돈을 벌고 있는 중국인 거상이었다. 월남군 상등병의 계급장은 사업을 위해 위장하고 있을 뿐이었다. 그는 마음만 먹는다면 장군도 될 수가 있었을 것이다.

그는 월남군 훈련소의 취사반에 숨어 무기를 밀매하고 마약, 매춘, 밀수로 엄청난 거금을 챙기고 있었다. 어쩌면 그의 부하들은 이곳 훈련소의 신병들보다도 더 많을지도 몰랐다.

그는 월남군과 월맹군의 사이에서 전쟁에 필요한 물자를 교역하고 있었다. 월남군에게는 마약과 여자를, 월맹군에게는 무기와 보급품을 공급했다. 그에게 전쟁은 또 다른 사업장에 불과했다.

그의 비밀 창고 속에는 탱크, 대포, 씨레이션, 소총, 수류탄 등 전쟁에 필요한 모든 물자들이 들어 있었다. 그에게 유탄 발사기를 구입해 달라면 금방 구해 줄 것이다. 살점이 푸짐하고 귀공자처럼 생긴 이 친구가 암흑가의 두목이라니 믿을 수가 없었다.

밀실에서 저녁 식사를 마치자 타우는 두 사람을 퀴논 시가지로 초청을 했다. 그간에 쌓인 객고도 풀고 화끈하게 놀아 보자는 것이다.

날이 어두워지자 그는 취사반 창고에서 450cc 일제 검정 혼다 오토바이를 끌고 나왔다. 그리고 시동을 걸고는 신동협 병장에게 먼저 뒤에 타라고 말했다. 가까운 거리이니 한 사람씩 수송을 할 모양이었다. 신동협 병장이 뒷자리에 올라탔다. 그는 개미허리에게 잠시만 기다리라고 말한 후 훈련소 정문을 향해 달렸다.

여긴 전·후방이 따로 없는 곳이다. 야간에는 움직이는 모든 물체들은 적으로 간주되어 사살하는 곳이다. 따라서 야간에 외출하는 것은 그 자체가 무척 위험한 일이었다. 훈련소에 근무하는 모든 병사들은 야간에는 출입이 통제되었다.

그러나 타우만은 예외인 것 같았다. 타우의 오토바이가 라이트를 환하게 켠 채 위병소로 천천히 접근을 했다. 그리고 라이트를 깜박이며 신호를 보내기 시작했다. 길게 한 번, 짧게 두 번.

지하 벙커 속에서 검은 그림자가 나타나 정문의 삼중 철조망을 재빨리 걷어 냈다. 그의 계급은 중시 니엇(중사)이었다. 철조망을 걷어 치운 후 중사는 타우에게 경례를 했다. 중사가 상병에게 경례를 하다니, 정말 놀랄 일이다.

타우는 가볍게 고개를 끄덕인 후 부웅 하는 굉음과 함께 오토바이를 내몰았다. 오토바이는 정적 속에 잠긴 어둠을 가르며 쏜살같이 질주했다. 타우는 무엇이 그렇게 즐거운지 연시 낄낄거리며 웃음을 터뜨렸다. 그 역시 모처럼 부대 밖을 나와 아스팔트길을 횡하니 달리는 게 무척 기쁜 모양이었다. 신동협 병장은 주먹으로 그의 등을 치며 속력을 더 높이라고 말했다.

"오케이"

대답 소리와 함께 오토바이는 질풍처럼 밤길을 내달렸다. 어느덧 네온사인이 휘황찬란한 밤거리가 나타났다. 여긴 전쟁과는 전혀 관계가 없는 별세계의 사람들이 모여 사는 곳 같았다.

부끄러운 곳만 가린 반라의 속옷 차림으로 유혹하는 콩까이, 점멸하는 형형색색의 네온사인, 가슴을 울렁거리게 하는 짙은 향수 냄새, 눈부신 형광등 불빛 속에 산더미처럼 쌓인 일제 상품들, 계집들의 교태 어린 웃음소리, 길거리에서 밤이 늦도록 뛰어놀고 있는 아이들의 모습이 평화롭기만 했다.

타우가 오토바이의 속력을 줄이며 서행으로 몰고 가자 골목길에서 서성거리던 아가씨들이 손짓을 하며 다가왔다. 그는 마치 콩까이들을 사열하는 황제처럼 다정한 목소리로 안부를 물었다. 콩까이들은 온갖 교태로 그의 시선을 잡아두려 애를 썼다.

타우는 아가씨들의 환영에 아주 만족하는 것 같았다. 타우를 환영하는 아가씨들은 뒷좌석에 타고 있는 신동협 병장에게도 호감 어린 시선을 보내고 있었다. 여름 밤하늘에 높이 떠 있는 남십자성처럼 초롱초롱한 눈빛으로 유혹하며 미소 짓고 있었다.

검정 오토바이가 가장 화려한 네온사인이 반짝이는 술집 앞에 천천히 멈추어 섰다. 술집 이름은 반(친구)이었다. 젖가슴을 온통 드러낸 채 국부만 가린 콩까이들이 안에서 우르르 몰려나와 타우를 에워쌌다. 그리고 서로 다정하게 껴안으며 인사를 나누었다.

그는 대단한 환영을 받고 있었다. 콩까이들은 모두 그의 것 같았

다. 오토바이에서 내린 타우는 신동협 병장에게 술집 안으로 들어가
자고 했다.

홀 안으로 들어서자 자욱한 담배 연기와 휘황찬란한 조명 속에서
귀청을 갈기갈기 찢는 강력한 밴드의 연주 소리가 두 사람을 맞아
주었다.

무대 위에는 6인조 캄보 밴드가 리듬에 맞춰 몸을 흔들며 '런어웨
이'를 연주하고 있었다. 타우와 신동협 병장은 자리를 잡고 앉았다.
장발의 기타리스트가 몸을 비비꼬며 신나게 트위스트 곡을 연주하자
풍만한 젖가슴을 활짝 드러낸 채 국부만 가린 콩까이들이 타우에게
트위스트를 같이 추자고 권했다.

웨이터가 술과 안주를 가져오자 타우는 훈련소로 가서 개미허리를
데려오겠다고 말했다. 신동협 병장이 고개를 끄덕이자 그는 밖으로
나갔다. 짙은 향수와 술 냄새, 자욱한 담배 연기와 현란한 조명, 젊
은 남녀들의 요란한 교성과 광란의 춤, 홀 안은 땀과 육향으로 가득
차 있었다.

무대 앞쪽에는 한 패거리의 흑인 병사들이 벌거벗은 콩까이를 껴
안고 살을 비비며 야한 춤을 추고 있었다. 음악은 어느새 머쉬쎄리
를 연주하고 있었다.

아직도 어린 티가 채 가시지 않은 아가씨가 신동협 병장의 무릎
위에 냉큼 걸터앉았다. 그녀의 따뜻하고 젖은 국부가 신동협 병장의
무릎 위에서 파도처럼 일렁거렸다. 작고 예쁜 입술이 신동협 병장의
귓바퀴를 자근자근 깨물며 애무하자 그는 온몸의 피가 역류하며 걷
잡을 수가 없는 흥분 상태에 빠져들었다. 밴드의 감미로운 음악 소
리, 아가씨들의 벌거벗은 몸뚱이와 선정적인 교태, 술과 담배와 유쾌

한 웃음소리는 별천지의 세계였다.

둔탁한 포성과 살기 어린 소총의 비명, 갈대밭의 매복과 밤새도록 피를 빠는 모기들, 손끝에 묻어나는 끈끈한 피의 감촉, 부상당한 병사의 비명 소리와 너덜너덜한 살점, 그리고 M16 소총의 차가운 방아쇠의 감촉과는 전혀 다른 세계였다.

전혀 다른 두 개의 세계가 눈앞에서 한데 어우러져 빙빙 돌며 춤을 추고 있었다. 신동협 병장은 머릿속이 텅 비는 듯한 느낌을 받았다.

무릎 위에서 몸을 비틀던 아가씨가 입에서 야릇한 신음 소리를 내며 작고 보드라운 손길로 신동협 병장의 바지 지퍼를 내린 후 손이 바지 속으로 기어들었다. 욕정에 젖은 콩까이의 손끝이 신동협 병장의 성기를 애무하자 그는 억제할 수 없는 흥분으로 눈앞에서 파도처럼 출렁거리는 아가씨의 젖가슴에 입술을 가져갔다. 그리고 그녀의 위로 올라갔다.

그런데 갑자기 AK 자동소총 소리가 들리며 전깃불이 나가 버렸다. 한 치 앞도 볼 수가 없는 캄캄한 홀 안은 아가씨들의 찢어지는 비명 소리로 가득 찼다.

따르르, 따르르

총탄이 술집의 창문을 박살내며 지나갔다. 콩까이들은 비명 소리와 함께 테이블 밑으로 기어들었다. 신동협 병장은 바닥에 엎드린 채 어둠 속을 응시했다. 문득 오늘 아침 음어로 접수한 비문이 생각났다.

"전 장병은 외출을 금지할 것, 적의 공격 조짐이 있음."

그랬다. 적의 함정에 빠진 것이다. 신동협 병장은 포대 내에서 몇 안 되는 비밀 취급 인가자였다. 돼지 같은 중국 놈이 맹호부대의 비밀 취급자를 월맹군에게 팔아먹으려 한 게 틀림없었다.

사단은 어제 음어 체계를 전면으로 개편했다. 월맹군은 새로운 음어를 풀어 줄 사람이 필요했을 것이다. 따라서 무기 중개 상인의 입장에서는 신동협 병장은 큰돈이 되는 물건이었다.

더러운 중국 놈! 전우를 적에게 팔아먹다니.

그는 개미허리에게 돌아가서 술집에서 기습을 당해 신동협 병장이 행방불명이 되었다고 말할 것이다.

신동협 병장은 어둠 속에서 맹호부대 마크와 계급장, 그리고 명찰을 찢어서 없애 버렸다. 그리고 상의를 벗어 뒤집어 입었다. 그는 더러운 중국 놈에게 속아 개인 화기도 가져오지 않은 것이 몹시 후회되었다.

이럴 때 손에 익은 M16 소총이 있다면 얼마나 좋을까?

신동협 병장은 이를 갈며 자기의 어리석음을 후회했다. 함정에서 빠져나가는 방법은 순전히 신동협 병장의 몫이었다. 개미허리도 신동협 병장이 어느 술집에서 행방불명이 되었는지 알 수가 없을 것이다. 신동협 병장은 그의 인생에서 가장 어리석고 치명적인 실수를 한 것이다. 다른 실수는 살아가며 만회를 할 수 있는 기회가 있었다. 그러나 하나뿐인 목숨을 걸고 하는 게임에는 실수란 용납되지 않았다. 죽은 뒤에 후회한들 무슨 소용이 있겠는가? 그는 우박처럼 쏟아지는 총탄 속을 뚫고 출입문을 박차고 술집 밖으로 뛰쳐나갔다.

타다탕.

총알이 아스팔트에 불꽃을 튕기며 지나갔다. 그는 정전으로 캄캄한 골목길의 담벼락에 몸을 숨긴 후 잠시 관망을 하다가 포탄 박스와 씨레이션 마분지로 엉성하게 지은 판자촌을 빠져나와 이리저리 장소를 옮겨 다녔다. 조금 전까지만 해도 네온사인과 아가씨들의 교성으로 가득 차 있던 골목길은 쥐새끼 한 마리 다니지 않는 깊은 정적 속에 잠겨 있었다. 그는 가쁜 숨을 헐떡이며 중얼거렸다.

"쉽게 니들 손에 잡힐 줄 알아? 천만에 말씀이다. 어디 한번 이 보물단지를 잡아 보시지. 나를 잡으려면 땀깨나 흘릴걸."

그는 미로같이 복잡한 판자촌의 골목길을 계속 걸어 다녔다. 간악한 중국 놈이 쉽사리 찾지 못하도록.

신동협 병장은 이곳의 지리를 전혀 알지 못했다. 정확히 이곳이 퀴논 시가지의 어디쯤인지도 모르고 있었다. 그는 밤새도록 자리를 옮겨 다니다가 날이 밝으면 부대를 찾을 생각이었다. 그렇게만 할 수 있다면 그는 추적자를 따돌릴 수가 있을 것이다.

반(친구)이라는 이름의 술집에 처음 발을 들여놓았을 때 '런어웨이(영화 도망자의 주제가)'를 연주할 때 먼저 의심을 해야 했다. 어쩌면 그들은 신동협 병장에게 어떤 암시와 신호를 보내고 있었는지도 모를 일이었다.

앤 아이 원더 리를 런어웨이……

그때 눈치를 채고 잽싸게 도망쳐야 하는데 바보 같은 짓을 했다. 이런 멍청한 놈! 좋아, 이젠 너희들이 땀을 뺄 차례이다. 어디 한번 술래를 잡아 보시지.

지린내와 화장품 냄새로 가득 찬 좁은 골목길을 빠져나오자 창문으로 희미한 촛불이 새어 나오는 술집이 나타났다. 그는 문을 박차고 안으로 뛰어들었다. 젖가슴을 드러낸 채 팬티 차림으로 테이블에 앉아 있던 아가씨들이 화들짝 놀라 비명을 질렀다.

"인랑(조용히)!"

신동협 병장은 입술에 손을 댔다.

"크원쩌(훈련소)? 웨어 이즈 크원쩌(훈련소로 가는 길은)?"

신동협 병장은 월남어와 영어를 뒤섞으며 다급하게 물었다.

"크원쩌(훈련소)? 유 원어 고 크원쩌(훈련소로 갑니까)?"

"예스."

신동협 병장은 등 뒤에서 인기척을 느끼고 돌아다보았다. 희미한 촛불의 일렁거림 속에 어떤 여인이 서 있었다. 그녀를 보는 순간 신동협 병장은 가슴이 철렁 내려앉았다. 세상에 이렇게 아름다운 아가씨가 또 있단 말인가? 긴 금빛 머리카락, 바다처럼 파란 눈, 갸름한 얼굴에 오뚝한 코, 작고 예쁜 붉은 입술, 그리고 희다 못해 투명한 피부가 촛불에 흔들거렸다.

그녀는 아마도 프랑스인 아버지와 월남인 어머니 사이에서 태어났을 것이다. 미군이 월남에 주둔하기 전에 월남은 프랑스의 식민지이며 지배를 받아 왔었다.

신동협 병장은 그녀의 눈동자를 똑바로 쳐다보면 조용히 말했다.

"신 응 부이렁 짚 도이(도와주세요)."

그녀는 전쟁과는 무관한 천사와 같았다. 더럽고 비참한 전쟁터에서 마지막으로 살아남은 천사 같았다.

"컹 옹 디니암 덩 러이(아니 길을 잘못 들었습니다.). 뭐이 옹 고이(앉으세요)."

그녀는 의자에 앉기를 권했다.

"만호(맹호)? 아 유 만호(맹호)?"

그녀는 맹호냐고 물었다. 신동협 병장은 그렇다고 대답을 했다. 그녀에게 거짓말을 할 필요가 없을 것 같았다. 촛불에 비치는 얇은 아오자이 속의 그녀의 몸매는 인어와 같이 매끄럽고 아름다웠다. 아직도 앳된 얼굴의 그녀의 가슴에는 작은 고양이와 같은 것이 안겨 있었다.

신동협 병장은 어둠이 익숙해지자 그녀가 가슴에 소중히 안고 있는 물체가 고양이가 아니라 갓난아기라는 것을 알 수가 있었다.

"붐붐, 오케이?"

아기를 가슴에 껴안고 있는 그녀가 물었다.

"노노노."

신동협 병장이 당황해서 대답했다. 도대체 저 애의 아버지는 누구일까? 아마도 엄마도 아기의 아빠가 누구인지 모를 것이다.

그는 뒤집어 입은 군복의 상의 주머니 속에서 몇 장의 달러를 집어 그녀의 손에 쥐어 주었다. 그러나 그녀는 조용히 거절했다.

신동협 병장이 아기의 작고 가냘픈 손가락을 잡아 보았다. 갓난애는 신동협 병장의 중지 손가락을 거머쥐었다. 신동협 병장이 손에 들고 있던 지폐를 다시 한 번 그녀의 손에 쥐어 주었다. 이번에는 그녀가 거절하지 않았다.

그녀는 홀 안에 늘어진 발을 걷고 안으로 들어갔다. 다시 나온 그녀의 손에는 콜라 깡통이 들려 있었다. 그녀가 깡통을 건네주었다. 신동협 병장이 고맙다고 인사를 하며 깡통을 따서 마셨다. 콜라가 입술에 흘러내렸다. 그녀는 손끝으로 신병장의 입술을 닦아 주었다. 그리고 그윽한 눈동자로 신동협 병장을 쳐다보았다. 불안하고 두렵던 마음이 조금은 안정을 되찾았다. 조금 전까지만 해도 공포에 질려 허둥지둥 도망쳤던 모습이 우습기만 했다.

그녀의 두 손이 신동협 병장의 손을 잡아당겼다. 그리고 그녀의 입술 가로 가져갔다. 신동협 병장의 손끝이 그녀의 입술을 만졌다.
신동협 병장의 손이 차츰 위로 올라가 그녀의 코와 귀를 거쳐 초승
달 같은 노란 눈썹을 손끝으로 쓰다듬었다. 그리고 긴 속눈썹을 쓰
다듬어 보았다. 속눈썹이 경련을 일으키며 파르르 떨었다.

신동협 병장이 여자의 몸 위로 올라갔다 그때

쾅쾅.

갑자기 밖에서 출입문을 세차게 두드리는 소리가 들려왔다. 그녀
가 재빨리 촛불을 껐다. 공포에 질린 그녀의 숨소리가 거칠어졌다.
신동협 병장이 손가락을 입에 대며 조용히 하라고 말했다.

꽝, 꽝, 꽝.

밖에서 다시 문을 두드렸다. 흰 아오자이를 입은 아가씨가 문을
따려 하자 그녀는 몹시 화를 냈다. 그녀는 신동협 병장에게 홀 안의
탁자 밑을 가리켰다. 신동협 병장이 탁자 밑으로 기어 들어갔다.

"빨리도 찾았군."

신동협 병장이 어둠 속에서 중얼거렸다. 그녀가 조심스럽게 출입
문의 빗장을 따는 순간, 왈칵 문이 열리며 누군가 들어왔다. 그리고
그녀에게 무슨 말인가를 물었다. 두 사람은 서로 잘 아는 것 같았다.
그녀가 그를 데리고 테이블로 다가왔다.

'이젠 죽었다. 여자를 믿은 게 잘못이야.'

신동협 병장은 체념을 했다. 개자식 타우의 얼굴이 테이블 밑으로
불쑥 들어왔다. 신동협 병장은 그와 눈이 마주치는 순간 깊은 절망
에 빠졌다. 그러나 뜻밖에도 타우는 신동협 병장을 보자 몹시 반가
워했다. 그는 손짓으로 빨리 나오라고 했다. 신동협 병장이 테이블
밑에서 기어 나오자 타우는 그의 등을 밀며 빨리 나가자고 재촉을

했다. 신동협 병장은 그를 따라 밖으로 나왔다.

술집 앞에는 아직도 시동이 걸린 검정 오토바이가 서 있었다.

"너를 찾노라 혼이 났다. 상황이 나쁘다. 빨리 돌아가자."

신동협 병장은 그때서야 술집에서 일어난 총격이 우연히 일어난 사고라는 것을 알았다. 금발의 미녀가 밖으로 따라 나왔다. 타우가 라이트를 끈 채 오토바이를 출발시켰다.

"고마워요 아가씨."

신동협 병장이 금발의 미녀에게 손을 흔들자 그녀는 미소를 지으며 대답을 했다.

"안녕히."

어둠 속을 전속력으로 달리는 오토바이는 순식간에 훈련소의 정문 앞에 도착했다. 위병소의 지하 벙커에서 월남군 병사들이 뛰어나와 삼중 철조망을 재빨리 걷어치우며 통로를 열어 주었다.

훈련소는 비상이 걸려 있었다. 월남군 병사들이 어둠 속에서 비상호 속으로 투입되고 있었다. 위병소의 벙커에서 쏘는 붉은 예광탄이 검은 밤하늘을 가르며 날아가고 있었다.

타우의 오토바이가 취사반 앞에 멈추어 섰다. 개미허리 김 하사가 완전 무장을 한 채 신동협 병장을 기다리고 있었다.

"꽥꼴락 한 줄 알았다, 임마."

"어떻게 된 거야?"

"저 친구가 고생을 했지. 내가 막 오토바이를 타려는 순간, 월남군 상사 한 사람이 급하게 저 친구에게 메시지를 전하더군. 타우의 얼굴이 새파랗게 변했어. V.C들이 퀴논 시가지를 기습할 예정이라는 거야. 타우가 위험을 무릅쓰고 너를 찾아 나섰지, 그런데 네가 자꾸만 자리를 옮겨 다녀 무척 고생을 한 모양이야. 자기도 V.C들의 오늘 작전은 사전에 몰랐다고 말하더군. 평소에는 저쪽에서 연락을 받는 모양이야."

타우가 두 사람을 취사반의 밀실로 데려갔다.

파악.

밤하늘 높이 강렬한 불꽃이 솟아오르며 밀실 속이 환하게 밝아졌다. 조명의 색깔은 적색이었다. 적색 조명은 사격 개시 신호였다. 곧이어 따따따 하는 LMG의 요란한 사격 소리가 귀청을 찢어 놓았다.

#14 번개작전

- 병사에게 과거는 없다. 미래도 없다. 오직 현재뿐이다 -

땀방울이 모여 작은 물줄기를 이루며 흘러내렸다. 땀방울은 배꼽을 지나 사타구니 사이에 있는 불두덩이로 모여들었다. 축축한 사타구니의 새콤한 냄새, 끈적끈적한 땀방울의 촉감이 기분 나쁘게 전해졌다. 장병들은 모처럼 더운 쌀밥에 김치를 반찬으로 마음껏 배를 채웠다. 취사반은 장병들의 왕성한 식욕으로 몹시 분주했다.

"아아 하고 입을 벌려라."

"석 하사님, 쪼깨만 봐주시오. 으잉."

"어쭈! 월남 온 지 얼마나 됐냐?"

"삼 개월이 지났으라우."

"아그들이 안즉도 뱃멀미를 하네 그랴. 대가리 박어!"

"잘못했응께 한 번만 봐주시오 으잉."

취사반장 석종수 하사와 포수 지수남 상병이 취사반 입구에서 수작을 벌이고 있었다.

찌는 듯한 날씨에 장병들은 밥을 타기 전에 강제로 소금을 2알 먹어야 했다. 땀을 많이 흘리기 때문에 체내의 염분이 모두 빠져나가 쓰러지는 장병들이 많았다. 체내에 소금이 부족하면 자기도 모르게 쓰러졌다. 특히 사격 시에 포수들은 격렬한 몸놀림으로 체내의 염분이 빠져나가 기절하는 경우가 아주 많았다. 따라서 포대는 반복어의 특별 명령으로 누구든지 식사 전에는 취사반 입구에서 소금을 먹어야 배식을 받을 수가 있었다. 어느 누구도 예외는 없었다.

지금 취사반장 석종수 하사는 저승사자처럼 문 앞에 턱 버티고 서서 입을 벌리게 하고는 강제로 소금을 털어 넣고 있는 중이다.

그러나 쫄따구들은 소금 먹는 것을 아주 싫어했다. 속이 느글느글한 게 토할 것만 같다고 했다. 그러나 처음에는 누구나 다소 배 속이 거북했으나 시간이 지나면 적응이 되었다.

신동협 병장은 점심을 먹은 후에 잠잘 곳을 찾아 3포 포차 밑으로 기어들었다. 포차 그늘은 아주 시원하고 좋았다. 어느새 포차 밑에는 개미허리가 씨레이션 깡통을 손에 들고 먼저 누워 있었다.

"앗 뜨거!"

포차 밑으로 기어들던 신동협 병장이 비명을 질렀다. 포차 적재함의 철판에 손이 닿자 불에 덴 것처럼 뜨거웠다. 개미허리가 신동협 병장을 보며 빙그레 웃었다.

"웃지 마, 남은 뜨거워 죽겠는데."

"기집애들처럼 호들갑 떨기는."

신동협 병장은 개미허리 옆에 나란히 누웠다. 시원한 바람이 포차의 시다바리 밑을 빠져나가자 저절로 두 눈이 스르르 감겨들었다.

"뭐야 저건? 미쳐도 단단히 미쳤군."

개미허리의 말에 신동협 병장은 눈을 떴다. 공팔이 LMG와 탄통을 들고 사격장으로 가고 있었다.

"미친놈의 새끼."

신동협 병장이 혀를 차며 말했다.

공팔은 어제 전입한 영덕 출신의 장승호 일병과 월남군 훈련소의 사격장으로 가고 있었다. 아마도 공팔이 신병을 훈련시킬 모양이었다.

그래도 그렇지, 하필 오침 시간에 무슨 짓이야.

점심 식사 후 오후 3시까지는 오침 시간이었다. LMG 탄통 위에 계란 후라이를 해 먹을 정도로 더운 날씨였다. 그러나 공팔과 같이 구조가 남다른 사람들은 이렇게 더운 날씨에도 사격장에서 연습을 했다. 간혹 사격 시합으로 술내기를 하는 수도 있지만 오늘처럼 무더운 날씨에는 낮잠을 자는 게 훨씬 더 좋았다. 그러나 공팔은 무슨 마음이 들어서인지 신병과 사격장으로 가고 있었다.

"그만 귀국하는 게 어때. 지겹지도 않아? 뭐 때문에 자꾸 귀국을 연기해?"

신동협 병장이 씨레이션의 비스킷을 입에 넣으며 말했다. 이곳 생활에 이젠 진절머리가 날 때도 되었는데 개미허리는 자꾸만 귀국을 연기하고 있었다.

"고국에서 돈 떼먹고 날랐어? 아니면 여자에게 바람맞은 거야? 여기가 뭐 좋다고 눌어붙어?"

신동협 병장은 벌써 몇 번이나 같은 이야기를 개미허리에게 했다. 그는 귀국 이야기에 귀가 솔깃하다가도 밤을 새고 나면 마음이 달라졌다.

"못 가는 이유가 뭐냐? 그거나 들어 보자."

"이유는 무슨 놈의 이유. 그냥 가기 싫어."

"집에 가고 싶지 않아?"

"가기 싫어."

"그 여자 고무신 거꾸로 신었지? 솔직히 말해라."

"뭐야. 하하하……."

개미허리는 웃음보를 터뜨렸다.

"그게 아냐. 난 말이야, 귀국하는 게 겁나. 내가 죽인 사람이 몇 명이나 되는지 알아? 한때, 나는 깡패 짓도 하고 못된 일도 많이 했지만 직접 사람을 죽이진 않았어. 그런데 여긴, 사람들의 생명이 파리 목숨이야. 솔직히 말해서 귀국하는 게 겁나. 귀국해도 사회생활에 적응하지 못할 거야. 그리고 허구한 날 술만 퍼마시고 주변의 사람들을 괴롭히겠지. 어쩌면 그 사람이 강혜원이 될지도 몰라. 그리고 마지막에는 내 자신도 파멸할 거야. 그래서 가고 싶지 않아."

"여기서 한 일은 네 잘못이 아냐. 우리는 강제로 차출당해 여길 왔어. 누가 전쟁터엘 오고 싶겠어, 안 그래?"

"나 역시 그래. 그러나 전쟁이라는 이름으로 내가 한 일들은 어떤 명분으로도 정당화가 될 수가 없어. 이젠 자꾸만 그런 생각이 들어."

"자책하지 말고 마음 돌려."

"어떻게?"

"우린 전쟁이라는 거대한 톱니바퀴의 작은 톱니에 불과해. 우리가 스스로 할 수 있는 건 아무것도 없었어. 적이 쏘는데 넌 가만히 총에 맞아 죽을 거야? 그건 아니잖아."

"건 그래. 그러나 내 목숨이 귀중하면 남의 생명도 소중한 거야. 내가 킬러밸리에서 죽인 사람들은 모두 나와는 상관이 없는 사람들이었어. 그런데 왜, 내가 그들을 죽여야 했는지 이상한 생각이 들어. 밤에 잠을 청하려고 누워 있으면 그 사람들의 모습이 눈에 선해. 그들에게도 부모와 여자들이 있겠지?”

“가족들이 있었겠지.”

“내가 그들의 소중한 가족을 죽인 사람이라는 것을 안다면 그들은 어떤 생각을 할까?”

“그건 너 역시 똑같은 입장이야.”

“그걸 그들이 이해할까?”

“이해하지 못하겠지.”

“그건 똑같은 입장이야. 처음에는 죽었다고 울겠지, 그런데 시간이 지나면 누구나 잊어버려.”

“그럴 거야.”

“문제는 우리를 이곳에 보낸 사람들에게 있지. 그리고 이 전쟁을 일으킨 사람들이야.”

“여길 오질 않았더라면 이런 일도 없었을 거야. 내가 왜 여길 왔지?”

“너도 어쩔 수 없이 왔다며.”

“응.”

신동협 병장은 갑자기 장몽두리가 생각이 났다. 그와 같이 보낸 시간들은 이젠 아득한 옛날 일 같았다.

“마음을 밝게 가져. 전쟁터에서는 누구든지 조금씩은 미친다고. 그게 정상이야. 피를 보면 아무리 선량한 인간도 돌게 마련이야. 맨 정신으로 어떻게 사람을 죽이겠어? 적이 너를 해치려 한다면 죽일 수밖에 없잖아. 넌 목숨을 지키기 위해서 정당방위를 한 거야. 먼저 쏘지 않으면 적이 사격을 하는데 어떻게 할 거야. 그냥 가만히 앉아 총에 맞아 죽어? 그건 선택의 여지가 없는 일이야.”

“마뜰에서 농사나 지으며 그냥 살 걸 그랬어, 사라호 태풍 때문에 내 신세는 조졌어. 왜 이렇게 됐는지, 제기랄!”

“너, 많이 약해졌다. 이 바닥에서 마음 약해지면 어떻게 되는지 알지? 깊이 생각할 거 없어. 이젠 지난 시절은 모두 잊고 집으로 돌아가자. 그리고 아무런 일도 없었던 것처럼 평범하게 사는 거야.”

“그렇게 될 수 있을까?”

“귀국하면 그렇게 될 거야. 우리는 잠시 기분 나쁜 악몽을 꾼 거야. 귀국해서 강혜원과 결혼도 하고 애도 낳고 집도 짓고 돈도 벌며 여기 일은 모두 잊게 될 거야.”

“그렇게 된다 해도 이곳에서 생긴 일들은 없어지질 않아.”

“너, 생각 많이 하면 어떻게 되는 줄 알아? 그게 널 잡아먹어. 육신의 병만 병인 줄 알아? 우리가 처음 만났을 때 네가 내게 말했지? 전쟁터에서는 무식한 놈이 용감하다고. 우리는 무식한 놈들이야.”

“맞아, 무식한 놈이 용감하지. 난 마뜰 촌놈이야.”

“꽝!”

그때 총소리가 들려왔다.

“무슨 일이지?”

개미허리가 놀라서 물었다.

“위생병, 위생병!”

누군가 고함을 지르며 숨 가쁘게 달려오고 있었다.

“오 일병, 왜 그래?”

신동협 병장이 포차의 그늘에서 기어 나오며 물었다.

“신병이 총에 맞았시유.”

"콩(베트콩)이 저격했냐?"

"아뇨, 구 병장님의 총에 맞았시유."

개미허리와 신동협 병장은 훈련소 사격장으로 달려갔다. 무섭게 달아오른 한낮의 열기는 두 사람의 숨통을 바짝 조여 왔다. 금세 등허리가 땀방울에 흥건히 젖어 들었다. 오침에 들었던 병사들이 하나 둘 두더지처럼 기어 나와 사격장으로 모여들었다.

"난 안 쐈단 말이야. 내가 왜 신병을 쏘겠어?"

공팔이 사선에 주저앉아 그 말만 되풀이하고 있었다. 표지판 밑에는 조금 전 그 신병이 쓰러져 있었다. 신동협 병장이 신병을 껴안고 두 손으로 피범벅이 된 복부를 감싸 쥐었다. 손가락 사이로 검붉은 피가 콸콸 흘러나오고 있었다.

신동협 병장이 신병의 상처 부위를 살펴보았다. LMG 탄알이 복부를 비스듬히 뚫고 지나갔다. 위 속에서 조금 전 식당에서 먹은 따뜻한 쌀밥이 삐쭉이 흘러나오고 있었다. 신병의 복부는 마치 갓 잡아 놓은 돼지의 배를 갈라놓은 것 같았다. 신동협 병장이 압박 붕대로 신병의 복부를 묶었다.

신병의 창백한 얼굴은 고통으로 일그러졌다. 마른 모래 바닥에는 배에서 흘러나온 하얀 쌀밥이 시커먼 피에 얼룩이 져 있었다. 어디선가 파란 똥파리 한 마리가 날아와서 쌀밥에 내려앉았다.

"으음."

신병이 신음 소리를 토하며 고개를 꺾었다.

"찰싹."

신동협 병장이 신병의 따귀를 소리가 나도록 때렸다.

"정신 채려 임마, 총알 좀 스쳤다고 죽는 시늉을 해. 이런 망할 자식!"

“어떻게 된 거야?”

어느새 달려온 부관 신록 중위가 공팔에게 물었다.

“사격 훈련을 하는데 갑자기 표적이 바람에 날렸어요. 옆에서 구경하던 이 친구가 바로잡았는데 땅 하고 총알이 튀잖아요. 재수가 없으려니.”

“방아쇠에 손가락을 걸고 있었지?”

“미쳤어요? 내가 그런 짓을 하게.”

“그럼, 어떻게 총알이 나갔나?”

“그러니 미치고 환장하지요. 어이쿠, 미치겠네.”

공팔과 같은 고참이 사격에서 실수할 리는 없었다. 적어도 월남에서 잔뼈가 굵은 고참들은 그런 실수를 하지 않았다.

작전 중 과열된 총기에 삽탄이 된 실탄이 자기도 모르게 발사된 경험을 고참들은 갖고 있었다. 불볕더위에 달아오른 LMG 총신에서 탄알이 폭발하는 경우가 드물게 있었다.

그러나 공팔은 하도 엉뚱한 짓을 잘하는 놈이라 의심을 받고 있었다. 공팔의 비열한 행동은 능히 그러고도 남았다. 어쩌면 고의성을 가지고 그런 짓을 했을 수도 있었다. 어쨌든 그 일은 사고로 처리되었다.

어제 전입한 장승호 일병은 무전병이었다. 그는 내일 오후 3시에 헬기로 1대대 3중대에 관측병으로 파견될 예정이었다. 3중대는 적과 교전 지역에 있었다. 장승호 일병 대신에 누군가 3중대로 가야 했다. 내일 3시에 헬기가 오기로 되어 있었다. 그 사고가 개미허리의 운명을 바꿀지는 아무도 몰랐다.

털 털털.

H21 헬기 한 대가 정적 속에 잠든 포대 상공에 나타났다. 헬기의 프로펠러 소리는 끈적끈적한 잠 속에 빠져 있던 병사들의 낮잠을 단숨에 깨워 놓았다. 헬기가 포대의 공터 위에 풀썩 주저앉으며 누런 먼지를 사정없이 게워 놓았다. 녹색 헬멧을 머리에 쓴 헬기 조종사가 엄지손가락을 치켜세우며 빨리 승선하라고 독촉을 했다.

개미허리가 헬기로 다가갔다. 신동협 병장이 개미허리를 잡았다.

"너 미쳤어, 우린 다음 제대로 귀국이야. 그런데 왜, 삼중대로 가려는 거야? 같이 귀국하자. 너를 기다리고 있는 강혜원을 생각해 봐."

신동협 병장이 혼신을 다해 개미허리를 붙잡았다. 오늘 아침, 개미허리는 부상당한 장승호 일병 대신에 자기가 3중대로 가겠다고 자원을 한 것이다.

FDC에서는 귀국을 앞둔 개미허리를 적극 만류했다. 그런데 개미허리는 포대장에게 3중대로 가겠다고 지원을 했다.

물론 포대장이야 대환영이었다. 3중대로 보낼 사람이 없어 걱정하던 그는, 겉으로는 만류하는 척했으나 속마음은 그게 아니었다.

SIG(통신반)에는 졸병들도 많았다. 고참들이야 세월만 보내다가 귀국을 하면 될 텐데 개미허리가 왜 저런 짓을 하는지 알 수가 없었다. 뒤늦게 이런 사실을 알게 된 신동협 병장이 한사코 만류를 했으나 개미허리의 마음은 요지부동이었다.

"미친놈, 그렇게도 죽고 싶어?"

신동협 병장이 약이 올라 욕설을 퍼부었다.

"잘 있어. 신동협."

"강혜원은 어떡하고?"

"난, 여기가 더 좋아, 흐흐흐……."

"그럼 다음 제대로 귀국해라. 부산에 마중 나갈게."

"알았어 임마! 흐흐흐……."

개미허리는 흰 이빨을 가지런히 드러낸 채 소리 높여 웃었다. 개미허리는 보물처럼 아끼던 목검을 신동협 병장에게 내밀었다. 신동협 병장이 의아한 눈으로 개미허리를 쳐다보았다.

"받아, 선물이야."

신동협 병장은 엉겁결에 목검을 받았다 개미허리는 손을 흔들며 헬기에 올랐다. 신동협 병장은 어쩌면 개미허리를 보는 것이 마지막이 될지도 모른다는 생각이 들었다.

미쳐도 더럽게 미친 놈이었다.

하지만 한편으로는 개미허리의 마음이 이해가 갔다. 그는 밤에 포성과 총소리를 듣지 못하면 편히 잠을 이룰 수가 없었다. 총을 쏘지 않은 적들이 은밀하게 그를 저격할 것만 같은 공포심 때문에 잠을 잘 수가 없다고 했다. 어두운 밤하늘에 공격 개시를 알리는 적색 조명과 포성이 진동해야만 그는 편히 잠을 잘 수가 있었다. 어디선가 교전을 하고 있는 적들이 오늘밤에는 그를 공격하지 않으리라는 안도감 때문에 편히 잘 수가 있었다. 그는 전투가 없는 조용한 밤을 몹시 두려워했다.

부웅.

헬기의 프로펠러가 회전속도를 빨리하자 육중한 동체가 하늘로 붕 떠올랐다. 그리고 헬기는 퀴논 북방으로 기수를 돌리며 날아갔다.

신동협 병장은 개미허리가 주고 간 목검을 손에 쥐고 아득히 날아가는 헬기에 눈길을 주었다. 이젠 작은 잠자리처럼 멀어져 가는 헬기를 아주 오랫동안 지켜보며 서 있었다.

개미허리가 3중대로 떠나던 날 A포대는 갑자기 원대로 복귀하라는 명령을 받았다. 부라보 포대는 빈케의 진지로 돌아가고 A포대는 앙케 고개 밑의 진지로 돌아왔다. 그날 밤 A포대는 적들로부터 대단한 환영을 받았다.

P.X의 유종한 병장이 인근 미군 부대의 영사병에게 맥주 2 박스를 주고 영화 한 편을 빌려 왔다. 포대는 이른 저녁을 먹고 P.X 출입문에 스크린을 치고 영화 감상을 시작했다. 제목은 '인형의 골짜기'였다.

한글 자막이 없는 주인공들이 나누는 대화는 무슨 말인지 알아들을 수가 없었다.

병사들은 맨발에 팬티 차림으로 땅바닥에 길게 누워 한 손에 맥주 깡통을 든 채 화면을 보다가 깜박 잠이 들곤 했다.

그러다가 우우 소리에 퍼뜩 잠을 깨곤 했다. 우우 하는 소리는 발가벗은 여자가 나오기 때문이다. 그 장면이 지나가면 병사들은 눈을 스르르 감고 또다시 깊은 잠 속에 빠져들었다.

어느새 자정이 가까워지자 밤하늘에는 남십자성이 높이 떠올랐다. 하루 내내 달아오른 대지는 산들바람에 흔들리고 멀리 남쪽 하늘 아래 풋갓 비행장의 밤하늘엔 붉은 예광탄이 구슬처럼 영롱하게 반짝거리고 있었다.

풋갓 비행장에서는 한바탕 교전이라도 붙었는지 요란한 사격 소리가 들려오고 있었다. 오늘밤은 베개를 높이 베고 편하게 잘 수가 있을 것이다. 적들이 자대로 귀환한 첫날인 오늘밤은 봐주는구나, 생각하며 병사들은 편히 쉬었다.

그런데 갑자기 푸룩 푸룩 하며 박격포 탄의 프로펠러 소리가 들려 왔다. 그리고 눈부신 섬광과 함께 5포의 포차가 박살이 났다.

"대피, 박격포다!"

병사들은 오뉴월에 소낙비를 맞은 개미 새끼들처럼 허둥지둥 흩어 졌다. 화면에는 벌거벗은 여자가 타월로 젖가슴을 가리며 요염한 자 세로 유혹을 하며 다가오고 있었다.

"화면이 조준점이다."

누군가 어둠 속에서 소리쳤다. 그와 동시에 검은 그림자가 영사기 를 발로 걸어차 버렸다. 또다시 박격포 탄이 떨어졌다.

꽝!

졸지에 날벼락을 맞은 격이었다.

"열하나, 세시 방향. 거리 일천오백, 좌표 236437."

관망대에서 근무 중인 노두한 병장이 어느새 박격포가 날아오는 지점을 관측하고 큰소리로 외쳤다. 그러나 경황이 없어 아무도 응사 하지 못했다.

포대는 순식간에 아수라장으로 변했다. 밤하늘은 박격포 탄이 터 지는 작열음과 병사들의 고함소리로 가득 차 버렸다. 적은 월맹군 2BD(2대대) 소속의 병사들일 것이다. 그들의 작전은 2문의 박격포 로 재빨리 공격을 하고 바람처럼 사라지는 것이 특징이다. 그들은 목측으로 공격을 하는데 오늘밤 포대를 기습한 것은 밝은 영화의 화 면이 조준점이 된 것 같았다.

박격포 탄은 숨 쉴 틈도 없이 날아왔다. 포탄에는 눈이 없었다. 만 일 한 방이라도 포탄의 장약이나 탄약고에 맞는다면 포대는 순식간에 가루로 변할 것이다. 포탄은 벙커 지붕 위로, 차고로, 연병장으로, 아무 곳에나 떨어졌다.

"언제까지 당할 거야, 반격 안 해?"

관망대에서 노두한 병장이 악을 쓰며 고함을 질러댔다. 그의 목소리에는 원망이 섞여 있었다.

"어메 씹할, 미치겠네. 니놈들은 죽었다, 두고 보자."

벙커 안에서 머리만 밖으로 내밀고 있던 부관 신록 중위가 어금니를 뿌드득 갈며 벼르고 있었다. 그러나 포탄이 소낙비처럼 쏟아지니 벙커 밖으로 나갈 수가 없었다.

만일에 105㎜ 대포의 포성이 한 방이라도 울린다면 적들의 사격은 중지가 될 것이다. 포대가 표적물을 겨누지 않고 포성만 울려도 적은 재빨리 꼬리를 내리고 도망을 칠 것이다. 그것은 A포대가 그들이 숨어서 사격하는 지점을 정확히 찾아내 반격을 하는 것으로 생각하기 때문이다.

포대의 화력은 엄청나기 때문에 잠시만 지체하면 그 좌표의 박격포는 가루가 되었다. 적들은 그 점을 잘 알고 있었다. 따라서 포대는 박격포의 공격을 받으면 아무 곳에나 단 한 발의 포탄을 쏴야만 했다. 105㎜ 포탄의 포성만 울리면 그들은 단번에 도망을 쳤다. 그런데 포수들은 숨 쉴 틈도 없이 박격포 탄이 날아와 진지에 떨어지니 벙커 밖으로 나갈 수가 없었다.

"누구야, 저게?"

2포 반장 현영태 중사가 소리쳤다. 6포의 지하 벙커 속에서 검은 그림자가 비호같이 튀어 나가고 있었다. 그림자는 포탄이 우박처럼 쏟아지는 어둠 속에서 포탄 한 발을 장전한 후 "꽝!" 하고 방아쇠를 잡아당겼다. 용가리 임길상 병장이었다. 포탄이 발사되는 순간, 지하 벙커 속에 숨어 있던 포병들이 우르르 달려 나왔다. 그리고 포대에 달라붙었다.

"거리 천오백, 3시 방향, 좌표 236437!"

관망대에서 노두한 병장이 다시 한 번 큰소리로 박격포의 위치를 알려 주었다.

"준비 – 쏴!"

꽝꽝꽝.

천지를 진동하며 거대한 기관차와 같은 포탄이 검은 밤하늘을 가르며 날아갔다. 쉭쉭 하는 소리를 내며 포탄은 어둠의 저편으로 사라졌다. 포수들은 늦가을의 독사처럼 약이 올라 있었다.

지들이 감히 우리에게 도전을 해? 지금 걸리면 뼈도 못 추리게 될 것이다. 진지로 돌아와 꽥꼴락 할 뻔했잖아!

#15 원한의 앙케 패스
- 앙케 패스에서 생긴 일 -

개미허리는 밤새도록 입고 있던 우의를 벗었다. 매운 고무 냄새와 끈적끈적한 우의의 촉감, 한 치 앞도 볼 수 없는 짙은 안개, 새벽이슬에 젖어 번들거리는 판초우의는 이제 그의 삶의 일부가 되었다.

짙은 어둠은 물러가고 동쪽 하늘이 조금씩 밝아오고 있었다. 이따금 강풍이 불 때마다 짙은 안개는 연막처럼 앞을 가렸다. 그는 한 손으로 입을 막고 하품을 했다. 나른한 피곤이 밀려왔다. 입 속에는 마른 모래가 가득히 찬 것 같았다. 안개 속에서 밤새 짐승처럼 웅크리고 있던 전우들이 슬금슬금 기어 나오기 시작했다.

새벽의 한기가 뼛속 깊이 스며들었다. 분대는 전면에 설치한 인계철선을 걷어 내고 크레모아와 조명탄을 회수했다. 빨리 진지로 돌아가서 실컷 자고 싶었다.

그날의 일과는 이렇게 평범하게 시작되었다.

분대는 서둘러 매복 장비와 개인 화기를 챙겨 들었다. 어둠이 걷히자 산은 짙은 안개가 피어오르기 시작했다.

매복 지점은 키가 작은 갈대로 뒤덮여 있었다. 분대는 이곳에서 밤을 지새웠다. 여긴 월맹군 2대대의 작전 통로였다. 월맹군들은 야간에 멀리 빈딩성까지 공격을 하고 이 길로 철수하는 것 같았다. 매복 지점에서 내려다보면 앙케로 가는 꾸불꾸불한 길이 한눈에 들어왔다. 그것은 마치 이화령 고개 위에서 내려다보는 문경새재의 험난한 길과도 같았다.

빈케에서 달려온 19번 도로는 험난한 산을 넘어 미군 전차 부대와 보병 사단이 주둔하는 앙케로 이어졌다. 적은 이곳에서 앙케 통로를 내려다보며 무차별로 공격을 했다. 보급 트럭이나 작전 차량들은 속수무책으로 당했다. 그냥 당하는 수밖에 도리가 없었다.

지난 밤 처음으로 2소대 3분대는 이곳에서 매복을 섰다. 3분대는 작전 후 철수하는 월맹군들을 이 통로에서 공격할 생각이었다. 정확히 말하자면 적은 빈케와 앙케 통로를 공격하고 3분대는 작전 후 철수하는 적들을 칠 생각이었다. 그들은 서로 아주 위험한 시도를 하고 있었다.

그러나 매복을 섰던 분대는 밤새도록 적의 그림자도 볼 수가 없었다. 아마도 지난밤에는 적이 작전을 중지한 모양이었다.

분대는 개인 소지 화기인 M16 소총과 수류탄, 조명탄과 크레모아, 유탄 발사기로 중무장을 하고 있었다. 인계 철선과 조명탄을 걷어내자 분대는 서둘러 하산을 시작했다. 평소보다 이른 시간이었다.

최기영 상병이 첨병으로 먼저 길을 열고 그 뒤에 강재호 일병을 세웠다. 그리고 분대원 9명이 종대로 늘어서서 허리까지 오는 갈대밭을 헤치고 철수를 시작했다.

어느새 시계 바늘은 06시 32분을 가리키고 있었다. 매복조의 철수 시간으로는 이른 시간이었다. 평소보다 더 빨리 철수를 결정한 이유는 오늘 아침 2소대에 귀국하는 장병이 있었기 때문이었다. 그들은 귀국하는 박무경 병장을 만나 환송 인사를 하고 싶었다.

분대 첨병인 최기영 상병은 한 치 앞도 보이지 않는 짙은 안개로 몹시 당황하고 있었다. 연막탄처럼 전면의 시야를 가린 짙은 안개 속에서는 아무것도 볼 수가 없었다. 안개 때문에 어려움을 당하는 병사들은 최기영 상병뿐이 아니었다. 개미허리 김 하사도 마찬가지였다. 바로 앞서 걸어가는 병사의 등도 보이지 않았다. 안개 속에서 희끗희끗하게 보이는 그림자를 쫓다 보면 어느새 없어지곤 했다.

최기영 상병은 이슬에 젖은 갈대숲을 정글도로 헤치며 길을 열고 있었다. 바로 뒤에는 유탄 발사기 사수 강재호 일병이 따라오고 있었다. 최기영 상병은 키가 작은 잡목들을 정글도로 내리치며 강 일병이 그 소리를 듣고 뒤를 따라왔다.

관목이 듬성듬성한 갈대숲을 빠져나오자 갑자기 완만한 경사를 이룬 키가 작은 갈대밭이 나타났다. 그는 짙은 안개로 더 이상 전진을 하지 않고 뒤에 따라오는 강재호 일병을 기다리기로 했다. 그는 소변을 볼 생각으로 바지 지퍼를 내렸다.

바로 그때, 짙은 안개 속에서 낯선 군복의 병사가 불쑥 나타났다. 짧은 순간, 두 사람의 눈길이 마주쳤다. 최기영 상병은 갑자기 나타난 낯선 군복의 사내를 멍청하게 바라보았다. 상대도 마찬가지였다. 그도 몹시 당황하는 것 같았다. 두 사람은 서로 군복 색깔이 다르고 무기도 달랐다. 최기영 상병은 손에 들고 있던 정글도로 낯선 병사의 얼굴을 잽싸게 내리쳤다.

"으악!"

소름끼치는 외마디 비명 소리가 짙은 안개 속에서 울려 퍼졌다.

타타탕!

갑자기 AK 소총 소리가 들렸다. 최기영 상병의 머리통은 총알을 맞고 깨진 수박 조각처럼 사방으로 흩어졌다.

분대는 갈대밭에 재빨리 엎드리며 안개 속을 향해 총을 갈기기 시작했다.

비명 소리와 함께 총알이 날아오기 시작했다. 눈에 보이지 않는 적들의 공격은 병사들을 공포에 질리게 했다. 수 미상의 적, 한 치 앞도 보이지 않는 안개 속에서 그들은 언제 등 뒤에 불쑥 나타날지 모르는 적을 향해 미친 듯이 난사를 시작했다.

적도 마찬가지였다. 쌍방의 병사들은 공포에 질려 눈뜬장님처럼 안개 속을 향해 무조건 사격을 하고 있었다.

"야 최 상병!"

개미허리가 최기영 상병을 불렀다. 죽은 최기영 상병이 대답할 리가 없었다.

따르륵 따르륵.

엄청난 화력이 사방에서 벌 떼처럼 날아들었다.

도대체 적들은 어디에 숨어 있는가?

여기는 은폐물도 없었다. 오직 짙은 안개만이 연막처럼 시야를 가려 놓고 있었다. 지난 밤 늦게 내린 스콜이 해가 뜨자 수증기로 변해 한 치 앞도 볼 수 없는 짙은 안개가 되어 피어오르고 있었다.

"움직이지 마라, 움직이는 것은 적이다."

개미허리가 다급하게 소리쳤다.

"타타탕."

하고 요란하게 총성이 울렸다.

M16 소총과 AK 소총이 요란하게 불을 뿜으면 교전이 시작되었다. 쌍방은 짙은 안개로 서로가 앞을 볼 수 없었다. 안개는 지난밤에 온 스콜이 증발하면서 점점 더 짙어지고 있었다. 안개만 끼지 않았더라면 서로 간에 이런 불상사는 없었을 것이다. 짙은 안개로 개미허리는 고개를 들 수가 없었다. 고개만 들면 총알이 비 오듯 쏟아졌다. 이런 상황 속에서는 적과 우군을 구별할 수 있는 방법이 없었다. 단지 노련한 고참들은 적이 움직일 때까지 죽치고 가만히 있는 것이다. 그리고 성질 급한 놈이 먼저 움직이면 쏴 버리는 것이다.

그런데 신병들은 달랐다. 녀석들은 공포에 질려 아무데나 총질을 했다. 그리고 자신을 노출시켜 적에게 타깃이 되었다.

"타타탕!"

분대는 짙은 안개 속에서 적과 교전을 시작했다. 서로 간에 구별을 할 수가 없어 그림자만 보이면 총을 쏴 버렸다. 개미허리는 분대원들을 통제할 수가 없었다. 그는 나지막한 소리로 명령을 내렸다.

"움직이지 마라, 움직이는 것은 적이다."

그가 한 말은 병사들에게 안개가 걷힐 때까지 죽은 듯이 가만있으라는 명령이었다. 2시간만 버티면 안개가 걷힌다.

안개만 환하게 걷히면 적보다 우수한 장비를 가진 그의 분대가 훨씬 더 유리한 위치에 서게 될 것이다.

반대로 안개가 걷히면 적은 더 불리해질 것이다. 밤에만 작전을 펴는 그들은 위치가 노출되면 바로 우군의 105㎜ 포탄이 날아오기 때문이다. 다급한 쪽은 저쪽이었다.

노련한 고참들은 알고 있었다. 그들보다 적이 먼저 움직인다는 것을 말이다. 그런데

"타타탕."

하는 소리와 함께 한 무리의 검은 그림자가 개미허리의 전면에 나타났다.

"파파팡!"

그는 주저 않고 방아쇠를 당겨 버렸다.

개미허리 김이수 하사는 정신없이 안개 속을 갈겨 버렸다.

"팍!"

갑자기 백색 조명탄이 눈부신 섬광을 터트리며 주변을 환하게 밝혀 놓았다. 안개 속에서 월맹군들이 새카맣게 밀려오고 있었다. 어디서 그렇게 많은 적병들이 몰려오는지? 그는 다급하게 중대장에게 무전으로 구원을 요청했다.

"타타타타……."

그는 M16 소총을 비로 쓸 듯 갈겨 버렸다. 15발이 들어 있는 탄창이 순식간에 바닥이 나 버렸다. AK 소총을 든 적병이 난사를 하며 그에게 달려들었다. 그는 잽싸게 M16 소총의 빈 탄창을 뽑아 버리고 탄띠에 차고 있던 실탄통을 뒤졌다.

아뿔싸! 탄집이 텅 비어 있었다.

그럼 몇 발을 쏜 거야. 15발이 들어 있는 탄창 5개가 순식간에 바닥이 났다. 5발 정도 쏜 것 같은데 벌써 75발을 퍼부은 것이다.

병사들은 전투라는 극심한 공포 속에서 자기를 보호하는 방법은 적군이 근접하지 못하도록 사격하는 것, 적어도 사격하는 동안에는 죽음의 공포에서 벗어날 수가 있었다. 개미허리 역시, 그런 공포에

빠져 있었다.

소위 개미허리 김이수는 재파월자이며 월남 고참이었다. 그런 그도 이렇게 죽음의 공포 앞에서는 평소의 그답지 않게 허둥대고 있었다. 그는 달려드는 적병을 향해 허리에 차고 있던 표창을 날렸다.

"쌩!"

표창이 안개를 가르며 적병의 목을 꿰뚫었다.

"으악!"

적병이 나뒹굴며 단말마의 비명을 돼지처럼 질러댔다. 개미허리는 재빨리 등 뒤에 차고 있던 탄집에서 실탄을 꺼내 M16 소총에 삽탄을 시켰다.

"꽝!"

지축을 울리며 수류탄이 터졌다.

"으악!"

우측에 있던 민영수 병장이 벌떡 일어서며 비명을 질러댔다. 눈부신 섬광에 드러난 민 병장은 피를 흠뻑 뒤집어쓰고 있었다. 그는 비틀거리며 천천히 쓰러졌다.

수류탄을 맞았군, 개미허리는 소총으로 난사하며 분대원들에게 움직이지 말라고 다시 명령을 내렸다.

그때 개미허리는 안개 속에서 새카맣게 밀려오는 월맹군들을 볼 수가 있었다. 그들은 파도처럼 밀려오고 있었다.

짙은 안개와 사이키 조명처럼 난무하는 조명탄의 불빛과 총성, 포연.

병사들의 다급한 비명 소리, 목숨을 앗아 가는 고통으로 때굴때굴 구르며 내지르는 단말마의 절규, 지옥이 따로 없었다.

병사들은 짙은 안개 속에서 피아간을 구분할 수 없어 육박전을 벌

리고 있었다. 그들은 눈에 보이는 것은 무조건 쏴 버렸다. 살아남는
방법은 그것뿐이었다. 오직 나 이외에는 모두 적이었다.

개미허리는 달려드는 적병을 소총으로 후려치며 뒷걸음질을 쳤다.
그때 한 무리의 그림자가 안개 속에서 뒤엉켜 그를 덮쳐 오고 있었
다. 그는 앞서 오는 병사를 향해 먼저 갈겨 버렸다.

"타타탕, 타타탕……."

"아이쿠!"

어둠 속에서 비명을 지르는 병사가 있었다.

"누고?"

"으윽, 김 하사님, 접니더."

강재호 일병이었다.

"타타탕."

개미허리는 나머지 두 명을 M16으로 갈겨 버렸다. 그리고 강 일
병에게 다가갔다.

"살리주이소, 분대장님! 으윽."

강 일병은 때글때글 구르며 돼지처럼 비명을 질러댔다.

"강 일병?"

"예."

"어딜 맞았나?"

"복부에…… 혁혁…… 새끼들이 쐈심더."

개미허리는 재빨리 그를 갈대 숲 속으로 끌고 들어갔다. 강 일병
의 뱃속에 창자들이 땅바닥에 주르르 흘러내렸다. 조명탄 불빛에 피
범벅이 되어 번들거리는 푸른 창자.

이건 AK탄알에 맞은 것이 아니었다. M16 소총 탄알에 맞은 것이

다. M16 탄알은 AK 탄알보다 회전수가 많아 맞으면 상처 부위가 이렇게 걸레처럼 찢어졌다. 그렇다면 강 일병은 그의 총에 맞은 것이다.

그런데도 자기를 쏜 개미허리에게 목숨을 구해 달라며 필사적으로 매달리는 것이다.

"김 하사님, 집에 가고 싶어요, 헉헉헉……."

이런 기막힌 일들이 또 어디 있는가? 잠자리를 같이하고 씨레이션을 같이 먹고 친구의 형이라고 병아리처럼 졸졸 따라다니던 재호를 내 손으로 죽이다니…….

"강 일병, 정신 차려!"

어느새 그는 축 늘어져 버렸다. 그리고 숨을 거두었다.

교전 중 적병의 총에 맞았다고 생각하며 숨을 거둔 강재호 일병.

개미허리는 심한 충격을 받았다. 분대장이 그의 부하인 분대원을 사살한 것이다.

개미허리는 무릎까지 오는 키가 작은 갈대밭에서 죽음의 공포를 느꼈다. 고개를 들 수가 없었다. 조금만 움직여도 총알은 사정없이 날아왔다. 더구나 총알이 날아오는 방향을 가늠할 수가 없었다.

백전노장의 개미허리도 이런 상황 속에서는 어쩔 수가 없었다. 분대는 꼼짝없이 갇혀 버렸다. 개미허리가 무전기를 열었다.

"여긴 갈매기 하나. 여긴 갈매기 하나. 벽돌장 삼은 응답하라."

"여긴 벽돌장 삼. 갈매기 하나는 말하라."

"우린 갇혔어, 꼼짝없이 갇혔어."

그때 무전기에서 배재만 중대장의 목소리가 들려왔다.

"어이 김 하사, 어떻게 된 거여."

중대장이 답답한 듯 무전기를 잡고 물었다.

"갇혔습니다."

"상황이 어때?"

"철수 중에 수 미상의 적과 교전 중입니다."

"쏘고 토껴 버려."

"여긴 엄폐물이 없슴다. 고개만 들어도 벌 떼처럼 날아와요, 미치겠심더."

"피해는?"

"사망 3명, 부상자 다수."

"무슨 개떡 같은 소리야? 벌써 전사자가 생겨? 야 총소리 땜에 안 들려. 좋아, 2소대를 보낼 테니 버티라고. 개새끼들, 잘 만났다. 이번엔 싹 쓸어 버려야지."

1주일 전에 3중대의 급수차가 2BD(2대대)의 기습을 받고 2명의 병사를 잃은 적이 있었다. 따라서 배재만 중대장은 아직도 그때의 원한을 잊지 않고 있었다.

고봉호 소위의 2소대가 매복 지점을 향하여 출발을 했다. 고봉호 소위는 부산 출신으로 몸집이 살팍한 말라깽이로 몹시 신경이 날카로운 사람이었다. 그는 귀국이 1개월 정도 남아 있었다. 그도 이젠 슬슬 몸조심을 해야 할 때였다.

보통 장병들은 월남에 파견된 후 1개월, 그리고 귀국하기 1개월 전에 사상자가 가장 많이 났다. 처음에는 낯선 환경에 익숙하지 못해 당했다. 그리고 귀국하기 전에는 방심을 하다가 불의의 사고를 당했다. 이것은 통계에 의한 확률로 사단 지휘부에서도 고심하는 문제였다. 따라서 귀국을 앞둔 병사들은 몸조심을 했다.

고봉호 소위는 총이나 몇 방을 쏴서 간단히 적들을 쫓아 버리고 싶었다. 그러나 작전 지역에 도착하자 그의 기대는 산산조각이 나 버렸다. 먼저 그들은 짙은 안개 때문에 눈뜬장님이 되었다. 안개는 2소대도 냉큼 삼켜 버렸다.

"여긴 벽돌장 하나, 갈매기 하나는 어디 있나?"

고봉호 소대장이 무전기로 3분대장을 호출했다.

"여기는 갈매기 하나. 우린 8부 능선에서 교전 중. 갈매기는 삼이 죽고 오가 부상!"

"뭐야? 전멸당했잖아. 어떻게 된 거야?"

이건 보통 문제가 아니었다. 3분대는 이미 전멸당한 것이다.

타타탕.

갑자기 2소대를 향해 엄청난 화력이 쏟아졌다. 병사들은 비명을 지르며 갈대밭에 나동그라졌다. 병사들은 공포에 질려 한 치 앞도 보이지 않는 안개 속을 향해 무조건 사격을 하기 시작했다.

고봉호 소위는 무전기로 배재만 중대장과 교신을 했다.

"여긴 벽돌장 하나. 중대장님 큰일났심더, 우리도 잽히 심더. 적은 중대 병력 이상입니다. 우째면 좋을까예?"

"고 소위, 정신 채려! 조금 전엔 소대 화력이 공격한다고 했잖아. 그런데 뭔 소리야?"

"지도 영문을 모르겠심더. 중대 이상의 화력이라예. 사망 2명 부상자 4명……."

"뭐야 임마! 벌써 전사자가 생겨. 이런 바보 같은 자식들!"

"어어 – 엇! 중대장님 큰일났심더. 살리주이소."

갑자기 교신이 끊겼다.

“이봐 고 소위, 고 소위!”

배재만 중대장이 무전기에 대고 악을 썼다.

“끊겼습니다.”

부중대장 이한상 중위가 말했다.

“비상, 전 중대 5분 후 출동. 야 무전병, 대대장님 바꿔라. 어서!”

배재만 중대장은 대대에 보고를 한 후 서둘러 작전 지역으로 떠나 갔다. 중대는 앙케 고지 밑바닥에서 능선을 타고 전진을 시작했다. 배재만 중대장이 작전 지역에 도착했을 때 앙케 고지는 짙은 안개에 가랑비까지 내리고 있었다. 앙케 고지는 짙은 농무로 한 치 앞도 볼 수가 없었다.

갑자기 총알이 우박처럼 날아왔다. 중대는 안개 속을 향해 응사를 하기 시작했다.

배재만 중대장은 어리둥절했다. 중대의 전면에는 1시간 전에 도착 한 2소대가 갈대밭에 있어야 했다. 그런데 중대의 첨병이 2소대와 접촉도 하기 전에 공격을 당하고 있었다. 삽시간에 중대는 수 미상 의 적들과 교전을 시작하며 격전을 벌이기 시작했다.

도대체 적은 어디에 있는가?

배재만 중대장은 미칠 것만 같았다. 짙은 안개 속에서 고개만 들 어도 어디선가 총알이 날아왔다. 병사들은 눈에 보이지 않는 적들에 대한 공포로 눈앞에 물체만 움직이면 무조건 사격을 했다. 적과 우 군을 가리지 않았다.

중대도 벌써 사상자가 생겨나기 시작했다. 놀라운 일은 중대의 전 면에서 대응하는 화력이 본대보다 몇 배나 더 강했다. 대대 규모 이 상의 화력이었다. 고봉호 소위의 보고대로라면 적은 중대 병력이어야 했다. 배재만 중대장은 판단을 내릴 수가 없었다. 마치 도깨비에 홀린 것만 같았다. 시간이 흐를수록 3중대는 점점 괴멸당하기 시작했다. 눈에 보이지 않는 화력은 점점 더 강해지고 있었다.

배재만 중대장은 급히 무전기에 매달렸다.

"여기는 벽돌장 삼이다, 대대장님을 바꿔라."

무전기에서 대대장의 목소리가 들려왔다.

"배 대위, 어떻게 됐나?"

"대대장님, 우리 애들이 전멸당하고 있습니다. 애들이 모두 죽었어요. 포를 지원해 주십시오. 죽어도 원수를 갚고 싶습니다."

"어이 3중대장, 정신 차려! 지금 전차가 그쪽으로 가고 있어, 조금만 더 버텨. 연대장님도 여기 와 계시네. 기운을 내라고."

갑자기 목소리가 바뀌었다.

"3중대장, 나 연대장이야."

"맹호."

"그쪽 상황이 어떤가?"

"대대 규모 이상의 적들로부터 공격을 받고 있습니다. 더 이상 못 버티겠습니다. 본 중대는 전멸입니다. 우리 머리 위에 포를 때려 주십시오."

"3중대장, 그렇게 상황이 나쁜가?"

"예, 연대장님, 우리 중대는 끝장났어요. 저야 죽어도 여한이 없습니다만, 애들이 불쌍합니다. 낯선 이국땅에서 당하는 애들을 보니 눈물이 납니다."

"알았다. 3중대장, 조금만 더 버텨. 곧 번개작전(연대작전)이 발동된다."

“고맙습니다 연대장님.”

배재만 중대장은 무전기를 끊고 보이지 않는 적을 향해 총을 난사
하기 시작했다.

#16 우연(偶然)과 필연(必然)

- 성품을 따라가지 않고 인연으로 생기는 일 -

그날 오침 시간에 헬기로 3중대로 올라간 개미허리 김이수 하사는 해질 무렵에 앙케 패스의 638고지에 매복을 서게 되었다. 그리고 그 익일 동트는 새벽에 그의 분대는 매복 후 철수하는 도중 월맹군 2대대 병사들과 짙은 안개 속에서 조우하게 되어 교전을 벌이게 되었다.

은폐물이 없는 키가 낮은 갈대밭에서의 교전은 피아간에 많은 사상자를 내게 되었다. 따라서 철수가 어렵게 된 양측 매복 분대는 중대에 지원을 요청하게 되었다. 중대는 처음에는 소대병력을 투입하였으나 양측 병력이 증강함에 따라 중대에서 대대로 그리고 연대 번개작전으로 확대되었다.

그러나 신동협 병장은 개미허리가 매복에서 철수하는 시간에 자대 진지를 떠나 귀국 길에 올랐다.

아니 정확하게 말하면 포대장에게 귀국 신고 준비를 하는데 FDC에 긴급 포지원 요청이 들어왔다.

3중대 야간 매복조가 철수 도중 안개 속에서 수 미상의 적군들과 교전을 벌리고 있다는 첫 보이스 무전이었다.

그러나 시간이 흐를수록 매복조를 철수하기 위해 투입한 소대가 수 미상의 적과 교전으로 고립되고 다시 지원 중대마저 포위되자 대대 병력이 투입되고 있었다.

신동협 병장이 자대의 진지를 떠날 때에는 중대장이 다급하게 대대장에게 병력지원을 요청하는 상황이었다.

그러나 같은 시간에 두 사람의 병사는 생사의 갈림길을 향해 서로 다른 길을 달려가고 있었다.

개미허리 김이수는 앙케 638고지에서 매복 철수 도중 월맹군 2대대 병사들과 생사를 건 사투를 벌이고 있었다. 평소에 냉철한 그도 극심한 공포로 안개 속에서 교전하는 그의 부하를 적으로 오인하고 사살하였다.

그는 이 충격으로 미쳐 날뛰다가 죽음의 길을 가고 있었다.

같은 시각, 그의 단짝 친구 신동협 병장은 퀴논 항구에서 귀국선을 타기 위해 19번 공로로 남하하고 있었다. 무사히 귀국하는 장병들을 실은 트럭은 후배들의 철통같은 호위와 경호를 받았다. 19번 공로를 남하하며 자기 부대 구역을 통과 할 때마다 정글 속의 매복조가 쏘아 올리는 붉고 푸른 타식 조명의 축하 인사를 받으며 퀴논 항구로 향하고 있었다. 무엇이 두 사람의 운명을 그렇게 갈라놓은 것일까?

꽝.

갑자기 105mm 포탄이 중대 전방의 갈대밭을 쑥밭으로 만들기 시

작했다. 눈부신 섬광과 함께 포탄이 터지면서 갈대밭을 홀랑 뒤집어
놓았다. 포탄이 지근거리에서 터지자 두더지처럼 납작 엎드려 있던
개미허리는 복부의 충격으로 나동그라졌다. 배가 터질 것만 같았다.
그러나 개미허리는 일어서지 않았다. 고개만 들어도 벌집이 되기 때
문이다.

꽝꽝꽝.

105㎜ 포탄은 쉬지 않고 우박처럼 하늘에서 떨어졌다. 지진이라도
난 것처럼 하늘과 땅이 크게 흔들렸다. 눈앞에 수많은 노란 잔별들
이 개똥벌레처럼 춤을 추고 있었다.

개미허리는 복부의 충격을 줄이기 위해 두 손으로 귀를 막고 입을
하마처럼 벌리고 납작 엎드렸다.

꽝.

또 한 발의 포탄이 가까운 곳에서 터졌다. 그것은 우군의 105㎜
포탄이 아니었다. 그것은 적이 쏘는 박격포 탄이었다. 박격포 탄은
정확하게 3분대가 숨어 있는 갈대밭을 강타하기 시작했다. 3분대는
이미 전멸하고 생존자는 개미허리뿐이었다. 그런데도 박격포 탄은
쉬지 않고 떨어졌다.

개미허리는 우군의 105㎜포와 적의 박격포의 공격을 동시에 받으
며 꼼짝도 하지 못했다.

아, 이제야 알 것만 같다. 그게 그렇게 된 거군.

개미허리는 키득키득 웃기 시작했다. 미친놈처럼 웃었다.

그게 틀림없을 거야. 06시 32분에 분대가 매복 지점을 철수하여
하산을 시작했을 때 빈딩성에서 밤새 작전을 마친 2대대 소속의 월
맹군 병사들도 귀대를 위해 산을 올라오고 있었어. 쌍방은 짙은 안

개 때문에 서로를 몰라본 거야.

월맹군도 처음에는 우리처럼 일개 분대였어. 그런데 이 빌어먹을 안개 때문에 적의 규모를 몰라 똑같이 증원 부대를 요청한 거지. 병력은 분대에서 소대로 그리고 중대 규모로 차츰 증강되어 대대 병력까지 온 거야. 그리고 이젠 포와 전차까지 동원한 대규모 격전장이 되었지.

그래 이게 모두 안개의 장난 때문에 일어난 일이야. 죽음의 신이 안개로 장난을 친 거지. 은폐물이 없는 갈대밭에서 마주친 쌍방은 공포로 그림자만 어른거려도 사격을 한 거야. 적과 아군의 구별도 없이 말이다.

개미허리는 팔목에 차고 있는 시계 바늘을 흘낏 바라보았다. 바늘은 09시 29분을 가리키고 있었다. 그때까지 살아 있는 것도 기적이었다.

갈대밭은 순식간에 벌거숭이 민둥산으로 변해 버렸다. 포탄은 갈대밭을 갈기갈기 찢어 놓았다. 양측이 포격하는 지점은 분대가, 소대가, 그리고 중대가 교전하는 지역으로 점점 확대되기 시작했다. 격렬한 포격으로 갈대밭은 어느새 풀 한 포기 남아 있지 않은 붉은 모래밭으로 변해 버렸다.

음산하고 짙은 안개와 포연, 그리고 병사들의 비명 소리, 부상자들의 단말마의 몸부림이 이곳을 생지옥으로 만들고 있었다.

그 속을 비틀거리며 걸어가는 그림자가 있었다. 정글복은 갈기갈기 찢어져 누더기가 되었고 소총을 손에 든 채 휘청거리며 걸어가는 병사가 있었다. 개미허리였다.

안개 속에서 월맹군 병사가 덮치자 그는 재빨리 손에 들고 있던 총의 개머리판을 휘둘렀다. 월맹군 병사가 안개 속에 묻혔다. 개미허리는 무엇이 그렇게 즐거운지 껄껄거리며 웃고 있었다.

"흐흐흐."

그는 포탄이 우박처럼 쏟아지는 전쟁터를 유령처럼 헤매고 있었다. 넓은 태평양 바다, 거대한 배, 귀국선, 전쟁, 지구, 킬러밸리, 사랑, 전우……, 불쌍한 녀석, 내가 저를 쏜 것도 모르고 살려 달라고 매달리던 재호, 도대체 내가 무슨 짓을 한 거야, 전우를 이역만리 타국에서 내 손으로 죽이다니……. 아, 전쟁. 사람이 사람을 죽이는 전쟁. 이 전쟁을 일으킨 놈들은 영원히 저주를 받아라, 아-하하…….

그는 미친 사람처럼 무엇인가 자꾸만 중얼거렸다. 희끗한 안개 사이로 앙케 패스가 내려다 보였다. 갑자기 안개 속에서 낯선 그림자가 나타났다. 그리고 개미허리의 등 뒤를 정글도로 내리쳤다.

개미허리가 비틀거리며 돌아섰다. 그리고 허리에 차고 있던 표창을 본능적으로 날렸다. 적군이 표창에 맞고 쓰러졌다. 개미허리가 나동그라졌다. 입에서 붉은 피를 울컥 토하면서…….

"김 하사님, 김 하사님."

누군가 그의 이름을 부르며 힘껏 흔들었다. 그는 힘없이 눈을 떴다. 누군가가 그를 껴안고 있었다. 강혜원이었다. 그가 손을 내밀자 그녀가 손을 잡았다. 그는 피가 묻은 입술 사이로 희미한 미소를 지었다. 그리고 눈을 감았다. 개미허리의 입가에는 여전히 미소가 남아 있었다. 그의 나이는 스물네 살이었다.

개미허리 김이수는 안동시 일직면의 만석꾼 지주 집안에 태어났다. 아들만 5형제 중 4번째였다. 육이오 사변 때 아버지가 죽고 일직면을 떠나 낙동강변의 마뜰에서 청소년기를 보냈었다. 그리고 청년기에는 대구시 칠성동 대한방직 후문 부근으로 이사를 하였다. 그리고 대구의 주먹 세계를 제패하고 깡패 두목 백호라는 이름으로 불렸던 전설 속의 사람이었다. 그는 남한산성의 밤의 황제 장뭉두리의 친구이며 킬러밸리의 유일한 생존자였다. 그는 무식하고 주먹만 쓰는 청년이 아니라 지주 집안의 후예답게 예의범절이 반듯하고 영리하며 지혜가 밝은 청년이었다. 그는 무척 다정다감한 청년이었으며 평소에 이육사 선생의 시를 무척 좋아했다. 그래서 술에 취하면 "내 고장 칠월은 청포도 익어가는 시절" 하고 낙동강 변의 마뜰 포도밭을 그리워했다. 그는 자기 생에서 가장 행복했던 시절을 마뜰 선어대 집에서 살 때라고 말했다. 그런 그도 운명의 시간만은 피해 갈 수가 없었다.

병사여, 꿈을 깨고 일어나 보라. 아무것도 없는 광활한 우주에 네가 서 있다. 엄마의 배 속에서 10개월을 살고 태어난 너는, 지구의 배 속에서 24살의 짧은 생애를 마감하고 본래 네가 떠나온 영계의 배 속으로 다시 돌아갔다.

그곳에서 네가 얼마나 오래 살지 우리는 알 수가 없다. 언제 네가 다시 돌아올지도 알 수가 없다. 다만 한 가지 이다음 다시 지구라는 엄마의 배 속을 찾아올 때에는 전쟁이 없는 시대에 돌아오라. 전쟁은 가장 사악한 자들이 만든 죄악이며, 전쟁은 가장 추악한 인간이 만든 범죄이니 그는 우주의 저편에서도 영원한 죄인으로 남을 것이다.

#17 업셔호에서 가이거호까지

먼어언 남아암쪽 섬에에 나아라, 월남에 다아알밤.

지가지가 장장 깨갱깨갱.

십입자성 저어별빛은 어머니임 어얼굴.

지가지가 장장 깨갱깨갱.

3포 벙커 속에서는 귀국 장병을 위한 회식이 한참 무르익어 가고 있었다. 너구리 굴 속 같은 어두컴컴한 지하 벙커, 자욱한 담배 연기, 벌겋게 달아오른 병사들의 취기 어린 얼굴, 비틀거리는 몸놀림과 악을 쓰며 부르는 노랫소리가 무척 정겨웠다.

벙커 바닥에는 버드와이저 맥주와 양주, 씨레이션 과자와 육회, 그리고 파인애플 조각과 바나나가 어지러이 흩어져 있었다.

A포대에서 이번 제대로 귀국하는 병사들은 모두 3명이었다. 3포의 윤호규 병장과 6포의 권제환 병장, 그리고 통신반의 신동협 병장

이었다. 귀국하면 바로 향토 사단으로 가서 제대를 할 수 있도록 월남에서 군대 생활을 모두 마치고 귀국하는 병사들이었다.

월남 신병들은 언제 나도 1년이 지나 저렇게 폼을 잡으며 귀국을 하게 되나 하고 무척 부러운 눈초리로 바라보고 있었다.

귀국하는 병사들은 오늘 낮에 연대로 가서 포탄 상자로 만든 귀국박스와 더블백을 검사받았다. 내일 아침 열 시, 사단에서 귀국 신고를 한 후 퀴논 항에 정박 중인 업소호로 귀국 길에 오를 것이다.

술판이 무르익어 가자 비좁은 벙커 속은 장병들의 열기와 체온으로 가득 찼다. 병사들은 악을 쓰며 노래하고 독한 양주와 진을 냉수를 마시듯 벌컥벌컥 들이켰다.

신동협 병장은 개미허리를 생각하고 있었다. 개미허리가 3중대로 자원을 하지 않았더라면 이번 제대로 같이 업소호를 타고 귀국길에 오르게 되었을 것이다.

3중대로 떠난 개미허리의 소식은 완전히 두절되었다. 3중대는 앙케 패스에서 전멸당했다는 소문이 나돌았다. 그것이 사실이라면 개미허리의 신상에 무슨 일이 생겼음이 분명했다.

요즘 들어 전황이 급박하게 돌아가고 있었다. 19번 도로는 월맹군 2BD가 다시 장악을 했다. 한국군과 미군, 그리고 민간인 차량들로 붐볐던 19번 도로는 이젠 개미 새끼 한 마리도 다니지 않는 텅 빈 도로가 되었다. 매일같이 포탄과 씨레이션을 가득 싣고 앙케로 가던 미군들의 수많은 보급 트럭은 자취를 감추었다.

모든 차량들의 운행이 중단되자 헬기로 우편물이 수송되었다. 배달된 우편물 속에는 개미허리에게 보낸 온 강혜원의 편지도 여러 통이 들어 있었다. 개미허리에게 강혜원의 편지는 삶의 전부였다.

　신동협 병장은 강혜원이 보내온 편지 중에 엽서를 꺼내 읽어 보았다. 그 엽서에는 한 편의 시가 적혀 있었다.

　보기 좋게 낡은 겨울밤 초가집
　방문으로 내비치는 다정한 그림자
　툇마루엔 소리 없이 함박눈 쌓이고
　울타리 밖으론 삭풍이 지나가는데
　구릿빛 팔에는 그대가 안겨 있네.

　수 맹호!
　언제 귀국하게 되는지요? 혜원은 수 맹호의 귀국을 손꼽아 기다리고 있습니다.
　강혜원이 사랑하는 김이수에게

　강혜원은 개미허리의 귀국을 애타게 기다리고 있었다. 그런 아가씨를 두고 개미허리는 앙케 패스에 올라가 있었다. 제발, 살아만 있어다오 신동협 병장은 한숨을 쉬고 엽서를 소중히 주머니에 넣었다.
　털털털…….
　갑자기 어두운 밤하늘에 헬기의 프로펠러 소리가 들려왔다. 헬기는 비상등을 켜고 거대한 독수리처럼 포대를 향하여 덮쳐 오고 있었다. 헬기가 연병장에 랜딩을 했다. 치누크 헬기가 풀썩 내려앉아 짙은 모래 먼지가 앞을 자욱하게 가렸다.
　헬기는 판초우의에 싸여 있는 검은 포대 다섯 덩어리를 재빨리 연병장에 내려놓고 밤하늘로 다시 올라가 검은 밤하늘 속으로 사라졌다.

“뭣하고 있나? 빨리 정중히 모셔.”

포대장 반복어 대위가 축축하게 젖은 목소리로 말했다. 짙은 어둠 속에서 병사들이 조심스럽게 판초우의를 한 줄로 늘어놓았다. 그것은 제6종(전사자)인 사상자였다. 포대는 순식간에 어둡고 무거운 분위기에 사로잡혔다. 내일 아침, 그들도 살아 있는 전우들과 함께 귀국선을 탈것이다.

“포대장님께 경례.”

“맹호, 신고합니다. 신동협 병장 외 이 명은 귀국을 명받았기에 이에 신고합니다.”

“쉬어, 그간 고생 많았어. 귀국을 진심으로 축하한다. 윤 병장은 귀국하면 바로 결혼식을 올린다지? 축하하네.”

“감사합니다, 포대장님.”

“신 병장은 다음 학기에 복학을 하나?”

“예 포대장님, 열심히 하겠습니다.”

“도착하거든 잊지 말고 편지해 다오.”

“명심하겠습니다.”

“지금도 저 곳에서는 우리 전우가 생사를 건 사투를 벌이고 있다, 전우를 잊지 말라. 잘 가거라.”

포대장 반복어 대위는 입술을 깨물며 목소리를 죽였다. 그의 얼굴에는 짙은 슬픔이 배어 있었다.

39명의 귀국 장병을 실은 무개 트럭은 19번 도로를 전속력으로 질주하여 퀴논 항구로 향하고 있었다. 장병들은 모두가 A급 정글복으로 갈아입었다. 그들은 한껏 멋을 내고 있었다. 오늘을 기다리며 1

년 동안 온갖 고생을 참고 견디었다. 장병들은 죽음과 부상, 절망과 고뇌의 그림자를 딛고 이젠 보다 성숙한 남자가 되어 집으로 돌아갈 것이다.

후송 트럭에는 호위 병사들이 날카로운 눈초리로 사주를 경계하며 적들의 기습에 대비하고 있었다. 무전병과 호송병들은 잔뜩 긴장하여 트럭을 경호하고 있었다. 만일 귀국 장병들이 기습을 당하여 사고라도 생긴다면 그들에게는 평생을 두고 씻지 못할 불명예가 될 것이다. 호송병들은 이따금 의심이 가는 지점에는 LMG로 위협사격을 가하기도 했다.

비무장의 귀국 장병들은 후배 맹호들의 믿음직한 호위에 아주 만족스러워했다. 그리고 지난날 귀국 장병들의 호송병으로 차출되기 위해 인사계를 졸랐던 월남신병 시절을 생각하며 미소를 지었다.

"우리 진지다! 저기."

얼굴이 시커먼 보병이 멀리 보이는 산봉우리를 손가락으로 가리키며 외쳤다. 그 산의 꼭대기에는 이제 막 한 줄기의 가느다란 붉은 연막이 푸른 하늘 위에 모닥불처럼 모락모락 피어오르고 있었다. 정글 속에 매복해 있는 전우들의 마지막 이별의 인사였다.

지금 저곳에서 매복 중인 병사들은 자대에서 귀국하는 병사들을 위해 관할 구역을 경비하고 있었다. 그들은 정글 속에 엎드려 망원경으로 이 트럭을 노려보며 귀국 장병들을 실은 트럭이 무사히 자기 관할 구역을 빠져나가도록 엄호하고 있었다.

그들은 정글 속에서 수백 번이나 아니, 수천 번이나 약속한

"내가 귀국할 때는 네가 언제 어디에 있건 꼭 붉은 연막탄을 피워 귀국 인사를 해야 한다."

고 약속한 우정의 맹세를 지키는 중이었다.

후배 맹호들은 정글의 깊은 바닷속에 숨어 위험을 무릅쓰고 붉은 연막을 피워 귀국하는 전우들에게 석별의 인사를 보내고 있었다.

전우여, 안녕히.

"흑흑……."

얼굴이 시커먼 보병은 부끄러움도 잊은 채 기어이 울음보를 터트렸다. 같이 귀국 길에 동행하지 못하고 전사한 파월동기생과 같이 생사고락을 같이했던 전우를 생각했다. 그리고 후배 맹호들이 약속을 지켜 준 신의에 감격해하며 울음보를 터트렸다. 이것은 사나이들의 우정이며 약속이었다.

"저긴 우리 부대야, 우린 노란색 연막을 피우기로 했거든. 잘 있거라. 전우야."

키가 멀대같이 큰 보병은 두 팔을 활짝 벌려 하늘 높이 흔들며 울먹였다. 그의 볼에는 끊임없이 눈물이 흐르고 있었다. 오늘을 위해 지난 1년간 낯선 나라의 정글 속에서 전투를 벌이며 살아남았다. 이제 나는, 전쟁이 없는 우리나라로 돌아간다. 그러나 나와 함께 일주일 동안 배를 타고 같이 왔던 전우들은 아직 꽃다운 청춘을 피어 보지도 못한 채 원혼이 되어 여기에 살아남았다.

귀국 트럭을 탄 병사들은 모두 평생을 두고 지울 수 없는 깊은 사연을 간직한 채 전쟁터를 떠나고 있었다.

19번 도로 양쪽 산봉우리 여기저기에서 연막은 계속 피어오르고 있었다. 마치 오늘 귀국하지 못하는 병사들의 슬픈 사연을 호소하듯, 가까이에서 혹은 멀리서 통곡을 하며 흐느끼듯 피어오르고 있었다.

트럭에 타고 있던 39명의 병사들은 이젠 모두 부끄러움도 잊은 채

울고 웃으며 서로를 위로하고 있었다.

산 설고 낮선 이국의 정글 속에서 길고 긴 1년의 세월 동안 온갖 고생을 참으며 오늘을 위해 견디어 왔다. 오직 오늘을 위해 기다려 왔다.

퀴논 시가지로 들어서자 넓은 도로에는 차량의 통행이 부쩍 잦아 졌다. 빨간 오토바이를 탄 흰 아오자이 아가씨가 병사들을 향해 손을 흔들었다. 병사들은 손을 흔들며 휘파람을 불었다.

이미 전쟁은 그들과는 전혀 상관이 없는 남의 일이었다. 그들은 일주일간 귀국선을 타고 바다를 건너 부산 항구에 도착을 할 것이다. 그리고 사랑하는 가족들의 품으로 돌아갈 것이다. 그곳은 전쟁과는 상관이 없는 평화와 기쁨으로 가득 찬 세계였다. 이젠 왜 지난 1년 동안 정글 속을 유령처럼 헤매고 다녔는지 그 이유조차 알 필요가 없어졌다.

신동협 병장은 멀리 안개 속에 휩싸여 있는 앙케 패스를 바라보았 다. 아득히 멀고 먼 검은 산 그림자 속에는 지난 1년간의 추억이 고 스란히 묻혀 있었다.

퀴논 시가지는 화사했다. 거리에는 산더미처럼 쌓여 있는 일본제 상품, 멋진 전자 제품, 혼다 오토바이들, 미군 차량들과 도로를 가득 메운 월남 사람들, 다정한 연인들이 팔짱을 끼고 데이트를 하고 있 었다.

지금도 목숨을 걸고 앙케 패스에서 사투를 벌리고 있는 전우들에 게 이런 일들을 어떻게 설명할 수가 있겠는가?

왜 우리가 하나뿐인 목숨을 걸고 싸워야 하는가? 어떤 명분으로도 그 이유는 설명될 수가 없었다.

사단에서 합류한 18대의 트럭이 퀴논 항구의 군사전용 부두로 들어섰다.

퀴논의 군사전용 부두에는 전선에서 폐기된 수많은 무기들이 산더미처럼 쌓여 있었다. 탱크, 트럭, 대포, 지프차, 곡사포, 십자포, APC 등 수많은 고철들이 높은 산처럼 쌓여 있었다.

무기들 중에는 그 자리에서 바로 고쳐 쓸 수 있는 것도 많이 있었다. 아직도 부대 마크 페인트 색깔이 선명한 탱크와 대포들, 신동협 병장은 무척이나 아까운 생각이 들었다. 부두 가에 늘어놓은 고철들의 묘지는 2㎞를 지나가도 끝이 없이 쌓여 있었다. 미국은 이렇게 많은 전쟁 물자를 소모하고도 끄떡없는 이상한 나라였다. 왜, 남의 나라 전쟁에 끼어들어 이렇게 많은 물자와 귀중한 생명을 쏟아붓는지 이해를 할 수가 없었다.

"저기 배가 보인다."

누군가 소리치자 병사들은 외항을 바라보았다. 14,000톤의 거대한 업소호가 높은 성곽처럼 바다에 버티고 있었다. 업소호의 주위에는 작은 고무 모터보트들이 맴돌고 있었다. 배가 정박하고 있는 바닷속을 UDT 대원들이 수류탄을 터트리며 수색하고 있었다. 적들은 귀국선의 밑바닥에 시한폭탄을 장치한다고 했다. 전쟁은 점점 더 교활하고 악랄해져갔다.

모터보트를 타고 수중을 수색하는 UDT가 수류탄을 까서 물밑으로 던져 넣을 때마다 바닷물은 쿵 하고 부글부글 끓어올랐다.

호송트럭이 업소호 앞에 멈추자 바로 승선을 시작했다. 이곳에 올 때처럼 열렬한 환송식도 없었다. 간단한 검색과 접종, 그리고 승선절

차만 거쳤다.

전쟁은 끝이었다. 이제는 죽이지 않아도, 죽지 않아도 되었다.

신동협 병장은 상갑판에 올라 멀리 북쪽 하늘을 바라보았다. 앙케의 하늘은 짙은 먹구름에 휩싸여 있었다. 스콜이라도 내리는 모양이었다. 그곳은 개미허리가 사투를 벌이는 곳이었다.

개미허리는 왜 자꾸만 귀국을 연기했을까? 신동협 병장은 정글복 상의 호주머니에 넣어 둔 개미허리가 쓴 편지를 꺼내 보았다. 강혜원에게 전해 주라는 그의 편지였다.

신동협 병장은 개미허리를 두고 혼자 귀국하는 것이 어쩐지 죄스럽고 미안했다. 함께 귀국하지 못한 것이 마음속에 걸리며 아팠다. 함께 귀국선에 올랐더라면 얼마나 좋았을까?

그러나 신동협은 다음 제대로 귀국을 하는 개미허리와 부산에서 다시 만나게 될 것이다.

귀국선이 예인선에 이끌려 항구를 벗어나 외항으로 나오자 수로를 안내했던 파일럿이 업소호에서 예인선으로 다시 옮겨 탔다.

업소호가 부웅 하는 뱃고동을 울리며 광활한 태평양을 향해 미끄러지듯 달려 나가기 시작했다.

귀국선 안에서 병사들이 나누는 대화의 주된 내용은 제대 후 취직과 결혼에 대한 것이 대부분이었다.

귀국선을 타고 있는 병사들에게 전쟁은 이미 남의 일이었다. 선실 안은 모든 것이 적막 속에 잠긴 것만 같았다. 눈만 뜨면 자장가 소리처럼 들려왔던 포성이나 총소리는 전혀 들리지 않았다.

정글, 모기, 끈적끈적한 땀, 씨레이션, M16 소총의 난사음, 헬기의 둔탁한 프로펠러 소리는 이미 기억조차 희미한 옛날이야기가 되어 있었다. 어떻게 하루 만에 이렇게 변할 수가 있단 말인가? 병사들은 모두 마음이 들떠 있었다. 그들은 귀국 후의 일에만 관심이 있었다.

업소호에 승선한 지 3일째 되던 아침이었다. 신동협 병장은 우연히 앙케 패스에서 일어난 비극적인 전투와 개미허리에 대한 소식을 듣게 되었다. 개미허리의 소식을 전해 준 사람은 귀국 직전 아침까지 1대대 상황실에 근무하고 있었다는 노대현 병장이었다. 노대현 병장은 3중대장과 소대장이 최후에 교신한 내용까지 자세히 알고 있었다. 그는 최초에 교전한 3분대가 전원 전사했다고 말했다. 3분대라면 개미허리가 소속된 분대였다.

신동협 병장은 쇠망치로 뒤통수를 얻어맞은 것 같았다.

개미허리가 죽다니.

도저히 믿을 수가 없는 이야기였다. 전설로 남은 킬러밸리의 대장정, 풋갓에서의 미군들과 단검 던지기 시합, 사단 태권도 도장에서 무용담을 남긴 불사조 개미허리가 이렇게 허망하게 앙케 패스에서 죽었다니, 도저히 믿을 수가 없는 이야기였다.

그는 한때 킬러밸리 전투에서 전사자로 처리가 된 적이 있었다. 그때도 개미허리는 풋갓에서 미군들과 단검을 던지며 돈을 벌고 있었다.

신동협 병장은 노대현 병장의 말을 믿을 수가 없었다. 개미허리는 그렇게 쉽게 죽을 친구가 아니었다. 개미허리는 불사조였다.

하지만 노대현 병장은 전투 후에 수색대가 개미허리의 시신을 확인했다고 말했다. 개미허리뿐 아니라 그의 소속 분대가 전멸한 것을 확인했다고 했다.

정말 그가 죽었을까?

신동협 병장은 왈칵 눈물이 솟구쳐 올랐다. 더 이상 선실에 앉아 있기가 싫어 상갑판으로 올라왔다.

신동협 병장은 광활한 태평양 바다를 바라보며 깊은 생각에 잠겨 들었다.

"개미허리 김이수!"

신동협 병장은 바다를 향해 목이 터져라 외쳤다. 가슴 깊은 곳에서부터 격한 감정과 뜨거운 기운이 솟구쳐 올라왔다. 신동협 병장은 이를 악물고 눈물을 참았다.

신동협 병장은 개미허리가 3중대로 떠날 때 그에게 주고 간 목검을 꺼내 들었다. 그 목검은 개미허리가 가장 아끼는 보물이었다. 개미허리는 이 목검을 손목에 걸고 밤이 깊도록 회전을 시키며 검의 울음소리로 그를 적대시하던 인천 부두깡패 손 하사 일당의 가슴을 서늘하게 하였다. 이 검은 그의 정신이며 분신이었다.

개미허리는 왜 이 단검을 내게 주고 떠나갔을까?

신동협 병장은 말없이 목검을 손으로 쓰다듬었다. 그리고 개미허리처럼 손목에 걸고 한 바퀴 회전을 시켜 보았다.

휘익, 주인을 잃은 목검은 손목에 걸고 돌려도 힘이 없었다. 신동협 병장은 목검을 내려다보았다. 새까만 윤기가 자르르 흐르는 목검의 날 위로 그의 눈물방울이 뚝뚝 떨어졌다.

그는 손목에 걸린 목검의 줄을 천천히 벗겨 내렸다. 그리고 목검의 칼끝을 잡고 힘껏 바다로 던져 버렸다. 목검은 어둠을 가르고 밤바다 위로 끝없이 날아가고 있었다.

'나의 친구 개미허리, 잘 가거라. 이 목검이 꽂히는 바다는 이 시간부터 지구의 중심축이 되리라. 그리고 영원히 우리의 우정을 기억할 것이다. 우리는 인생에서 짧은 부분을 월남에서 보낸 거야. 여긴, 우리들의 삶의 종착역이 아니었어. 그저 지나가는 길목일 뿐이야. 그런데도 그 길목에서 우리는 너무나 많은 것들을 잃었어. 하나뿐인 목숨까지도 말이야. 가장 소중한 너까지 말이야. 나는 증오한다. 이 전쟁을 일으킨 놈들을 저주한다.'

신동협 병장은 뱃전을 잡고 기어이 통곡을 하고 말았다.

업소호는 08시 10분, 부산 내항에 입항을 했다. 병사들이 1년 전 낯선 이국땅으로 떠나갔던 그날처럼, 오늘도 많은 환송객들이 4부두를 가득히 메우고 있었다. 환송객들은 태극기와 꽃다발을 흔들며 병사들을 환영했다. 그러나 병사들은 1년 전에 제4부두를 떠나갔던 순진한 청년들은 아니었다. 낯선 이국에서 하나뿐인 목숨을 걸고 정글을 누빈 생과 사를 몸으로 체험한 사람들이었다. 그들은 세상을 다른 눈으로 보는 성숙함과 진지함이 있었다.

업소호가 부두에 접안을 시작하자 군악대는 맹호가를 신나게 연주하고 가족들은 병사들의 이름을 부르며 손에 들고 있던 피켓을 흔들었다.

병사들은 갑판 위에서 까마득히 내려다보이는 환송객 중에서 가족들을 찾아 목청을 높였다. 신동협 병장은 상갑판 위에서 부두를 내려다보았다. 환호성, 기쁨, 즐거움, 보고 싶은 가족들이 그곳에 있었다.

누군가 '병장 신동협'이라고 쓴 피켓을 흔들고 있었다. 신동협 병장은 일주일 전 여동생 선주에게 어쩌면 이번 제대로 귀국을 할지도 모른다고 편지를 보냈다.

아마 그 편지를 받고 선주가 나온 모양이다.

어머니는 길이 멀어 부산까지 마중을 나오기가 어려울 것이다. 그리고 동생들도 모두 학교에 다니느라 바쁠 것이다.

고개를 길게 빼고 피켓을 흔드는 사람을 바라보았다. 그런데 아무리 봐도 어머니였다.

부두에서 7층 높이를 올려다보면 배의 갑판에서 손을 흔드는 병사들은 모두 똑같이 보일 것이다. 하얀 이빨과 새카만 얼굴, 누군지 구별할 수가 없을 것이다.

신동협 병장은 주머니 속에 들어 있던 담뱃갑에 신동협이라고 쓴 다음, 손수건에 싸서 부두를 향해 던지며 외쳤다.

"어머니!"

피켓을 손에 든 채 두리번거리는 어머니의 모습이 너무 반가웠다. 경북 북부의 산골 지방에서 생전 처음으로 먼 거리를 여행하여 부산까지 마중 나온 어머니는, 아들을 찾아 정신없이 배를 쳐다보고 있었다.

어머니 옆에 있던 선주가 땅바닥에 떨어진 손수건을 집어 들었다. 그리고 손수건을 펴 보고는 "오빠!" 하고 외치며 발을 동동 굴렀다. 선주가 어머니의 팔을 잡고 팔짝팔짝 뛰며 갑판에 서 있는 신동협 병장을 가리켰다. 어머니의 얼굴이 새빨갛게 변했다.

"동협아."

어머니는 소리치며 부두에 펄썩 주저앉았다.

"어머니!"

"동협아!"

1년 만에 만난 어머니와 아들의 상봉은 잠깐 만에 끝이 났다. 병사들은 9보충대에서 하룻밤을 보냈다. 그리고 이튿날, 그리운 가족들의 품으로 돌아갔다.

다음 날 신동협 병장은 가족들과 함께 부산에서 청량리로 가는 중앙선 열차를 탔다. 그는 창밖을 스치며 지나가는 낯익은 풍경을 정신없이 바라보았다. 얼마나 그리워했던 삶의 뿌리인가? 나지막한 돌담 밑에서 고불하게 피어오르는 저녁 짓는 연기, 하루 내내 밭을 갈고 오솔길을 따라 귀가하는 농부들, 들판을 뛰노는 아이들과 개 짖는 소리. 이 모든 것이 밤마다 정글 속에서 그리워했던 정겹고 다시 보고 싶었던 고향의 모습이었다.

이제 그는 긴 여행 끝에 집으로 돌아온 것을 실감할 수가 있었다.

"오빠, 이거 먹어."

맞은편 좌석에 앉은 선주가 신동협 병장에게 김밥을 내밀었다. 그는 김밥을 받으며 선주를 바라보았다. 입대 당시에 교육대학에 다니던 선주는 어느새 멋진 숙녀로 변해 있었다. 그녀는 남자들의 눈을 번쩍 뜨게 하는 아름다운 아가씨로 변해 있었다. 선주는 국민학교에서 교편을 잡고 있었다. 선주가 선생님이 되다니 믿을 수가 없었다. 신동협 병장이 월남에서 근무하는 동안 세상은 많이도 변해 있었다.

#18 산 자와 죽은 자
- 사람은 가고 추억은 남는다 -

휴대폰 알람이 아침 여섯 시를 가리키며 단잠을 깨웠다. 신동협 선생은 자리에 누운 채 창밖을 내다보았다. 유리 창문 밖으로 내다보이는 하늘은 잔뜩 흐려 있었다. 지난 밤 9시 일기예보 시간에 오늘 비가 온다고 했던가? 잠에 취한 머리는 기억이 잘 나지 않았다.

그는 아직도 곤하게 자고 있는 아내를 깨워야 할지 잠시 망설였다. 아내는 아직도 깊은 잠 속에 빠져 있었다. 젊은 시절 아름답게 윤기가 흐르던 검은 머리카락은 어느새 새치가 섞인 반백이 되어 있었다.

"세월보다 더 무서운 건 없군."

그는 중얼거리며 아내의 이마에 흘러내린 머리카락을 손가락으로 걸어 올렸다.

"여보 그만 일어나요, 벌써 여섯 시야."

신동협 선생이 속삭였다. 아내는 깜짝 놀라 이불을 밀치고 벌떡 일어나 앉았다.

"어머나, 여섯 시가 지났잖아. 진작 깨우지 않고……."

아내는 얼굴을 잔뜩 찡그리며 원망스럽게 쳐다보았다.

"괜찮아, 열차 시간은 아직도 많이 남았다고. 서두를 건 없어."

아내는 자리에서 일어나 길게 하품을 하고는 물방울무늬가 그려진 치마 속에 발을 밀어 넣다 말고 신동협 선생에게 물었다.

"몇 시 차라고 했지?"

"여덟 시 무궁화호."

"영주에서 출발해요?"

"아니, 제천에서. 이전에는 영주에서 출발을 했는데 지금은 제천에서 출발해. 제천 사람들이 철도청에 진정을 했대."

"어머머 큰일 났네. 늦었어."

아내는 서둘러 주방으로 갔다. 그녀가 주방으로 건너가자 신동협 선생은 TV의 채널을 KBS 1TV로 돌렸다. 월드 뉴스가 방영되는 시간이었다. 뉴스가 끝나자 일기예보 담당 여자 아나운서가 화면에 나왔다.

"일기예보를 말씀드리겠습니다. 오늘은 북동풍이 조금 불고 전국적으로 비가 내리겠습니다."

"또 비야? 참, 엄청나게 쏟아지는군."

신동협 선생은 자리에서 일어나 혼자서 중얼거리며 목욕탕으로 걸어갔다. 예찬이는 아직도 잠자리에서 일어나지 않고 있었다.

"할머니."

그때 손자 놈이 두 손으로 눈두덩을 비비며 방문을 열고 나와 주방으로 갔다.

"할머니, 몇 시에 가?"

"여덟 시. 예찬아, 너 오늘 얌전히 집 잘 지키고 있어야 해."

아내가 손자 놈의 이마에 뽀뽀를 해 주고 세수를 시작했다.

신동협 선생의 가족은 모두 3명이었다. 두 내외와 현대아파트에 살고 있는 큰애가 맡겨 놓은 손자 예찬이까지 셋이서 함께 살고 있었다.

신동협 선생 부부는 서둘러 아침밥을 먹고 바쁜 걸음으로 현관문을 나섰다.

두 사람은 기차역으로 향했다. 집에서 역까지 거리는 도보로 15분 정도가 걸렸다.

"빨리 와요. 어서."

아내는 얼굴이 발갛게 상기된 채 숨을 헐떡거리며 발걸음을 재촉했다.

"아직 오 분 남았어. 아무리 빨리 가도 열차는 시간이 돼야 떠나요."

신동협 선생은 뒷짐을 지고 태평스럽게 걷고 있었다. 이번 여행만은 서두르지 않을 생각이었다.

암, 서두를 필요가 없지. 자꾸 재촉하면 지금이라도 아내에게 여보, 난 안 갈 거야 하면 그만이었다.

아내도 신동협 선생의 성격을 아는지라 더는 재촉하지 않았다.

두 사람은 개찰구를 나와 플랫폼에 들어섰다. 잠시 후 대구행 무궁화호 열차가 유리처럼 반짝거리는 레일을 타고 미끄러지듯 홈으로 들어왔다.

승객들이 모두 승차를 하자 대구행 열차는 천천히 홈을 떠나 목적지로 향했다. 두 사람은 2호 차의 문을 열고 객실 안으로 들어섰다. 신동협 선생 부부의 좌석인 26번과 27번에는 짧은 반바지를 입은 젊은 새댁이 한쪽 무릎을 세운 채 젖먹이에게 우유를 먹이고 있었다.

"이 좌석이……."

신동협 선생의 말이 채 끝나기도 전에 새댁은 자리에서 벌떡 일어났다.

"예, 앉으세요."

"어머, 미안해서 어쩌나. 아기 우유나 마저 먹이고 일어나세요."

아내가 한사코 만류를 하였으나 새댁은 아기를 안고 비어있는 앞 좌석으로 옮겨 가서 앉았다.

"이거 좀 들지."

자리에 앉자 신동협 선생이 비닐봉지 속에서 서울우유를 꺼내 아내에게 권했다.

"난 생각 없어요, 당신이나 드세요."

아내는 창밖을 내다보다 신동협 선생에게 말했다.

"여보 자리 좀 바꿔요, 바깥 구경 좀 하게."

아내가 창문 쪽으로 자리를 옮겨 앉았다. 아내는 팔꿈치를 창틀에 기댄 채 창밖을 내다보았다.

여름철이 되자 아내는 대구를 한번 가 보고 싶다고 했다. 대구는 아내가 고등학교를 다닌 곳이었다. 아내가 대구에 가고 싶어 하는 이유는 따로 있었다. 신동협 선생을 데리고 경대 병원에 가서 진찰을 받게 하기 위해서였다. 경대 병원은 신동협 선생의 고등학교 동창생인 박 선생이 근무하는 곳이었다. 박찬웅 선생은 일주일에 특진을 2번 나온다고 했다.

지난봄부터 신동협 선생은 심장의 통증으로 고생을 하고 있었다. 성신병원 의사 선생님은 부정맥 같다며 큰 병원으로 가 보라고 했다.

그러나 부정맥이라는 병은 자신이 생각해도 이상한 병이었다. 기분이 조금만 언짢아도 가슴을 쥐어짜는 듯한 통증이 따라왔다. 그때는 아주 죽을 맛이었다. 구심도 먹어 보고 중국에서 교포가 가져왔다는 작은 호리병 속에 들어 있는 약도 먹어 보았다. 그러나 효과가 없었다.

"여보, 저게 뭐예요?"

"노밸리스 코리아 공장이야."

"노밸리스? 무슨 공장이 저렇게 커요."

아내는 정신없이 밖을 내다보다 열차가 굉음을 내며 굴속으로 들어서자 손에 들고 있던 8월호 월간 교양지 '좋은 만남'을 펴들었다. 그리고 책갈피 속에서 1통의 편지를 꺼내 들었다. 아내의 새로운 친구, 코니가 보내온 편지였다.

아내는 대구까지 가는 무료한 시간 동안 코니에게 답장을 쓰겠다고 말했다.

"여보, 미스 유(miss you)가 무슨 뜻이에요?"

아내가 코니의 편지를 내밀며 물었다. 신동협 선생은 아내를 보며 빙그레 웃었다. 아내는 코니의 일에 매우 관심이 많았다. 그만큼 코니를 좋아한다는 뜻이었다.

코니는 1년 전, 노밸리스 공장에서 엔지니어로 일하는 남편 토마스를 따라 신동협 선생이 살고 있는 이웃에 온 미국인 여자였다. 그녀는 아내와 비슷한 나이로 남편의 고용계약 기간이 끝나자 한 달 전에 귀국을 했다.

열차가 의성역을 통과하자 추적추적 내리던 비가 어느새 폭우로 변해 버렸다. 갑자기 밖이 어두워지며 세찬 빗방울이 창문에 부딪쳤다. 그리고 요란한 소리를 내며 비가 쏟아졌다. 열차가 주춤거리며 속력을 줄이기 시작했다.

"이거 받아요."

신동협 선생이 아내에게 콜라를 권하자 아내는 편지를 쓰면서 고개도 들지 않고 손을 내밀었다. 신동협 선생이 아내의 손에 깡통을 쥐어 주자 아내는 말없이 콜라를 받아 마셨다.

아내의 하얗게 변해 버린 귀밑머리가 보이자 신동협 선생은 마음이 아려 왔다.

신혼 시절에 아내의 검은 머리카락은 무척 아름다웠다. 그녀가 잠을 잘 때 신동협 선생은 아내의 비단결 같은 검은 머리카락을 남몰래 만져 보는 즐거움이 있었다. 그러나 어느새 아내의 머리카락은 윤기를 잃고 퍼석한 반백으로 변해 삶의 고달픔을 더해 주고 있었다.

타닥타닥

유리 창문에 굵은 빗방울이 세차게 와서 부딪쳤다. 갑자기 기억의 저편에서 한 줄기 추억이 떠올랐다. 한없이 쏟아지는 빗줄기, 사타구니 사이의 눅눅한 습기, 지루하고 고통스러운 날들이었다. 옛날 먼 옛날 40여 년 전, 일주일 동안 큰 배를 타고 태평양 바다를 건너 낯선 나라 월남 전쟁터에서 만난 어떤 사람에 대한 이야기였다.

1973년 늦가을.

신동협은 대명동 한사대 캠퍼스로 들어섰다. 한사대는 처음 왔는데도 낯설지가 않았다. 채인수 일병은 한사대 재학 중 입대했다가 월남에 왔다.

채 일병은 전투 중에 왼쪽 다리에 총상을 입고 사단 후생 병원에서 절단 수술을 했다. 그는 마취에서 깨어나자 외마디 비명을 질렀다.

"내 다리, 내 다리가 어디 갔어? 다리가 없으면 어떻게 학교를 가
란 말이야?"

신동협은 담배 한 개비를 입에 물었다. 그리고 불을 댕겼다. 그리
고 길게 한 모금 삼키고는 중얼거렸다.

"어쨌든 우리는 살아왔잖아. 살아온 것만 해도 감사해야지."

신동협은 담배를 끄며 애써 채인수 일병을 기억에서 지워버렸다.
대구시 대명동 한사대에 온 것은 채인수 일병 때문이 아니었다.

낙엽이 뒹구는 느티나무 밑을 청바지 차림의 단발머리 여학생이
걸어가고 있었다. 아직도 앳된 얼굴로 노란 스웨터가 썩 잘 어울리
는 여학생이었다.

"저, 말 좀 물읍시다. 특수교육과 건물이 어디쯤 있습니까?"

"특수교육과예, 지체장애자 교육관 말입니꺼?"

"그렇습니다."

"조기 보이는 조짜로 가면 예, 붉은 벽돌 건물이 보이지 예? 고
뒤로 가면 단층 건물이 있심더, 고기라예."

"저기 은행나무 뒤편?"

"예, 맞심더. 고거라예."

신동협은 여학생이 가르쳐 준 대로 붉은 벽돌 건물을 지나 낡은
단층 교사로 들어갔다. 삐거덕거리는 낡은 마룻바닥의 긴 복도를 지
나자 교무실이 보였다. 신동협은 교무실의 출입문을 열었다. 그는 신
문을 읽고 있는 어떤 선생님에게 다가갔다.

"수업 중에 미안합니다만, 학생을 찾아왔습니다. 죄송합니다."

선생님이 잠시 생각하더니 심부름하는 학생을 불렀다.

"김 양, 손님 면회시켜 드려라."

출입문의 앞자리에 놓인 작은 책상에 혼자 앉아 있던 검정교복 차림의 단발머리 소녀가 신동협에게 다가왔다. 그녀는 학교에서 아르바이트를 하는 야간반 학생인 것 같았다.

"따라 오이소."

신동협은 학생을 따라 긴 복도를 지나갔다. 깨진 유리창 너머로 보이는 교실 바닥에는 다리가 부러진 책상과 망가진 의자가 여기저기 흩어져 있었다.

한 달 전, 향촌동에서 둥굴식당을 경영하고 있는 한영수 병장 아니, 이젠 한영수 사장을 우연히 만났다. 한 사장은 한국사회사업대학에 가면 공팔 구상원을 만날 수가 있다고 말했다.

당시 신동협은 석탄 광산을 경영하고 있는 아버지와 함께 강원도 정선에서 일을 하고 있었다. 정확히는 정선군 북면 구절리에서 석탄을 캐고 있었다. 지하 500m의 막장 갱도에서 곡괭이로 석탄을 캐서 광차에 싣고 있었다. 그는 갱도의 막장에서 지열로 콩죽 같은 땀을 흘리는 광부들과 함께 탄가루와 뒤범벅이 된 도시락을 먹으면서 공팔 구상원을 생각했다. 꼭 한번 만나보고 싶었다.

공팔이 개미허리의 죽음을 직접 목격했다는 한영수 사장의 말 때문이었다. 그 소문의 진위는 확인할 수가 없었지만 공팔을 만나 개미허리에 대해 추억이라도 나누고 싶었다.

여학생이 교실의 앞 출입문을 열려고 하자 목재로 만든 낡은 문은 좀처럼 열리지 않았다. 뒤에 서 있던 신동협이 교실의 출입문을 힘껏 밀었다.

끼익 하는 소리와 함께 출입문이 열리자 많은 학생들의 시선이 한꺼번에 달려들었다. 어둠침침한 형광등 불빛 아래 희미하게 보이는 학생들의 얼굴은 무표정했다.

신동협은 교실을 둘러보았다. 교실 뒤편에는 부서진 책걸상들이 먼지 속에 함부로 나뒹굴고 있었다. 몸이 불편한 지체장애자 학생들이 낡은 책상 위에 밀랍 인형처럼 앉아 있었다. 그들은 모두 머리를 짧게 깎고 있었다. 교실에는 구상원이 없었다. 월남 전쟁터에서 구상원은 언제나 날이 선 정글복에 반짝거리는 군화를 신고 있었다. 그리고 의장대보다 더 멋진 몸매를 자랑하고 했다.

"구상원 씨."

여학생이 큰 소리로 불렀다. 하지만 아무 대답도 없었다.

"구상원 씨. 퍼뜩 대답하이소."

여학생이 짜증이 난 목소리로 신경질을 부리자 희미한 형광등 불빛 속에서 부스스 일어서는 학생이 있었다. 그는 검은 안경을 쓰고 죄수처럼 머리를 짧게 깎고 있었다.

"면회 왔심더, 퍼뜩 나오소."

여학생이 언성을 높이며 짜증을 부리자 검은 안경을 낀 학생은 앞이 보이지 않는지 손을 내밀어 앞을 더듬거리며 천천히 책상 사이를 걸어 나오고 있었다.

맙소사!

그는 앞이 보이지 않는 장님이었다. 신동협은 자기 눈을 의심하며 앞으로 다가오는 학생을 바라보았다. 그 사람은 공팔 구상원이 아니었다.

구상원은 행동이 날렵하고 빈틈이 없는 사람이었다. 그는 바늘로 찔러도 피 한 방울이 나지 않을 정도로 냉정한 인간이었다. 새카만 얼굴은 강인한 인상을 풍겼고 얼굴 표정은 언제나 다른 사람을 비웃는 것 같은 표정을 짓고 있었다.

그러나 검은 안경을 쓰고 다가오는 학생은 풍기는 외모부터 구상원과 사뭇 달랐다. 곰처럼 느린 동작과 발걸음을 옮길 때마다 본능적으로 손을 내밀어 앞을 더듬는 버릇은 구상원이 아니었다. 그에게서는 고독하고 음침하며 폐쇄적인 그 무엇이 풍기고 있었다. 검은 안경을 쓴 학생이 신동협의 앞에 섰다.

“누구, 누구시오?”

그는 낯선 사람을 경계하는 것 같았다. 그는 몹시 불안해하고 있었다. 그는 공팔 구상원이었다.

말도 안 돼. 그 유명한 공팔이 이렇게 되다니.

신동협은 아무 말 없이 그의 두 손을 꼭 잡았다. 오랜 병마에 시달린 손바닥은 여자의 그것처럼 앙상하고 연약했다. 그리고 가느다란 목은 여기저기 딱지가 나 있었다. 손톱으로 긁었는지 상처 부위에는 피가 나오고 있었다.

신동협은 작고 연약한 그의 손을 이끌고 긴 복도 끝을 지나 운동장으로 걸어 나왔다. 은행나무 잎이 어지러이 휘날리는 텅 빈 운동장에는 앞가슴을 파고드는 썰렁한 찬바람이 불고 있었다.

“여기 앉지.”

신동협이 운동장 스탠드에 엉덩이를 걸치며 주저앉았다. 구상원은 엉거주춤하게 서서 몹시 두려운 눈초리로 물었다.

“누구요?”

“나, 동협이야.”

“동협이?”

“그래, 신동협이야. 이젠 알겠어?”

구상원은 대답을 하지 않았다.

"신동협을 몰라?"

"알아. 신동협."

그는 시큰둥하게 대답을 했다.

"정말이야?"

"그럼 알지. 동협이를 잊을 리가 있나?"

"어디서 만났어?"

"월남."

"그래 공팔. 너와 월남에서 생사고락을 같이하던 동협이야. 난 네가 죽은 줄만 알았어."

구상원은 굳게 입을 다물고 있었다. 검은 안경을 쓴 그가 무슨 생각을 하고 있는지 짐작조차 할 수가 없었다.

"여기서 뭐해?"

"공부해."

"공부? 무슨 공부."

"그냥 공부하지 뭐. 침술, 지압, 뜸, 역학을 배워."

"넌 전공이 기계과잖아? 다니던 대학은?"

"그만뒀어."

그는 담담한 목소리로 대답했다.

"새로운 공부가 어렵잖아?"

"다 그렇지 뭐."

그는 대답하는 것이 귀찮은 것 같았다. 시간이 흐를수록 두 사람의 대화는 자꾸만 연결의 고리가 끊어졌다.

그는 지난날의 공팔이 아니었다. 앙케 패스를 주름잡고 닥토로 풀레이크로 마빡을 치러 다녔던 전쟁터의 공팔이 아니었다. 그는 칠순을 지난 노인 같았다. 음산하고 말수가 적으며 상대방이 묻는 말 외에는 대답도 하지 않는 바보 같은 인간으로 변해 있었다.

무엇이 그를 이렇게 만들었을까?

"몸조심하고 공부 잘해. 일어나, 교실까지 데려다 줄게."

신동협은 엉덩이를 털고 자리에서 일어섰다. 구상원도 일어섰다. 신동협은 구상원을 부축하며 운동장을 걸어갔다. 텅 빈 운동장을 무섭게 할퀴고 지나가는 찬바람, 옷깃 속으로 파고드는 으스스한 한기가 가슴을 쑤시는 듯했다. 자꾸만 허리를 파고드는 공팔.

구상원은 감기라도 들었는지 연신 콧물을 훌쩍거렸다. 신동협은 그런 구상원을 보며 마음이 아팠다. 두 사람은 넓은 운동장을 묵묵히 걸었다.

바다 건너 저쪽에서는 배가 터지도록 마음껏 음식을 먹을 수가 있었다. 돈도 벌 수가 있었고 아름다운 여자들도 많았다. 그리고 그쪽은 무엇보다도 살을 에는 무서운 추위가 없었다.

그런데 우리가 밤마다 그렇게도 그리워했던 고국은 냉정했다. 전쟁터보다 더 살기가 힘이 들고 어려웠다.

교실 안으로 들어가자 구상원은 익숙한 걸음으로 자기 자리로 돌아가서 앉았다. 그리고 펴놓은 점자책을 손끝으로 만지작거렸다. 구상원은 신동협에게 잘 가라는 인사도 하지 않았다. 신동협이 교실 밖으로 나오려다가 구상원을 돌아보았다. 그는 여전히 점자책에 코를 박고 있었다.

씨팔.

신동협은 자기도 모르게 그렇게 내뱉었다. 스스로도 누구에게 하는 욕인지 몰랐다. 그리고 자꾸만 눈물이 나왔다.

손님 여러분, 다음 정차 역은 대구역이 되겠습니다. 본 열차는 정시로부터 3분 연착하여 도착할 예정입니다.

열차에서 안내 방송이 흘러나왔다.

"여보, 그만 일어나요."

"왜 그래?"

신동협 선생이 길게 하품을 했다.

"다 왔어요, 대구."

"벌써 대구야? 아함, 잘 잤다."

"밤새도록 자고선 무슨 잠을 또 그렇게 잔담. 창피하게 코까지 골면서…… 빨리 내려요."

"내 우산."

"내가 들었잖아요. 안즉도 잠이 덜 깨었나 봐."

"어, 추워."

신동협 선생 부부는 객차에서 나왔다. 승강대를 내려서자 세찬 빗줄기가 사정없이 쏟아졌다. 아내가 재빨리 우산을 펴서 들고 머리 위를 가려 주었다. 우산이 없는 승객들은 출찰구를 향해 뜀박질을 했다. 역사 건물의 긴 계단을 올라 출찰구로 나오자, 아내는 가쁜 숨을 헐떡거리며 음료수 자동판매기 앞에 놓인 빈 의자를 손으로 가리켰다. 두 사람이 말없이 의자에 앉았다.

대합실은 비에 젖은 승객들이 머리를 털고 옷을 매만지느라 부산했다. 한 패거리의 젊은 배낭족들이 떠들썩하게 몰려왔다. 그들이 손에 든 카세트에서는 템포가 아주 빠른 랩 음악이 시끄럽게 흘러나오고 있었다. 옷차림도 요란스럽게 입은 배낭족들은 다른 사람들의 시선은 전혀 아랑곳하지 않고 몸을 비비꼬며 괴상한 춤을 추며 지나갔다.

"어머머! 별꼴이야. 쟤들이 미쳤나 봐. 허우대는 멀쩡한 것들이 저게 무슨 꼴이야."

아내는 몹시 놀란 모양이었다. 입을 딱 벌리고 정신없이 춤을 추는 애들을 바라보고 있었다.

신동협 선생은 휴대폰을 꺼내 들었다.

지난 목요일 밤에 신동협 선생은 오랜만에 한영수 사장과 통화를 했다. 한영수 사장은 아직도 북성로에서 동판 장사를 하고 있었다. 통화 중에 그는 깜짝 놀랄 만한 이야기를 했다. 구상원이 결혼을 해서 황금동 아파트에 살고 있다고 말했다. 그리고 친절하게 휴대폰 번호까지 알려 주었다.

사실 이번에 신동협 선생이 대구까지 내려온 것은 대학병원에서 진찰을 받는 것보다는 구상원을 만나보고 싶었기 때문이었다. 구상원을 만나 개미허리의 이야기를 듣고 싶었다. 구상원이 황금동 아파트에서 잘 살고 있다고 하니 또다시 그를 만나보고 싶었다.

신동협 선생은 이 사실을 아내에게는 알리지 않고 있었다.

신동협 선생이 버튼을 누르자 신호음이 가고 이어 누군가 수화기를 들었다.

"아 여보세요. 거기 황금동 아파튼가요?"

"그렇습니다. 누굴 찾으세요?"

굵은 남자 목소리가 점잖게 대답을 했다.

"구상원 씨 계십니까?"

"전데요, 누구십니까?"

"저어, 신동협이라는 사람입니다. 기억하실는지?"

구상원과 마지막으로 만난 것은 1973년 늦가을 한사대 교정에서였다. 당시 그는 나약하고 병든 환자였다. 그때의 쓸쓸한 기억은 오랫동안 신동협 선생의 마음을 괴롭혔다.

그동안 얼마나 많은 세월이 흘러갔는가? 신동협 선생은 그간 결혼을 하여 1남 3녀의 아버지가 되었다.

구상원과 마지막으로 한사대 교정에서 만났을 때, 그의 사생활에 대해서는 물을 수가 없었다. 한영수 사장의 말에 의하면 구상원은 혼자서 살며 구걸로 생계를 꾸려 간다고 했다. 한영수 사장은 월남에서 그가 고국으로 송금한 그 많은 돈의 행방에 대해 몹시 궁금해했다.

"신동협? 동협이를 잊을 리가 있나."

구상원의 목소리는 그 옛날처럼 밝고 경쾌했다.

"날 잊지 않았구나."

"어떻게 너를 잊겠어. 어디야, 그곳이?"

"대구역."

"대구역이라고? 정말이야?"

"그래, 촌놈이 대구 왔다가 공팔이 보고 싶어 전화를 했다."

"보고 싶다. 우리 만나서 이야기하자. 너, 우리 집으로 올 수 없겠니?"

"집으로 가도 폐가 안 되겠어?"

"뭔 소리야. 빨리 와라."

"알았네. 금방 갈게."

신동협 선생이 전화를 끊고 아내가 기다리는 곳으로 갔다.

"여보, 뭔 전화를 그리 오래 해? 빨리 병원으로 가요."

아내가 재촉을 했다. 두 사람은 우산을 쓰고 역 광장으로 걸어 나왔다. 빗발은 점점 더 거세어졌다. 신동협 선생은 열대의 스콜을 닮았다고 생각을 했다.

아내가 재빨리 지나가는 택시를 잡았다. 두 사람은 빗물이 줄줄 흐르는 우산을 접고 나란히 차에 올라탔다.

"손님, 어디로 모실까예?"

백발이 희끗희끗한 택시 기사가 백미러 속을 들여다보며 물었다.

"경대 병원으로 가 주세요."

아내가 대답했다.

"기사 아저씨. 황금동 아파트 아세요?"

신동협 선생이 물었다.

"지가요, 대구 지리는 박삽니더. 택시를 십년 동안 몰았어 예."

"먼가요 여기서 아파트가?"

"아입니더, 금방 가예."

"그럼 황금동 아파트로 갑시다."

"이 양반이 갑자기 황금동 아파트는…… 경대 병원으로 가 주세요."

아내가 놀라서 황급히 말했다.

"어디로 갈까예? 경대 병원으로 갈까예, 아이면 황금동 아파트로 갈까예?"

택시 기사는 백미러 속을 들여다보며 물었다. 그의 얼굴에는 미소가 번지고 있었다.

"황금동 아파트!"

"경대병원으로 가 주세요."

신동협 선생 부부는 행선지를 놓고 가볍게 실랑이를 벌였다.

"황금동 아파트로 갈라먼예, 경대 병원 앞을 지나가야 됩니더."

택시 기사는 이 소동이 무척 재미있는 모양이었다. 하루내 말없이 운전만 했더니 입속에서 곰팡이 냄새가 나는데 이렇게 재미있는 일이 또 어디 있겠는가? 잘하면 늙은 노인들의 부부 싸움 구경할지 모르잖아.

"기사 아저씨, 황금동 아파트로 갑시다."

"왜 그래요, 당신?"

마침내 아내가 더 이상 참지 못하고 화를 냈다.

"공팔이 기다리고 있어. 황금동 아파트에."

"뭐예요? 방금 뭐라고 했어?"

"조금 전에 공팔과 통화를 했는데 지금 나를 기다리고 있다고."

"정말 그 사람과 전화를 했어요. 폐인이 되었다면서요. 그분은?"

아내는 잔뜩 호기심을 가지고 물었다. 그녀는 공팔과 개미허리에 대해 잘 알고 있었다. 모르긴 해도 신동협만큼 아내도 알고 있을 것이다.

여름밤에 은하수를 베고 누운 별을 보며, 혹은 함박눈이 펄펄 쏟아지는 길고 긴 겨울밤에도 신동협 선생은 개미허리와 공팔에 대해 아내에게 이야기를 했다. 그의 마음속 깊은 곳에는 언제나 작은 수첩이 들어 있어 수시로 책장을 넘기며 그들과 만나고 있었다. 신동협 선생은 그들을 못 잊어 했다. 그런 증세는 나이가 들어갈수록 점점 더 심해지고 있었다.

신동협 선생은 어느새 인생의 종착지로 가고 있었다. 아내는 신동협이 더 늦기 전에 그를 찾아보는 것이 좋겠다는 생각이 들었다. 더 이상 늦기 전에 말이다. 그렇게도 못 잊어 하는 개미허린지, 매미허린지의 소식을 듣기 위해서라도 말이다.

"기사 아저씨, 황금동 아파트로 가 주세요."

아내가 부끄러운 듯 수줍은 미소를 지었다.

"직금예 황금동 아파트로 가고 있심더. 요즘 세상은예, 여자들 등
살에 남자들은 작살 났심더. 여자들 말 한마디에 남자들이 끔뻑 죽
니더. 그래야 집안이 편하거든 예. 불쌍한 기 우리 남자들 아입니꺼.
뼈 빠지게 일해서 돈 벌어다 주면 그 돈으로 춤 추러 다니는 기 여
편네들이라 예. 말도 마이소. 택시 몰고 다니다 보면 별 희한한 기
다 있심더. 안 그렇습니꺼, 새임예? 그라이 나도 남잔데 벌써부터 남
자 핀을 들고 있었심더."

택시는 굵은 빗방울이 쏟아지는 아스팔트길을 횡하니 내빼고 있었다.

"다 왔심더, 손님."

택시가 좌회전을 하며 아파트의 광장으로 들어섰다.

"몇 동이라 캤지 예?"

"저쪽 마트 앞에 차를 좀 세워 주세요."

신동협 선생이 택시 기사에게 말했다. 택시는 마트 앞에 차를 멈
추었다.

"고맙습니다, 기사 양반."

택시 문을 열며 신동협 선생이 인사를 했다.

"잘 가이세이."

아내가 따라 내리며 물었다.

"어디예요, 아파트가?"

"어디 보자, 가만 저기로군. 저기 보이지?"

신동협 선생이 바로 앞에 보이는 3층 아파트를 가리켰다. 아파트
베란다의 유리 창문에는 파란 페인트로 '삼한지압사' 라고 쓰여 있

었다. 두 사람은 아파트 단지 입구에 있는 마트에 들어갔다.

"쇠고기 한우로 두 근만 주세요. 저기 포도 한 상자와 복숭아도."

신동협 선생이 주문을 했다.

"그렇게 많이 사요?"

아내가 놀라는 표정으로 말했다.

"공팔이 결혼을 했대."

두 사람은 선물꾸러미를 들고 3층으로 올라갔다.

"302호라고 했지? 아, 저기 있군."

#19 공팔(08)의 낙원

- 가장 편한 곳 -

신동협 선생이 초인종을 눌렀다.

"누구세요?"

인터폰을 통해 맑은 목소리가 흘러나왔다.

"구상원 씨 댁입니까?"

"잠깐만요."

출입문이 열리며 중년 부인이 나왔다. 그녀의 걸음걸이가 이상했다. 그녀는 오른쪽 다리가 불편한 소아마비 환자였다.

갸름한 얼굴에 고상한 기품을 가진 부인은 앞가르마를 곱게 타고 연두색 원피스를 입고 있었다. 피부가 아주 하얗고 투명하여 밝은 색깔의 원피스는 그녀를 한층 더 아름답고 우아한 미인으로 돋보이게 했다.

"안녕하세요. 갑자기 찾아와서 폐가 안 될는지?"

"어서 오세요, 신동협 선생님이시죠? 그이가 몹시 기다리고 계세요. 들어오세요."

신동협 선생 부부가 그녀를 따라 거실 안으로 들어갔다. 25평 아파트, 깔끔하게 정돈이 잘된 살림살이가 안주인의 고상한 기품을 그대로 보여 주고 있었다.

"여보, 신 선생님 오셨어요."

그녀가 안을 향해 소리쳤다.

기침 소리와 함께 노년의 사내가 거실 안으로 천천히 걸어 나왔다. 검은 안경에 나지막한 키, 흰 러닝셔츠에 검정 바지 차림, 공팔 구상원이었다.

"어서 오게, 신동협."

구상원이 손을 내밀었다. 신동협 선생이 그 손을 잡았다. 두 사람은 손을 잡고 한동안 말이 없었다. 신동협 선생이 구상원의 귀에다 조용히 속삭였다.

"맹호! 네가 정말 공팔이야?"

"앙케 패스 한 번 더 갈래? 맹호!"

구상원이 익살스럽게 웃으며 대꾸를 했다.

"이쪽으로 들어오세요."

부인이 두 사람을 방으로 안내했다. 노란 방바닥에는 꽃무늬가 그려진 화문석 자리가 깔려 있었다. 창가에 놓인 피아노 위에는 흰 꽃이 탐스럽게 핀 난초 화분과 결혼사진이 나란히 놓여 있었다.

"여보, 인사해요. 내가 늘 말했던 구형이요."

신동협 선생이 아내에게 구상원을 소개했다.

"안녕하세요, 호호호, 이 양반이 하도 말씀을 많이 해서 낯설지가 않네요."

아내가 수줍게 웃었다.

"당신, 신 선생을 알지? 신동협 병장!"

이번에는 구상원이 그의 아내에게 신동협 선생을 소개했다.

"그럼요, 잘 오셨습니다. 정동희라고 합니다."

"정동희? 그럼, 부인이 정동희?"

신동협 선생이 깜짝 놀랐다. 월남에서 구상원이 돈을 송금한 수신자는 언제나 정동희였다.

"어머나, 내 정신 좀 봐. 차를 준비해야지."

그녀는 놀라는 시늉을 하며 자리에서 일어나 주방으로 걸어갔다. 아내가 얼른 자리에서 일어나 그녀의 뒤를 따라 주방으로 들어갔다. 여자들이 주방으로 가자 신동협 선생이 구상원에게 말했다.

"공팔 정말 놀랐어, 부인이 정동희라니? 월남에 있을 때 정동희는 돈이 아주 많은 과부로 소문이 나 있었지. 행정계 박 상병은 정동희가 흑석동에 있는 고아원의 원장이라고 말했어. 우린 모두 속았군. 어떻게 그녀와 결혼하게 됐나?"

"내가 누구냐? 공공칠 형, 공팔 아닌가? 결혼 이야기를 하자면 사연이 길어. 어허허!"

구상원은 무척 유쾌하게 웃으며 말했다. 구상원은 새치가 하나도 없는 새카만 머리카락에 청소년처럼 가슴에 영문으로 'PRETTY'라고 검정 글씨로 박힌 하얀 러닝셔츠를 입고 있었다.

"자넨, 정말 나이가 들어 보이지 않아. 젊은 사람 같아."

"정말 그래? 우리 집에 오는 손님들은 나를 아직 오십으로밖에 보질 않아. 흐흐흐……."

그는 기분이 몹시 좋은지 연신 웃음보를 터뜨렸다.

"앞을 못 보니 불편하지?"

"괜찮아. 앞 못 보는 게 문제냐? 내일 일도 못 보는 멍청한 놈들이 얼마나 많은 세상인데."

"공팔, 넌 옛날로 돌아왔구나. 기운을 되찾았어."

그때 여자들이 다과상을 들고 방 안으로 들어섰다.

"무슨 말씀을 그렇게들 재미있게 나누세요?"

"아, 이제 보니 두 분 모두 상당히 미인이군요."

신동협 선생이 농담을 건넸다.

"그거야, 남자가 잘나면 미인을 얻는 거야. 날 봐. 여태 그것도 몰랐어?"

구상원이 껄껄거리며 웃었다.

"이 양반이 모처럼 바른말을 하시네."

정동희가 눈을 곱게 흘기며 구상원을 쳐다보았다. 구상원을 바라보는 그녀의 얼굴 표정에는 애정이 가득 차 있었다.

"저도 미인으로 보이세요?"

아내가 장난스런 말투로 구상원에게 물었다.

"그럼요. 미인은 눈으로 안 봐도 압니다. 마음으로 보거든요."

구상원이 능청스럽게 대답했다.

"어머나, 정말? 오호호!"

아내는 기분이 좋은지 웃음소리가 요란했다. 여자들이란 말 한마디에 저렇게들 호들갑을 떤다니까. 하긴 두 사람 모두 드물게 보는 미모의 소유자들이었다. 여자 나이 예순을 훌쩍 넘으면 좋은 시절은 모두 지나갔다고 할 수 있지만 아직도 두 사람은 미모를 간직하고 있었다.

“월남에 있을 때 이 친구가 매일 정동희 씨 앞으로 편지를 보냈죠. 대다수 전우들은 사귀는 애인들을 모두 공개했는데, 유독 이 친구만은 정동희 씨가 누군지를 밝히지 않았어요. 그래서 정동희에 대한 말들이 많았지요. 아무도 정확히 아는 사람은 없었거던요.”

신동협 선생은 40년 전의 일들이 어제 일처럼 생생하게 뇌리를 스치며 지나갔다.

“어머머, 그랬어요? 우린 두 사람 모두 고아예요. 영아원에서 컸어요. 애 아빠가 국민학교 4학년 때, 전 1학년이고요. 겨울 방학 무렵에 갑자기 희망원으로 전출을 시키더군요. 전에는 수유리에 있는 영아원에 있었는데, 어느 날 갑자기 희망원으로 데려갔어요. 어린 마음에 불안해서 얼마나 울었는지 몰라요. 희망원으로 옮긴 첫날, 그곳의 남자애들이 어떻게나 짓궂던지 자꾸만 치맛자락을 걷어 올리며 나를 놀렸어요. 엄동설한에 내복도 없이 얇은 팬티만 입은 궁둥이가 얼마나 부끄럽던지 울음보를 터뜨렸죠. 그만 콱 죽고 싶었어요.”

“어머나, 저런.”

아내가 혀를 끌끌 차며 안타까워했다.

“전, 불편한 다리로 짓궂은 남자애들을 만나면 독사 앞의 쥐처럼 어쩔 줄을 몰랐어요. 큰 애들이 징그럽게 치마 속으로 손을 집어넣는데 무서워서 혼이 났어요. 난, 부끄럽고 무서워서 울음을 터뜨리며 주저앉았지요.”

“어린 마음에 얼마나 무서웠을까?”

“아, 그런데 갑자기 키가 작은 오빠가 두 팔을 벌리며 나를 가로막았어요. 그리고 이 새끼들아, 관두지 못해 하고 고함을 질렀답니다. 그 오빠가 저 사람이었지요. 얼굴이 험상궂게 생긴 오빠가 주먹을 휘두르며 저 사람을 위협했어요. 그 오빠 희망원에서 힘이 제일 센 6학년 학생으로 말썽꾸러기였지요. 문제아였고요. 여보, 이름이 뭐였지?"

"월수, 강월수."

듣고 있던 구상원이 대답을 했다.

"맞아요. 강월수. 저 사람은 당당히 그와 맞섰어요. 오빠, 도망쳐요. 난, 무서워서 울면서 소리쳤지요. 그러나 저 사람은 한 걸음도 물러서지 않고 당당히 노려보더군요. 둘은 곧 치고 박으며 결투를 벌였는데, 난생 처음으로 보는 무서운 싸움이었어요. 겁이 나서 혼났어요. 죽어라고 악을 쓰며 울기만 했는데, 그 오빠가 저 사람을 죽이는 줄 알았어요. 지금 생각하니 나도 참 바보였지요. 같이 편을 들어 싸웠어야 했는데, 그땐 머저리같이 울기만 했으니……."

"팔을 잡고 깨물어 버리지요."

아내가 분개해서 소리쳤다.

"저 사람이 얼마나 당차고 무섭게 달려들었는지 강월수는 남편에게 맞아 코가 깨어지고 입술이 터졌어요, 코에서 피를 줄줄 흘리면서 도망을 쳤어요. 도망을 가면서 강월수가 뭐라고 한 줄 아세요?

'절뚝발이는 그냥 줘도 안 한다. 니나 가져라, 병신자식!'

그 뒤부터 고아원에서 내게 지분거리는 남자애들은 한 명도 없었지요. 나중에 안 일이지만 저 사람은 평소, 무척 소심하고 나약한 성격의 학생이었대요. 물론 공부도 잘하는 모범학생이고요. 그런데 그땐 무슨 마음으로 그렇게 용기를 냈는지? 여보, 그때 무슨 맘으로 그랬어요?"

그녀는 애정이 듬뿍 어린 눈빛으로 구상원을 바라보며 말했다. 그녀의 아름다운 눈동자에는 하나 가득히 눈물이 고여 있었다. 그것은 이 세상에서 그 어떤 것과도 맞바꿀 수가 없는 소중한 믿음과 사랑이 들어 있었다.

"내가 그랬었나? 기억이 잘 안 나는데. 허허허! 사실대로 말하면 당신을 처음 보는 순간 내가 뿅 갔지. 그래서 찍은 거야."

구상원이 빙그레 웃음을 지으며 장난치듯 말했다.

"어머나, 이 양반이 농담은? 남은 심각하게 말하는데."

정동희가 눈을 곱게 흘기며 구상원을 쳐다보았다. 그녀의 호수같이 맑은 눈동자에는 하나 가득히 눈물이 고여 있었다.

"아 미안, 미안해! 농담이야 여보, 당신 또 울려고 그러지?"

구상원의 가느다란 손끝이 살며시 정동희의 눈 밑을 어루만졌다. 정동희는 구상원의 그런 행동을 조금도 괴이치 않고 가만히 있었다. 구상원의 손가락 끝에는 촉촉한 습기가 배어 있었다.

"고아원에 있었을 때, 난 어떻게 하면 당신을 기쁘게 해 줄 수가 있나, 그것만 생각했지. 그런데 정반대의 일만 생겼어. 즐거운 일보다는 슬픈 일들이 더 많았어. 그러나 이젠 아냐. 앞으로는 기쁜 일들이 더 많을 거야."

구상원이 힘찬 목소리로 말했다.

"난 그 뒤부터 눈만 뜨면 저 사람 뒤를 졸졸 따라다녔어요. 도날드의 미운 오리 새끼처럼. 저 사람은 때가 되면 밥을 챙겨 먹이고 밤이면 공부하는 것을 돌봐 줬지요. 아무리 친한 오누이라도 그렇게는 못 했을 거예요. 노처녀 박 선생님 생각나요?"

"박미선 선생?"

"예. 그분이 한번은 나를 보고 이렇게 말하더라고요. 참 끈질기다, 니들, 두 사람은 전생에 깊은 인연이 있는가 보다. 부디 좋은 인연이 되거라. 난 지금도 그 말을 잊지 못해요. 어려울 때마다 그 말은 내게 힘이 되었어요."

"어린 시절부터 그랬었구나, 쯔쯔쯔."

아내가 몹시 측은한 얼굴로 말을 했다.

"내가 중학교에 입학을 하자 저 사람은 고아원을 나가 이태원에 있는 미군 문관 토마스의 집에 취직을 했쑀어요. 그때 전, 저 사람과 헤어지기 싫어 얼마나 울었는지 몰라요. 엄마와 떨어져도 그렇게는 슬피 울지 않았을 걸요. 생전 처음으로 죽고 싶다는 생각을 했어요. 그런데 저 사람은 뭐라고 한 줄 아세요?"

"뭐래요."

아내가 궁금한 듯 물었다.

"동희야, 돈을 벌어야 너를 고등학교에 보낼 거 아냐? 이런 바보, 울긴 왜 울어? 그만 뚝! 하고는 훌쩍 가 버렸답니다. 참말로 그땐 얼마나 원망스러웠는지 몰라요. 지금도 그때 생각하면 미운 마음이 들어요. 중학교 2학년에 진학하자 저 사람은 나를 고아원에서 데리고 나와 흑석동 산꼭대기 집에 방을 얻어 자취 생활을 하게 했죠. 한 달에 한 번씩 저 사람이 생활비를 가지고 자취방을 찾아왔는데 집주인 홍씨 할머니까지도 우리를 친남매로 알았어요."

구상원이 기가 막힌 듯 웃었다.

"저 사람이 대학교 3학년, 그리고 내가 고등학교 3학년이 되던 늦가을에 저 사람은 한마디 상의도 없이 불쑥 군대를 가 버렸어요. 그리고 크리스마스 전날 밤에 찾아와서 내일 월남으로 떠난다고 말했죠."

"어머나, 갑자기 그렇게 가면 어떡해요?"

아내가 구상원을 쳐다보며 원망스럽게 말을 했다.

"제가 얼마나 놀랐겠어요? 넓은 하늘 아래 오직 저 사람 하나만을 믿고 살아왔는데 전쟁터로 떠나다니……. 월남으로 가면 죽는다고 난리가 나는데, 미칠 것만 같았어요. 저는 무릎을 꿇고 밤새도록 울면서 애원을 했지요. 오빠, 제발 가지마. 오빠 가면 나 혼자 어떻게 살아? 그런데 저 사람이 뭐라고 한 줄 아세요?"

"울지마 바보야, 돈을 벌어야 널 대학교로 보낼 거 아냐, 그 말뿐이었어요. 난, 내년 봄에 고등학교를 졸업하면 바로 취직을 하겠다고 말했죠. 그리고 저 사람이 제대하고 나오면 내 힘으로 학비를 벌고 싶었어요. 솔직히 저 사람의 힘으로 이만큼 컸으니 이젠 저 사람을 돕고 싶기도 했고요. 그런데 저 사람의 고집은 꺾을 수가 없었어요. 아무리 달래도 안 돼요. 밤새 울면서 매달렸지만 저 사람의 고집을 꺾을 수가 없었어요."

"너무 했다, 혼자 두고 떠남 어떡해요."

아내가 구상원을 바라보며 나무랐다.

"멀리서 첫닭 우는 소리를 듣고, 생전 처음으로 남자 앞에서 옷을 벗었어요. 저 사람이 놀라서 '너 미쳤니?' 하고 고함을 질렀어요. 그러나 내가 저 사람에게 줄 수가 있는 것은 아무것도 없었지요. 지금까지 나를 키워 주고 길러 준 저 사람에게 줄 수가 있는 건, 불구의 이 한 몸뚱이뿐이었죠. 지금 가면 언제 돌아올 줄 모르는 사람인데, 더 이상 무엇이 아깝고 부끄럽겠습니까?"

그런 말을 하는 정동희가 조금도 이상해 보이지 않았다. 오히려 때 묻지 않은 사랑을 대하는 듯 진한 감동이 전해져 왔다. 검은 안경을 쓰고 묵묵히 앉아 있던 구상원의 볼에 한 줄기 더운 눈물이 흘러내리고 있었다. 그는 말없이 손을 내밀어 정동희 입술을 쓰다듬었다. 정동희가 입을 벌려 구상원의 손가락을 지그시 물었다. 구상원의 얼굴은 애처로움으로 가득 차 있었다. 그의 손가락은 정동희의 눈썹을 만져 보고 이마를 쓰다듬기 시작했다.

"여보, 당신은 안 변했어. 내 마음속에 그려진 당신의 얼굴 모습은 조금도 변함이 없어. 난, 캄캄한 암흑세계 속에 살지만 당신의 짙은 눈썹과 둥근 이마, 오뚝한 콧날과 붉은 입술, 그리고 아침 이슬처럼 맑고 영롱한 새카만 눈동자를 볼 수가 있지. 당신 모습은 잃어버린 내 눈동자 속에 그대로 새겨져 있어. 아주 완벽하게. 내가 아는 당신은 시들지도 않고 늙지도 않고 병들지도 않아, 늘 그대로지. 그러니 너무 슬퍼하지 마오, 여보!"

"고마워요. 정말 고마워요. 당신은 내가 아는 유일한 남자예요. 세상은 넓다지만 내겐, 단 한 사람의 남자만 살고 있어요. 비록 그 남자가 캄캄한 어둠 속에 영원히 갇혀 살지만 내겐 황제처럼 위대하고 배우보다 더 멋진 남자예요."

구상원은 그녀의 이마에 가볍게 키스를 했다.

"그 뒤 어떻게 됐나요?"

분위기를 깨듯 아내가 정동희에게 이야기를 재촉했다.

"저 사람은 월남으로 떠난 후 많은 돈을 보내왔어요. 생전 처음으로 만져 보는 거액에 겁이 덜컥 나더군요. 돈이 생겨도 나는 고생하는 저 사람을 생각하며 하루 세끼 라면으로 끼니를 때우며 돈을 모았죠. 오직 저 사람이 돌아올 날을 기다리면서…… 흑흑흑."

기어이 정동희가 울음을 터뜨렸다. 마음이 약한 아내의 눈가에도 눈물이 비 오듯 흘러내리고 있었다.

"그만해요 여보, 우린 이렇게 살고 있잖아. 이 세상에는 우리보다 더 어려운 사람들도 많아."

구상원이 신동협 선생에게 고개를 돌렸다.

"신 병장."

신동협 선생은 신 병장이라는 말이 신선하게 귀에 들려왔다.

"월남에서 난 꽤 많은 돈을 벌었지. 토마스의 집에서 6년 동안 보낸 세월은 나를 미국인들과 똑같은 사고방식을 가진 사람으로 만들어 놓았어. 난, 그들의 생각을 잘 알고 있었지. 그래서 전투 지역을 찾아다니며 그들과 똑같은 사고방식으로 돈을 모았어. 그리고 이 사람 앞으로 돈을 보냈지. 귀국을 하면 우리들의 보금자리를 만들 생각이었어. 그리고 사람답게 살고 싶었네."

신동협 선생이 고개를 끄덕였다.

"어머나! 내 정신 좀 봐. 귀한 손님이 오셨는데 점심 준비를 해야지. 나만 떠들었네. 두 분 말씀 나누세요. 할 말이 무척 많을 거예요."

정동희가 황급히 일어서자 아내가 뒤를 따라 주방으로 나갔다. 신동협 선생이 입을 열었다.

"이제야 자네 행동이 이해가 가는군. 그땐 이상하게 생각을 했어. 그렇게 깊은 사연이 있는지는 몰랐지. 다른 전우들은 그저 무사히 월남 생활을 마치고 귀국하는 것만 바랐지. 그런데 자네는 아니었어. 겁도 없이 위험한 짓을 하며 환장한 사람처럼 돈을 끌어 모으더군. 그렇게 모은 돈을 전부 어떻게 했어? 재벌이라도 된 줄 알았는데."

"솔직히 말해서 그땐 저 사람 생각뿐이었어. 내가 월남으로 떠나던 날, 저 사람의 수중에는 한 끼의 식량도 없었어. 눈만 감으면 흑석동 달동네 판잣집에서 추위에 떨며 혼자 굶주리고 있을 아내 생각뿐이었다네. 그래서 전우들이 나를 비웃어도 난 관심이 없었어. 그게 문제야? 이 세상에서 단 하나뿐인 내 가족이 굶어 죽는데. 그런 소리가 귀에 들어오겠어."

구상원은 검은 안경을 벗어 중지 손가락 사이에 끼우고 빙글빙글 돌리며 허공을 노려보았다. 눈동자가 없이 움푹 팬 그의 두 눈은 징그럽고 흉측스러운 모습이었다. 한동안 말이 없던 구상원은 마침내 오랜 침묵을 깨고 입을 열었다. 구상원에게는 잠시라도 회상하고 싶지 않은 가장 가슴 아픈 추억인 것 같았다.

"인생은 포물선의 꼭짓점처럼 어떤 분기점이 있었어. 숨 가쁘게 헐떡거리며 언덕을 올라가면 마침내 꼭짓점에서 내리막으로 내려가는 길을 만나게 되지. 내 인생의 꼭짓점은 바로 앙케 패스였다네."

구상원이 마침내 입을 열기 시작했다.

#20 개미허리의 추억

- 숨겨진 일들이 밝혀짐 -

운명의 그날 아침이 밝아왔다.

평소보다 조금 빨리 일어난 공팔은 해녀기둥서방과 함께 플레이크를 가기로 했다. 플레이크에 주둔하고 있던 미군 보급창이 V.C의 공격으로 철수한다는 첩보가 있었기 때문이었다.

그는 그 정보를 빈케에 있는 숭 까우 촌장으로부터 입수했다. 그의 정보는 언제나 정확했고 그 대가는 피아스타(월남 화폐)로 지급이 되었다.

그러나 그 일에는 언제나 위험이 뒤따랐다. 만일 숭 까우 촌장이 공팔을 배신하고 역정보를 주는 날에는 그는 귀신도 모르게 죽게 될 위험이 있었다. 그러나 두 사람 사이에는 한 번도 실수를 한 적이 없었다. 가장 완벽한 파트너였다.

구상원이 거기까지 말하자 신동협 선생은 말을 끊고 물었다.

"자네가 숭 까우 촌장과 손을 잡았다는 이야기는 처음 듣는군. 왜 숭 까우 촌장과 그런 위험한 일을 했나."

"잘 들어, 처음으로 입을 여는 거야. 내가 부대 밖에서 수집한 정보 중에서 군사 작전과 관계되는 것은 즉각 보고를 했지. 정보과는 나를 첩보원으로 이용하고 있었어. 그런 일이 없었다면 어떻게 내가 마음대로 차량을 가지고 부대 밖을 나갔겠나?"

"우리들은 자네가 마빡을 쳐서 상납하는 것이 본업인 줄 알았어. 그래서 더 미워했지만."

"물론 그런 일도 했지. 그러나 그건 부수적인 일이야. 내가 한 일은 대민지원 사업을 가장한 정보 수집이었어."

"점점 이해하기 어려운 말만 하는군."

"처음에는 대민접촉을 하면서 사소한 정보를 수집하여 보고를 했지. 그런데 우연히 큰 돈벌이가 되는 길을 내가 찾은 거야. 마빡으로 말이야. 높은 사람들도 처음에는 내가 마빡을 치는 것을 몰랐었지. 나중에는 알고 나를 족치더군. 그래서 돈으로 입을 막았어."

"어쨌든 숭 까우 촌장이 맹호부대를 위해 적의 첩보를 수집했다는 말인가? 그 늙은 영감이?"

"그 사람 보기보담 무서운 사람이야. 겉보기에는 깡마른 체구에 볼품이 없었지만 배후에 막강한 힘을 가진 영감이야. 내가 알기로는 빈딩성 관내에서 가장 강력한 힘을 가진 사람이었어."

"한 가지 이해가 가지 않는 점이 있네. 숭 까우 촌장은 우리 쪽에 협조적인 것처럼 행동은 했지만 실은 V.C들과 가깝지 않았나."

"그랬지. 숭 까우 촌장은 V.C와도 친했어. 그러나 전쟁은 그렇게 단순한 것이 아냐. 그들이나 우리나 살아남기 위해선 서로 협조하는 체제가 필요했다네. 그쪽도 나를 통해 필요한 정보를 수집하고 있었

지. 물론 내가 숭 까우 촌장에게 넘겨주었던 정보는 사전에 정보과
에서 심사를 받은 것이었지만."

"놀라운 일이야. 나약한 학자같이 생긴 영감이 이중 스파이였다니,
믿을 수가 없군."

"그 영감도 전쟁이라는 격렬한 소용돌이 속에서 살아남기 위해 양
다리를 걸치고 있었다네. 물론 진심으로 어느 편을 들었는지는 나도
몰라."

"촌장은 어떻게 알았어?"

"영감을 만난 것은 정말 우연이었어. 참, 이상한 인연이었지. 월남
에 온 지 일 개월쯤 됐나? 해녀기둥서방과 함께 시멘트를 싣고 빈케
국민학교로 대민지원 사업을 나갔어. 일을 마치고 오침 시간에 부대
로 귀대를 하는데 38민병대가 경비하는 다리 밑에서 꽝 하는 폭음과
함께 지뢰가 터지는 거야. '어마 뜨거라' 하고 내빼려다 힐끗 다리
아래를 내려다보니 두 명의 꼬마가 쓰러져 있더군. 못 본 척하고 그
냥 갈 생각이었는데 갑자기 해녀기둥서방이 핸들을 돌리는 거야."

구상원이 거기에서 잠깐 숨을 돌리더니 다시 이야기를 꺼내기 시
작했다.

두 사람이 다리 밑으로 내려가자 지뢰가 터진 곳은 시뻘건 핏덩이
가 여기저기에 흩어져 있었다. 소년은 이미 목숨이 끊어졌고, 여섯
살 정도 되는 계집애가 진흙탕 속을 때글때글 구르며 돼지 멱따는
소리로 비명을 질러대고 있었다.

해녀기둥서방이 계집애를 안아서 일으켰다. 계집애는 그렇게 큰
부상은 입지 않은 듯싶었다. 두 사람은 서둘러 인근 미군 부대로 계
집애를 데리고 갔다. 오른쪽 다리에 지뢰 파편이 박혀 있었다.

그곳에서 치료를 마친 후 공팔은 계집애에게 집을 물어 보았다. 계집애는 죽어 가는 목소리로 빈케라고 대답을 했다. 이름은 티엔이라고 말했다.

그들은 트럭을 돌려 빈케로 다시 갔다. 티엔의 집은 빈케의 외곽에 있었다. 앞마당에는 2그루의 키가 큰 야자수가 서 있고 마당에는 울타리처럼 파인애플을 심어 놓았다. 티엔의 아버지는 빈케의 촌장이었다. 그가 바로 숭 까우였다.

숭 까우 촌장은 몹시 고마워하며 두 손을 모아 마치 부처님께 절하듯 자꾸만 고개를 숙였다. 티엔의 엄마가 앞마당에 심어 놓은 파인애플 2개를 가지고 왔다. 두 사람은 사양했으나 그녀는 막무가내로 내밀었다.

해녀기둥서방이 파인애플을 받았다. 두 사람은 작별 인사를 하고 그 집을 나왔다. 두 사람이 그들에게 그만 들어가라고 말해도 숭 까우 촌장은 자꾸만 뒤를 따라 나왔다.

"보답을 하고 싶다."

숭 까우 촌장이 공팔에게 그렇게 말을 했을 때, 공팔은 그저 인사말인 줄 알았다. 구상원이 그만 들어가라고 해도 숭 까우는 골목길까지 따라 나왔다.

"보답을 하고 싶다."

숭 까우 촌장이 다시 같은 말을 중얼거렸다. 숭 까우 촌장의 얼굴은 매우 긴장되어 있었다. 그때서야 구상원은 감을 잡았다. 그는 엄청난 비밀을 말했다.

"내일 아침 앙케로 가는 미군 보급 차량이 십이 번 교량에서 기습을 받게 될 것이다. 그리고 앞으로 일주일 동안은 앙케 패스가 두절

될 거야. 이 정보가 미군들에게 사전에 누설되면 우리 두 사람은 죽게 된다. 당신 부대만 피해가 없도록 사전에 대비하라. 만일 이 정보가 미군들에게 통보가 된다면 우리들의 관계는 끝이 나고 당신도 무사하지 못할 것이다."

구상원은 깜짝 놀라 촌장의 얼굴을 쳐다보았다. 그의 눈동자는 진실을 말하고 있었다. 촌장의 얼굴은 당혹함과 긴박함, 고마움과 두려움, 그리고 단호한 결심으로 뒤섞여 있었다.

구상원은 진심으로 촌장에게 고마워했다. 구상원은 호주머니 속에 있던 피아스타(월남화폐)를 전부 털어 극구 사양하는 그의 손에 쥐어 주었다.

부대로 귀대한 후, 구상원은 이 사실을 포대장 반복어 대위에게 보고했다. 반복어 대위는 처음에 구상원의 말을 믿으려 하지 않았다. 그러나 그냥 무시하기에는 어쩐지 찜찜했다. 반복어 대위는 그 정보를 정보과에 넘겼다. 구상원은 정보과로 호출되어 갔다. 그리고 담당관으로부터 상세하게 심문을 받았다.

이튿날 미군 캄보이 차량들은 적의 기습을 받았고 앙케 패스는 일주일간 두절이 되었다. 정보과에서는 구상원을 신뢰하게 되었다. 그리고 구상원에게 공식적인 정보 루트를 열고 숭 까이 촌장과의 계속적인 접촉을 지시했다.

그 뒤부터 공팔과 해녀기둥서방은 대민지원 사업이라는 명목으로 언제든지 닷지차를 몰고 부대 밖으로 자유롭게 다닐 수가 있었다. 숭 까이 촌장과의 인연은 그렇게 시작되었다.

공팔의 말을 들은 신동협 선생은 마치 40년 전 월남으로 되돌아온 기분이었다.

"우린 그것도 모르고 자넬 죽일 놈이라고 욕을 했지. 마빡을 쳐서 높은 사람들에게 상납이나 하는 나쁜 놈으로 취급했어. 그럼, 정보는 어떻게 전달을 받았나?"

"호아를 통해 받았지."

"호아라니? 우리 부대에 출입을 하던 그 꼬마 애?"

"그래, 팝 탄 호아 말이야."

"맙소사! 그놈이 첩자라니. 하하하."

신동협 선생도 호아를 잘 알고 있었다. 아직도 호아에 대한 기억이 또렷했다. 정식 이름은 팝 탄 호아였다.

부대 정문 앞에는 한 채의 농가가 있었는데 호아는 그 집에서 살고 있었다. 호아는 당시 아마 일곱 살이나 여덟 살 정도 먹은 꼬마였다.

호아의 아버지는 민병 대원이었는데 6번 교량을 경비하던 중 V.C의 기습을 받고 죽었다. 호아의 어머니는 24살에 과부가 되었다. 그녀의 이름은 투옹 티 메오였다.

메오는 생계를 유지하기 위해 렁 녹이라고 부르는 콩까이와 같이 매춘을 해서 먹고살았다. 메오는 약간 통통한 몸매에 키가 작고 얼굴이 동그란 여자였는데 앞 이빨이 두 개나 빠지고 없었다.

언젠가 한번은 해녀기둥서방이 말하기를 메오는 남자의 성기를 애무하기 위해 일부러 앞 이빨을 뽑았다고 했다. 그녀를 아는 많은 병사들은 서비스가 대단해서 남자들을 반쯤은 죽여 놓는다고 했다.

호아는 부대를 수시로 드나들었는데 눈치 하나는 기똥차게 밝아 평소에는 병사들과 잘 어울려 놀다가도 상황이 나쁘거나 비상이 걸리는 날에는 누가 가르쳐 주기라도 한 것처럼 코빼기도 볼 수가 없었다.

호아를 제일 먼저 부대로 데리고 온 사람은 해녀기둥서방이었다. 해녀기둥서방은 며칠에 한 번씩 취사반의 쓰레기를 내다 버렸는데 그때마다 그는 재미를 단단히 보았다.

해녀기둥서방이 쓰레기를 덤프트럭으로 집하장에 쏟아 버리면 빙 둘러서 있던 월남 사람들이 마치 벌 떼처럼 달려들었다. 쓰레기 속에는 제법 쓸 만한 물건이 많이 있었기 때문이다.

해녀기둥서방은 세금을 바치는 월남 사람에게만 쓰레기를 뒤질 권리를 주었다. 세금이라야 별것이 아니었다. 파인애플이나 바나나가 고작이었다.

그러나 해녀기둥서방은 자기의 어린 시절을 생각하고 묘한 쾌감을 느끼곤 했다. 해녀기둥서방은 감천으로 이사 오기 전에 동두천에서 어린 시절을 보냈었다. 그 역시 미군들의 쓰레기를 뒤진 경력이 있었다. 그는 벌 떼처럼 달려드는 월남 사람들을 캐논 카메라로 사진을 찍어 둘 정도로 그들에게서 어린 시절에 대한 보상심리를 느꼈다.

그런데 그의 작은 기쁨에 협조하지 않는 꼬마가 한 명 있었다. 꼬마는 멀리서 팔짱을 끼고 해녀기둥서방이 내다 버린 쓰레기를 향해 벌 떼처럼 달려드는 사람들을 구경만 하고 있었다. 그 애가 호아였다.

해녀기둥서방은 호아에게 호감을 가지고 호주머니에 들어 있던 초콜릿을 건네주었으나 그 애는 단호하게 받는 것을 거절하였다. 호아는 자존심이 대단한 친구였다. 해녀기둥서방은 그 애가 마음에 들었다. 그 뒤부터 두 사람은 쓰레기장에서 친구가 되었다.

해녀기둥서방은 장난삼아 호아를 쓰레기 차 뒤에 숨겨 A포대로 데리고 들어왔다. 전쟁에 지쳐 있던 많은 병사들이 호아를 반갑게 맞아 주었다.

호아는 눈치 하나는 기가 막히게 빨라 보안에 저촉되는 일은 절대로 하지 않았다. 그는 언제나 자기의 분수를 잘 지키며 병사들과 사귀었다.

호아는 만나는 사람들마다 "안녕 개새끼야" 하고 인사를 했다. 그것은 해녀기둥서방이 한국 사람들은 만나면 "안녕, 개새끼야" 하고 인사를 해야 한다고 가르쳐 주었기 때문이다.

해녀기둥서방은 또 호아에게 정말 반가운 사람을 만나면 "아이 좆 꼴려" 하고 말하라고 시켰다. 그래서 호아는 안면이 있는 병사를 만나면 "아이 좆 꼴려" 하고 매달렸다. 전투에 지쳐 있던 많은 병사들은 호아의 이런 인사법을 아주 좋아했다.

호아가 "안녕 개새끼야" 하고 인사를 하면 병사들은 "너만 개새끼냐, 나도 개새끼다" 하고 인사를 받았다.

한번은 호아가 포대장 반복어 대위에게 "안녕 개새끼야" 하고 인사를 한 다음 "아이 좆 꼴려" 하고 거수경례를 했다.

반복어 대위는 약이 올라 뭐야, 이 자식아 하고 호아의 귀싸대기를 눈에 불이 번쩍 나도록 올려붙였다. 호아는 계속 "안녕 개새끼야"를 찾으며 두 손을 모아 싹싹 빌었다.

나중에 사정을 알게 된 반복어 대위는 해녀기둥서방을 불러 조인트가 묵사발이 되도록 깠다.

호아는 부대를 제집처럼 들랑날랑하며 병사들을 꼬였다. 호아는 오침 시간에 병사들을 제 집으로 유혹했다. 이유는 뻔했다. 어머니인 메오의 손님을 끌기 위해서였다.

씨레이션 마분지 상자로 만든 호아의 집은 오침 시간마다 병사들로 가득 찼다. 메오를 찾아오는 병사들은 그 일이 끝나면 콜라를 사 먹기도 했다. P.X에서 10센트 하는 콜라가 호아의 집에서는 50센트를 받고 팔았다. 그곳에서는 음료수는 팔아도 맥주는 절대로 팔지 않았다.

많은 병사들은 호아와 친한 해녀기둥서방을 메오의 기둥서방으로 알고 있었다. 그리고 콜라 장사를 하는 사람 역시 해녀기둥서방이라고 생각을 했다. 호아는 그런 아이였다.

구상원의 이야기는 계속 이어졌다.

"호아는 나이에 비해 무척 영리하고 똑똑한 애였어. 그 애가 가져오는 메시지는 언제나 구두로 전해졌지. 예를 들면 '06시 30분에 하이 다리 밑에서 만나자.' 이런 식이었어. 이렇게 간결한 메시지가 아주 많은 병사들을 죽일 수도 있었고 살릴 수도 있었네."

"보안이 철저했군."

"응, 내가 해녀기둥서방과 약속 장소에 도착하면 언제나 먼저 숭 까우 촌장이 기다리고 있었지. 난 숭 까우 촌장과 접촉할수록 그에게 진심으로 고개가 숙여졌네. 그는 완고한 민족주의자였으며 언제나 자국민의 보호와 이익에 앞장을 서고 있었어.

처음 그와 접촉했을 때는 숭 까우 촌장이 나에게 정보를 제공하는 것으로만 알았으나 점점 촌장이 나를 역이용하고 있다는 생각이 들더군. 그는 나에게 정보를 슬며시 흘려 그들의 피해를 최소한으로 줄여 보자는 생각이었어."

"비공식 채널이군."

"그랬었지, 촌장의 생각은 우리와도 일치하는 점이 아주 많았네. 우리들은 미군들이 개입한 전쟁에서 적극적으로 작전을 펼 수가 없었지. 그것은 즉 우리 측의 피해는 우리의 뜻과는 상관없이 발생한다는 것을 의미하는 거야.

이런 점에서 숭 까우 촌장과 아군의 이익은 은연중에 일치하고 있었어. 언젠가 우리 부대 옆 미군 통신대가 기습받은 적이 있었는데, 기억이 나?”

“잊을 리가 있나. 그때 얼마나 혼이 났는데. 미군 통신대 애들이 우리 초소 외곽으로 도망을 쳐 와서 살려 달라고 애걸을 했지. 우리도 당하는 줄 알았지.”

“반복어는 그날 밤의 일을 사전에 알고 있었네. 내가 귀띔을 해 줬거던.”

“뭐야! 정말이야?”

“왜, 내가 허튼 소리를 하겠어.”

“어쩐지 그날 밤에 반복어 행동이 이상하드라니까. 초저녁부터 비상을 걸어 우리들을 못살게 볶았지. 우린 정말 몰랐어.”

“모르는 게 당연하지. 어떻게 그런 정보를 함부로 흘리겠나. 말이 새면 루트가 두절되는데. 그 양반도 고생을 많이 했어.”

“또 하나 궁금한 것이 있어.”

“뭔데.”

“매우 사적인 질문이야.”

“말해 봐.”

“자네, 해녀기둥서방과 동서 지간이었나?”

“무슨 말인가?”

“메오하고 친하게 지냈잖아.”

“엣끼 이 사람! 호아의 어머니와는 손도 한번 잡은 일이 없었어.”

"거짓말이지?"

"정말이야!"

"믿을 수가 없는데, 우린 모두 그렇게 알고 있었거든."

"개미허리가 나와 메오의 관계를 알고 있었다네."

"개미허리?"

"그래."

구상원은 거기서 입을 다물었다. 신동협 선생은 궁금했지만 다그쳐 묻지 않았다. 잠시 침묵이 흐르자 구상원이 천천히 입을 열었다.

"자네도 개미허리가 보고 싶지? 개미허리와 친했잖아, 개미허리 이야길 할까? 그 사건은 지금도, 아니 영원히 잊지 못할 거야. 운명이란 참 묘한 것이었어. 사건이 있던 날 아침에 취사반에서 밥을 먹고 있는데 호아가 나를 찾아왔어. 급한 메시지가 있다는 거야. 그런데 전달 방법에 문제가 있었어. 우리들이 접선하는 방법은 숭 까우 촌장이 지정하는 장소에서 전달을 받았는데 그날은 호아가 직접 메시지를 가져왔거든. 그 내용은 플레이크에 주둔하고 있는 미군 보급소가 금일 철수한다는 거였어. 바꿔 말하면 금일 미군 보급소를 공격한다는 정보야. 나는 즉시 반복어에게 대민지원 사업을 나가겠다고 보고를 했지."

"숭 촌장이 왜, 메시지를 직접 전달하지 않고 호아를 통해서 했나?"

"그게 아직까지도 내가 풀지 못하는 수수께끼야. 병원에 입원을 했을 때도 그 문제를 곰곰이 생각해 봤어. 하지만 한 가지 분명한 것은 숭 까우 촌장이 나를 배신하지 않았다는 거야. 지금도 난 숭 까우 촌장을 믿고 있다네. 그가 나를 배신했을 리는 없어. 그날 일은 단순히 우발적인 사건에 재수 없게 휘말려든 거야."

공팔은 아침도 먹지 않은 해녀기둥서방을 채근하여 닷지차를 몰고 19번 도로에 올랐다. 앙케 패스에 접어들자 한 치 앞도 보이지 않는 짙은 안개로 시야는 꽉 막혀 있었다. 해녀기둥서방이 무엇 때문인지 입을 굳게 다물고 있었다. 그는 몹시 침울한 것 같았다. 짙은 안개 속에 보이는 그의 얼굴은 무척 창백하게 보였다.

"화났어?"

"아니."

"아침도 못 먹게 서둘러서 미안해. 야아, 좀 기분 풀어라. 일 끝나면 앙케에서 멋지게 한판 놀자고."

공팔은 해녀기둥서방의 기분을 돋우려 한껏 애를 쓰며 말했다. 그러나 해녀기둥서방은 평소의 그답지 않게 유난히 안절부절못하는 것 같았다. 공팔은 해녀기둥서방의 그런 모습을 이상하게 생각하고 있었다.

닷지차가 커브 길을 돌자 밤새도록 절벽 틈새에 숨어 매복을 섰던 우군 병사들이 두더지처럼 안개 속을 꾸물꾸물 기어 나오고 있었다. 공팔은 매복조를 올려다보았다. 그들은 짙은 안개 때문에 다른 날보다 더 늦게 철수하는 것 같았다.

닷지차가 앙케 패스의 9부 능선까지 올라왔을 때 갑자기 소름 끼치는 비명 소리가 들려왔다. 공팔은 가슴이 철렁했다. 곧이어 요란한 총성이 안개 속에서 울려 퍼졌다.

두 사람은 V.C의 기습으로 생각했다. 해녀기둥서방이 닷지차를 도로변에 세우기 위해 핸들을 꺾었다. 그러나 닷지차는 멈추지 못하고 계곡을 향해 달려갔다.

"뭐 하는 거야?"

공팔은 비명을 지르며 핸들을 우측으로 낚아챘다. 해녀기둥서방의 머리가 핸들 위에 뚝 떨어졌다. 그리고 고개가 힘없이 흔들거렸다. 이마에서는 시뻘건 피를 콸콸 쏟고 있었다.

구상원은 그때의 기억이 떠오르는지 거기서 입을 다물었다.

"한 방에 간 거야?"

신동협 선생이 재촉하듯 물었다.

"이마에 정통으로 총알을 맞았어. 해녀기둥서방은 자기가 죽는 것도 몰랐을 거야. 순간적으로 일어났거든."

신동협 선생이 고개를 끄덕였다.

"닷지차를 겨우 세운 후에 차에서 엉금엉금 기어 나와 고개를 쳐드니 안개 속에서 총알이 벌 떼처럼 날아왔어. '어머 뜨거라' 하고 차 밑으로 고개를 처박았지. 그런데 무엇 때문인지 닷지차를 향해 M16 총탄도 날아오고 AK 총알도 날아왔어. 이상한 기분이 들더군. 한참 뒤에야 겨우 사태를 짐작할 수 있었어. 앙케 패스에서 전투가 벌어졌는데 짙은 안개 때문에 피아간에 서로를 구별 못 한 거야. 이런 경우에는 눈에 보이는 모든 물체를 향해 무조건 사격을 하는 거지. 살기 위해서는 어쩔 수가 없잖아?"

"맞아, 무조건 쏴야지."

"처음에는 M16 소총 소리가 우세했는데 시간이 흐를수록 AK 총성이 더 강해졌네. 할 수 없이 차 밑에 머리를 처박고 엎드렸지. 시간이 흐를수록 양측의 화력은 점점 증강이 되더군. 처음에는 분대 규모에서 시작했는데, 소대 규모로, 중대 규모로 점점 확대가 되는 거야. 그뿐만 아니라 105㎜와 155㎜ 포탄이 우박처럼 떨어졌어, 간간이 적군의 박격포 탄도 날아오고."

"판이 점점 더 커졌군."

"얼마 후 계곡 저 아래쪽에서 전차의 캐터필러 소리까지 들려왔네. 점점 판이 더 커지는 것 같았어. 포탄이 닷지차 가까이 떨어졌네. 진동으로 창자가 뒤틀리고 배가 터지는 것 같았어. 아무래도 교전 지역의 한복판에 떨어진 것 같았어. 난 닷지차에서 빠져나갈 궁리만 했지."

"닷지차는 늘 표적이 돼."

"그런데 난 내 눈을 의심했어. 우박처럼 쏟아지는 포탄을 전혀 의식하지 않고 능선을 휘적휘적 걸어 내려오는 병사가 있었네. 그는 마치 의장대처럼 M16 소총을 손으로 빙글빙글 돌리고 있었지. 자욱한 포연 속에서 유령처럼 나타나서 말이야."

"치열한 전투 때문에 정신이 돌았군."

"나 역시 '저 친구가 미쳤구나' 하고 생각했네. 돌아도 더럽게 돌았군. 경황 중에도 웃음이 터져 나왔네. 그런데 그게 누구였는지 알아? 개미허리 김 하사였어."

"뭐야, 개미허리?"

"응, 개미허리!"

"난 '김 하사 미쳤어? 빨리 엎드려' 하고 고함을 질렀지. 그러나 그는 들은 척도 않는 거야. 닷지차 밑에서 몸을 일으켰네. 김 하사를 닷지차 밑으로 끌고 올 생각이었지. 그런데 내가 그에게 다가가기도 전에 안개 속에서 김 하사의 등을 정글도로 내리치는 그림자가 있었네."

"저런!"

"'악!' 하고 비명 소리를 지르며 나동그라지더군, 그리고 본능적으로 허리에 찬 표창을 날렸어. 난 눈이 확 뒤집혀 M16 소총으로 녀석의 머리통을 갈겨 버렸네. 아니, 그보다 먼저 김 하사의 표창이 녀석의 목을 꿰뚫고 있었지.”

“아, 처참하군.”

“황급히 김 하사를 닷지차 밑으로 끌고 들어왔지. 김 하사, 정신 채려! 김 하사는 시뻘건 피를 내 앞가슴에 울컥 토했네. 나는 정신없이 그를 흔들며 울부짖었지. 눈알이 확 뒤집히더군. 김 하사는 등에 칼을 맞았는데 상처를 보니 빨간 석류 알을 벌려 놓은 것 같았어.”

“마지막으로 한 말은?”

신동협 선생이 다급하게 물었다.

“동생 친구를 죽였다고 말했네. 그게 무슨 소린지 모르겠어. 그는 실성한 것 같았어. 그리고 다른 말은 없었네. 그저 희미하게 웃더군. 지금도 김 하사가 죽으면서 왜 웃었는지 알지 못하겠어. 가늘게 실눈을 뜨고 나를 쳐다봤어. 그 모습은 내가 죽을 때까지 영원히 잊지 못할 거야. 난 김 하사의 소지품을 챙긴 다음 그를 끌고 닷지차 밑에서 나오려고 했네.”

“빨리 빠져나와야지.”

“그런데 갑자기 꽝 하는 폭음과 함께 뒤로 나가 떨어졌지. 눈앞에서 노란색 커튼이 춤을 추는 것 같았어. 그리고 정신을 잃었지. 그게 끝이야.”

말을 마친 공팔은 깊은 상념에 빠져들었다. 그리고 다시 입을 열었다. 공팔은 마치 그 이야기를 하기 위해 오랫동안 신동협 선생을 기다린 사람 같았다.

“정신을 차리고 보니 대낮같이 밝은 조명 속에서 낯선 사람들이 나를 내려다보고 있었지. 누군가 ‘빨리!’ 하고 명령을 내렸어. 바퀴가 굴러가는 소리를 들었네. 또 정신을 잃었지.”

“후송 병원으로 이송된 거야?”

“모르겠어. 지금도 그곳이 어디쯤인지 전혀 감이 안 잡혀. 꿈을 꾸는 것만 같았네. 목이 타는 듯한 갈증에 눈을 떠 보니 비행기의 엔진 소리가 들려왔네. 그리고 또 정신을 잃었지. 그리고 다시 정신을 차렸는데. 눈에 들어온 것은 희미한 조명뿐이었어. 조명 외에는 아무것도 볼 수가 없었어. 말소리는 들려오는데 그들이 보이지 않았어. 그때까지도 장님이 된다고는 생각도 하지 않았지. 그때 한마디가 귀에 들어오더군. ‘까뎀 대드!’ 내가 죽었다고 한 거야. 난 ‘누가 죽었다는 거야’ 하고 필사적으로 고함을 질렀네. 환호성이 들리더군. ‘여기가 어디야’ 하고 물었지. 누군가 필리핀의 클라크 미 공군 기지 병원이라고 대답을 하더군. 난 그 소리를 듣고 또 정신을 잃었네. 한없이 깊은 골짜기 속으로 떨어지는 것만 같았어.”

구상원은 말을 멈추고 담배를 피워 물었다. 구상원은 길게 담배연기를 내뿜으며 이야기를 계속했다.

구상원이 정신이 들었을 때 그는 군 통합병원에 와 있었다. 그는 자기도 모르게 귀국을 한 것이다. 그곳에서 구상원은 1년간을 입원해 있었다. 그러나 총상은 어느 정도 치료가 되었으나 다른 질병이 그를 괴롭혔다. 피부에 염증이 생기고 간혹 사지가 저리고 마비되었다.

처음에는 장기간 투약으로 인한 약물의 독성으로 그런 줄 알았다. 몸에 돋아난 작은 발진은 참을 수가 없을 정도로 가려웠다. 밤이 되면 가려움증은 더 심해 손톱으로 북북 긁으며 밤을 지새웠다. 피부가 헐어 피가 나고 손톱 끝에 살점이 묻어 나왔다.

한번 긁기 시작하면 그는 미친 사람처럼 긁었다. 피부 속으로 작은 벌레가 고물고물 기어가는 것 같았다.

그는 피부병 전문치료 기관인 한양대학교 부속병원으로 자리를 옮겼다. 그곳에서 그는 원인을 알 수 없는 피부병에 많은 돈을 치료비로 지불했다. 월남에서 모은 돈이 모두 병원비로 사용되었다. 그러나 피부의 염증과 사지 마비 증세는 어떤 약도 효과가 없었다. 그뿐만 아니라 시력이 점점 떨어지고 있었다. 병원에서는 안구의 정맥에 염증이 생긴 것 같다고 말했다. 시력은 0.2 이하로 떨어졌다.

어느 날 구상원은 주사약의 후유증으로 잠이 들었다. 한잠 자고 나서 정동희를 찾았는데 보이질 않았다. 구상원은 정동희에게 소리쳤다.

"여보, 전기 스위치를 올려. 벌써 밤이야?"

"정말 안 보여요?"

어둠 속에서 정동희의 당황한 목소리가 들려왔다.

"빨리 전깃불을 켜요."

정동희는 소리 없이 울었다.

그날 이후, 구상원은 사랑하는 사람의 얼굴을 다시 볼 수가 없었다. 초승달 같은 눈썹과 새카만 눈동자, 오뚝한 코와 작고 예쁜 입술, 계란형의 청초한 얼굴과 칠흑같이 까만 머리카락, 웃을 때마다 예쁜 입술 사이로 드러나 보이는 작은 덧니, 깊이를 알 수 없는 아름다운 눈동자, 물안개가 피어오르는 것 같은 눈웃음. 그 모든 것들이 어둠 속에 묻혀 버렸다. 백합꽃처럼 청초하고 모란꽃처럼 화사한 정동희의 모습은 그날 이후 영원히 구상원의 마음속에만 남아 있었다.

구상원은 긴 한숨을 쉬었다.

"생활비가 바닥이 나서 걱정을 하고 있었는데 같은 병실에 입원을 하고 있던 대구시 칠성동에서 온 아주머니가 대구로 가라고 하더군. 대구에 자기 언니가 서점을 경영하는데 아내를 그곳에 소개해 주겠대. 그녀는 우리 사정이 아주 딱하게 보였나 봐. 돈은 바닥이 났고 어쩔 수가 없잖아. 그래서 대구로 내려왔지."

"대구는 아무 연고가 없는 곳이잖아."

"처음에는 무척 망설였지. 그러나 어쩌겠어. 두 식구가 먹고살아야지. 대구에서 와서 나는 한사대 특수교육과에 입학을 했고 아내는 서점엘 나갔어. 아내는 생활비와 내 등록금을 벌기 위해 하루 12시간씩 일을 했지. 그리고 밤이면 퉁퉁 부어오른 다리를 어루만지며 소리를 죽여 울었어."

공팔 구상원은 실명한 후부터 오직 한 가지 일만 생각하고 있었다. 그것은 아내에게 짐이 되지 않기 위해 죽는 일이었다. 그는 월남에서 부상당한 병사들이 다른 전우들을 살리기 위해 자기를 희생하는 것을 많이 보았다. 공팔 구상원은 사랑하는 아내 정동희의 생존마저 위협하고 있었다. 그는 하루라도 빨리 죽는 일이 정동희의 고통을 덜어주는 길이라고 생각을 했다.

정동희는 한 달에 한 번씩 검진을 받기 위해 구상원을 경대 병원으로 데리고 갔다. 병원의 긴 복도를 지나 계단 한 층을 올라갈 때마다 구상원은 건물의 높이를 계산하고 있었다. 5층까지 올라와서 정동희가 잠시 자리를 비운 사이에 그는 창문을 열고 몸을 내밀었다. 동짓달의 삭풍이 얼굴을 때리며 지나갔다. 머릿속에는 오직 자기가 죽는다면 사랑하는 정동희는 삶의 고통에서 해방이 될 것이라는 생각뿐이었다.

구상원이 창문틀을 부여잡고 몸을 막 날리려는 순간, 갑자기 귓전을 때리는 소리가 들렸다.

"공팔아! 죽으려면 고기 값이라도 하고 죽어라."

포대장 반복어가 늘 하던 말이었다. 월남에 있을 때 구상원은 반복어의 말을 농담으로 들었다. 그런데 갑자기 그 말이 귓속에 쟁쟁하게 들려와 구상원의 가슴에 박혔다.

그는 창문틀을 부여잡고 심각하게 생각하기 시작했다. 월남에서 그가 전사를 했더라면 정동희는 보상금을 받았을 것이다. 그러나 지금 죽는다면 강아지 한 마리의 값어치도 되지 못할 것이다.

"여보! 그런 마음 먹지 말아요. 제발!"

진료실 문을 열고 나오던 정동희가 질겁하며 구상원의 허리를 잡고 늘어졌다. 그녀는 부끄러움도 잊은 채 발버둥을 치며 엉엉 울었다. 그 소란에 많은 구경꾼들이 모여들었다.

구상원은 순간 많은 생각을 했다. 지금 몸을 날려 뛰어내리면 모든 것이 끝장날 것이다. 그러나 그에게 삶의 전부를 걸고 있는 정동희는 어떻게 할 것인가? 공팔은 다시 한 번 자기의 보잘것없는 몸뚱이를 가장 비싸게 팔아먹을 궁리를 하기 시작했다.

공팔은 그 말을 하며 킥킥 웃었다.

"아무래도 밑지는 장사를 하는 것 같았어. 죽는 거야 마음만 먹으면 언제나 할 수 있잖아. 막말로 의대생들 해부용으로 이 몸뚱이를 기증해도 쇠고기 값은 받을 수가 있잖아. 그런데 한 푼도 안 받고 이걸 그냥 줘 버려, 안 되지 암 그건 안 되지. 그때부터 난, 어떻게 하면 나를 가장 비싸게 팔아먹을 수가 있겠는가, 그것만 생각했지."

그렇게 말하는 구상원은 월남전의 공팔로 돌아온 것 같았다.

"그때부터 난 새 삶을 살기 시작했어. 새로운 구상원으로 태어난 거지. 그랬더니 세상이 다시 보이더군. 내가 눈을 실명하게 된 것도 우연이 아니었어. 그럼 어떤 원인으로 실명을 한 것일까? 그 인(因) 은 오직 나에게 있었네."

구상원이 철학자처럼 말했다.

"그동안 내 행동이 너무 도가 지나쳤어."

"어쩔 수 없었지 않나."

"아냐. 잘 생각해 봐. 사람들이 남을 얼마나 많이 해치고 있는지. 나도 그랬어. 내게 일어난 모든 것은 나 때문이야. 내가 없으면 그런 일도 없었겠지. 그래서 내 속에 들어 있는 나를 없애기로 했어."

"나를 없애, 어떻게?"

"난 죽은 사람이야, 나를 없애니 참 세상 살기 편하더군."

"도사가 다 됐군."

"내가 없고 보니 어제의 일들은 오늘에는 실재로 존재하지 않아. 무명에 사로잡힌 인간들은 어제의 일로 스스로를 괴롭히고 슬퍼한단 말씀이야. 사람들은 세 가지 어리석은 망상으로 평생을 보내는 것 같아. 과거에 일어난 일과 현재의 일, 그리고 미래에 대한 걱정으로 언제나 번뇌를 일으키지. 그게 인간의 가장 큰 약점이야. 소가 과거 의 일로 남을 미워하거나 슬퍼하는 걸 봤어? 개가 오늘 일로 불안해 하고 고민하는 걸 봤어, 돼지가 내일 일로 걱정하는 걸 봤어? 동물 들은 순리를 따를 뿐이야. 그건 '나'라는 상이 없기 때문이었지."

"정말 그렇군."

"이 세상에 존재하는 많은 생각과 현상들은 구름과도 같아서 미련 한 나로는 그걸 따라갈 수가 없었네. 어떻게 장님인 내가 다른 사람들과 똑같은 사고방식으로 살아갈 수가 있겠나? 그래서 난 생각을 바꾸었지. 항상 여유롭게 순리에 따라 사는 거야. 이 세상의 모든 것들은 나와는 아무 상관이 없는 구경거리야, 그게 내 삶의 방식이지. 난 급할 것도 없고 바쁠 것도 없어. 있는 것도 없고 없는 것도 없는, 그런 사람이야. 내 말 이해하기가 힘들지?"

"조금은 알 것 같아. 자넨 큰 깨달음을 얻었어. 삶의 본질을 알고 있네."

"지팡이를 들고 길거리를 걸어가면 주변에서 말하는 소리가 들려. 저기 장님이 지나간다. 에이 아침부터 재수 없어. 간혹 이런 소리를 듣게 되지. 난 그때마다 그 사람에게 감사하는 마음을 갖는다네. 그는 내가 누구인지를 정확하게 가르쳐 주는 거야. 그때마다 지난날 내가 덧없이 키워 온 어리석은 아상을 생각하며 두 손을 모아 감사를 드린다네. '고맙습니다, 선생님. 선생님께서는 제가 누구인가를 정확히 가르쳐 주셨습니다.' 하고 말이야."

"자네는 지금 멋진 인생을 살고 있네. 누구도 자네처럼 현명하게 살지는 못할 걸세."

"그건 아닐세. 다섯 살배기 어린애도 나보다 더 밝은 지혜를 가지고 있어. 적어도 그 애는 자기 눈을 스스로 멀게 하는 그런 어리석은 짓은 하지 않아. 그런데 난 못난 아상과 교만한 자만심, 끝없는 탐욕과 집착으로 스스로를 햇빛을 볼 수 없게 만들었지. 이 얼마나 어리석은 짓이었는가?"

"실수는 누구나 조금씩 하잖아."

"난, 그 정도가 지나쳤어. 간악한 마음은 햇빛마저도 볼 수 없도록 나를 만들었어. 난 사람들로부터 손가락질을 받을 때마다 내가 지은

업보를 생각하고 진심으로 참회를 한다네. 그 모든 것들이 나로 인하여 생긴 것이다. 어리석고 못난 나로 인해 생긴 일들이다. 내가 살아 있는 한, 이런 고뇌는 계속될 것이야. 그리고 끝없이 참회를 해야 할 것이다. 이 생명이 다하는 날까지 내가 살아남는 길은 오직, 이 몸과 입과 마음으로 지은 죄를 끝없이 참회해야 해."

"많은 걸 얻었군."

"살아 있어도 없고, 없어도 없는 그런 나를 만드는 거야. 그리고 이 세상에 존재하는 모든 사물과 현상에 존경심과 경이로움으로 대하며 그들이 비밀한 가운데 은밀하게 속삭이는 소리를 듣는 거야."

"무슨 말이야 그게?"

"이 세상에는 두 개의 법이 있었어."

"법?"

"응, 그런 게 있어. 우린 매일 눈에 보이는 법에 따라 살고 있지. 그러나 눈에 보이지 않는 법이 더 무서워."

"무슨 말인지 모르겠어?"

"쉽게 설명해 줘."

"봐 이게 손이지?, 요긴 손바닥이고 뒤는 손등이지."

"맞아."

"그런데 사람들은 손바닥만 보면서 손인 줄 알아. 손에는 손등이 있다고는 생각도 않아."

"무슨 말이야, 그게?"

"모든 사물들과 현상에는 반드시 양면성이 있어. 그런데 사람들은 그걸 생각하지 않아. 손바닥 하나만 보고 손으로 생각하지. 손등이 있는 것은 생각하지도 않으면서 자기는 손을 다 알고 있다고 생각을 해. 사실은 손 뒤편에 있는 눈에 보이지 않는 손등이 운명을 결정짓는 거야. 그러나 어리석은 인간들은 그걸 모르고 있지. 우선 눈앞에 보이는 법에 악착같이 매달려 목숨을 걸면서 살고 있어. 그러나 임종의 순간이 다가오면 그때서야 눈에 보이지 않은 손 뒤편에 다른 세계가 있다는 것을 알게 되지."

"다른 세계?"

"그건 또 다른 세계지. 자기가 평생 동안 손바닥 안에서 살아오면서 얼마나 허황되고 어리석은 삶을 살았나를 알게 돼. 그걸 알고 뼈저린 후회와 회한에 몸부림을 치게 되지. 그러나 한번 지나간 삶은 되돌려 놓을 수가 없어. 그게 미망에 사로잡혀 정신없이 살고 있는 인간의 한계이며 어리석음 때문이야. 그래서 내가 마음을 한번 크게 돌려놓았지. 깨달음이란 곧 내 마음 한번 바꾸는 거였네. 이게 내 삶의 방식이야."

구상원은 안주머니 속에서 작은 봉투 하나를 꺼내 신동협 선생에게 내밀었다. 미리 준비해 놓은 것 같았다.

"이거 뭐야?"

"개미허리 유품."

신동협 선생은 급히 봉투를 열어 보았다. 그곳에는 낡은 군번과 군인수첩이 들어 있었다. 신동협 선생은 녹색 비닐표지로 만든 군인수첩을 열었다. 수첩 내표지에서 사진이 나왔다.

개미허리가 신동협 병장과 함께 킬러밸리에서 두 손을 번쩍 치켜들며 하늘을 향해 웃는 사진이었다. 신동협도 가지고 있는 사진이었다.

순간 신동협 선생은 눈시울이 뜨거워졌다. 개미허리와 나누었던 대화가 생생하게 떠올랐다. 신동협 선생은 그것을 소중하게 양복 안주머니 속에 넣었다.

정동희와 아내가 밥상을 마주 들고 들어왔다. 모두들 맛있게 점심을 들었다. 반찬이 정갈하여 아주 입에 달았다.

"올 가을에 영주 한번 다녀가세요."

아내가 두 사람을 초청을 했다. 어느새 아내는 정동희와 격의 없는 친구 사이로 변해 있었다.

"어머나! 우리가 여행을 해요? 신혼여행도 못 갔는데……."

정동희가 구상원을 쳐다보며 놀리듯 말했다.

"영주로 신혼여행 갑시다."

공팔이 웃으며 말했다.

"아, 벌써 시간이 이렇게 됐네. 여보, 빨리 병원으로 갑시다."

아내가 병원의 진료 시간을 재촉하며 서둘러 일어섰다.

신동협 선생 부부가 밖으로 나오자 가랑비가 내리고 있었다. 구상원 부부가 배웅을 하기 위해 따라 나왔다. 아스팔트 도로의 움푹 팬 곳에 물이 고여 있었다. 정동희가 불편한 몸으로 택시를 잡았다.

"가을에 만나세. 공팔!"

신동협 선생이 구상원을 포옹하며 귀에 속삭였다.

"잘 가게, 맹호!"

갑자기 구상원이 중지로 갈고리를 만들어 앞으로 쑥 내밀었다. 신동협 선생이 빙그레 웃으며 손가락으로 갈고리를 만들어 구상원의 중지에 걸었다.

"이 양반들이 택시가 기다리는데 애들처럼 장난하고만 있네. 여보, 빨리 와요, 아 여보!"

아내가 택시 문을 잡고 큰소리로 불렀다. 그러나 두 사람은 쉽사리 갈고리를 풀지 못했다.

옛날 아주 먼 옛날, 일단의 병사들이 일주일 동안 큰 배를 타고 먼 바다를 건너간 적이 있었다. 그들은 그곳에서 낯선 나라의 병정들과 1년 동안 전쟁을 했다. 많은 병사들이 그곳에서 부상을 당하거나 죽었다. 다행히도 무사히 근무를 마친 병사들은 생사를 같이하던 전우들과 이별을 할 때 이렇게 손가락으로 사슬을 만들며 인사를 나누었다. 지금 우리가 헤어져 어느 때, 어느 곳에 살더라도 오늘을 잊지 말자. 우리들은 목숨을 나누었던 사이가 아닌가?

반복어는 말했다.

"지금부턴 너를 낳아 준 부모님도 네 생명을 지켜 줄 수가 없다. 그러나 바로 옆에 있는 전우는 너의 목숨을 구해 줄 수가 있다. 전우를 내 목숨처럼 아끼고 사랑하라. 우리들의 생명은 좋든 싫든 하나의 사슬로 연결된 거야, 고리가 풀어지면 모두가 죽는다."

두 사람은 40년 전에 약속한 일들을 아직도 잊지 않고 있었다. 택시가 빗속을 천천히 떠나갔다. 신동협 선생이 고개를 길게 뽑아 후미 창문을 내다보았다.

앞이 보이지 않는 구상원은 아직도 손을 흔들고 있었다. 현우 엄마가 구상원의 등 뒤에서 허리를 껴안고 있었다. 그녀는 턱을 구상원의 어깨 위에 올려놓고 있었다. 두 사람이 창밖으로 점점 더 멀어져 갔다. 그리고 이젠 작은 그림자로 남아 있었다. 구상원은 말했다.

"어제 일은 오늘에는 없는 거야. 그런데도 무명에 사로잡힌 인간들은 어제의 일로 스스로를 괴롭히고 슬퍼한단 말씀이야. 최초에 꿈이 없으면 최후에도 꿈은 없는 거야. 이 세상에 많은 생각과 현상들은 바람과 같고, 구름과도 같아서 미련한 이 몸뚱이로는 따라갈 수가 없었어. 그래서 내가 생각을 바꾸었지. 있어도 좋고 없어도 좋은, 있어도 없는 듯 없어도 없는 듯, 그렇게 살기로 했지. 즉 나를 없애는 거야. 내가 없는데 더 이상 뭐가 필요하겠어. 그렇게 하니 세상 살기가 참 편해지더군. 이제야 세상이 바로 보여.”

#21 노병(老兵)

- 나이 많은 병사 -

태백시청에 가는 길에 한영수 사장이 신동협 선생에게 전화를 했다. 두 사람은 홈플러스 건너편 부산복어 집에서 점심을 같이했다.

한동안 침묵을 지키고 있던 한영수가 입을 열었다.

"손 하사 알지?"

"손 하사?"

"그래, 손무삼이 말이다. 인천 부두 깡패."

"알아."

"신 선생, 손 하사가 어려워. 한번 찾아가 봐. 약도는 가르쳐 줄게."

한영수는 주머니에서 수첩과 연필을 꺼내 약도를 그리기 시작했다.

신동협 선생은 손무삼 하사를 떠올렸다. 인천 부두 깡패 손무삼은 짧은 스포츠머리에 부리부리한 큰 눈과 넓적한 얼굴, 그리고 어깨에 착 달라붙은 목이 보기에도 전형적인 깡패의 모습이었다. 손무삼은 언젠가 통신반 벙커에서 개미허리와 맞붙어 크게 당한 일이 있었다.

그 일이 어제 일처럼 눈에 선한데 벌써 40년 전의 일이었다.

갑자기 신동협 선생은 인천 부두 깡패가 보고 싶었다. 당시 그는 행동이 난폭하고 잔인한 성격이었기 때문에 매우 싫어했지만 이제는 그것도 아련한 추억이었다.

한영수가 약도를 신동협 선생에게 넘겨주었다. 신동협 선생은 그 것을 안주머니에 소중하게 넣었다. 그때만 해도 신동협 선생은 그 약도가 개미허리의 연인 강혜원과 만나게 할 줄은 꿈에도 생각하지 못했다.

"저어, 실례합니다. 110통 24반이 어디쯤 되는지요?"

유리창에 페인트로 협동이발관이라고 큼지막하게 써놓은 출입문을 밀며 신동협 선생이 물었다. 이발소 안에 들어서니 훈훈한 온기가 느껴졌다.

허름한 의자 2개와 작은 거울 하나, 코를 찌르는 싸구려 화장품 냄새가 밴 오래된 이발소였다. 손님의 얼굴에 비누거품을 잔뜩 처바르고 면도를 해 주고 있던 늙은 이발사가 고개를 들고 쳐다보았다.

"여긴, 그래 가지고는 몬 찾심더. 몇 번지라고요?"

"1684에 135번지요."

때가 묻어 새까맣게 변한 가운을 입은, 바짝 마른 몸매에 두 볼이 움푹 팬 이발사는 누워 있는 손님의 볼을 손바닥으로 싹싹 문지르며 말했다.

"조기 백양 세탁소가 보이지예. 고짜로 주욱 올라가면 피아노가 나옵니다."

"피아노요?"

"에헤, 이 양반 촌사람 아이가?"

그는 이런 촌놈이 있나 하는 표정으로 말을 이었다.

"피아노 교습소가 나온다카이."

"아, 네."

"고 위로 쪼매 더 올라가면 정아네 슈퍼가 나옵니더. 거기 가서 물어 보소."

신동협 선생은 짐작이 가지 않았지만 고맙다는 인사를 하고 이발소를 나왔다. 어두컴컴한 하늘에서 금방이라도 눈이 쏟아질 것만 같았다.

눈이 녹아 질펀한 달동네의 좁은 골목길을 연탄을 가득 실은 리어카가 올라오고 있었다. 신동협 선생은 옆으로 비켜섰다. 바로 세탁소 앞에 손잡이에 토시를 끼운 오토바이가 서 있는 정아네 슈퍼가 보였다.

신동협 선생은 슈퍼 안으로 들어갔지만 아무도 보이지 않았다. 신동협 선생은 방 안을 향해 소리쳤다.

"저어 실례합니다. 말씀 좀 묻겠어요."

방 안에서는 아무 대답이 없었다.

"계시요? 주인 계십니까?"

신동협 선생은 좀 더 큰 소리로 말했다.

"예, 나가요."

검정 파카를 걸친 중년의 아주머니가 나왔다.

"저어, 말씀 좀 묻겠습니다. 1684에 135번지가 어디쯤 됩니꺼?"

"가만있자, 거기면 저 위쪽 산꼭대긴데."

주인이 잠시 생각을 하다 말을 이었다.

"조짜 보이는 산길로 곧장 가면 우측으로 올라가는 축대 위에 손잡이를 세워둔 길이 보이지예, 고 길로 곧장 올라 가이소. 한참 가야 되니더."

신동협 선생은 슈퍼에서 나와 주인이 가르쳐 준 길을 따라 언덕을 올라갔다. 언덕 위에는 한 사람이 겨우 올라갈 수 있는 정도로 좁은 축대로 쌓은 길이 나타났다.

신동협 선생은 축대 위에 손잡이가 설치된 안전 울타리를 따라 좁은 골목길을 자꾸만 올라갔다. 골목길 양옆에는 어깨가 닿을 정도의 낮은 슬레이트 지붕이 열병이라도 하듯 서 있었다.

발걸음을 옮길 때마다 길 복판으로 나 있는 시멘트 하수도 뚜껑이 덜커덩거렸다. 눈으로 얼어붙은 계단을 아무리 올라가도 골목길은 끝이 없었다. 다리가 아파 잠시 길을 멈추고 허리를 쭉 펴 보았다.

시가지의 전망이 한눈에 내려다 보였다. 신동협 선생은 잠시 휴식을 취한 후 다시 발걸음을 옮겨 놓았다.

굴뚝에서 나오는 연탄가스 때문에 잔기침이 나왔다. 재래식 화장실에서 흘러나오는 분뇨 냄새, 그리고 아무렇게나 얼어붙은 휴지 조각들이 매우 불결하게 느껴졌다.

옆으로 갈라진 좁은 골목길로 들어서자 어깨를 펴고 바로 걸을 수가 없었다. 어깨를 비스듬히 모로 세우고 또 다른 골목길로 접어들었다. 슬레이트 지붕 위에 쌓여 있는 눈이 녹으며 물방울이 어깨 위로 뚝뚝 떨어지고 있었다.

골목길 저쪽에서 젊은 아가씨가 걸어오고 있었다. 잠시 후 아가씨와 골목길에서 마주쳤다. 그녀가 손을 등 뒤로 하고 벽에 기대어 섰다. 신동협 선생이 아가씨에게 물었다.

"저어 아가씨, 1684번지가 어디쯤 되나요?"

“여기가 1684번진데 누굴 찾으시죠?”

“손무삼 씨라고⋯⋯.”

“손무삼 씨?”

“네”

“그런 사람은 없는데⋯⋯.”

“인천이 고향이오.”

“아, 붕어빵 아저씨. 돈 받을 거 있어요?”

갑자기 그녀가 경계하는 눈빛으로 신동협 선생을 바라보았다.

“아뇨, 옛친굽니다.”

“절 따라 오세요.”

그녀가 몸을 돌려 앞장을 섰다. 그녀는 오던 길을 되돌아 시멘트 계단을 올라가기 시작했다. 그리고 녹이 벌겋게 슨 철문 앞에 섰다. 그녀는 안을 들여다보며 소리를 질렀다.

“아저씨, 손씨 아저씨.”

안에서는 아무 대답이 없었다.

“여기예요.”

그녀는 더 이상 관심을 보이지 않고 휭하니 가 버렸다. 신동협 선생이 열려 있는 철문 안으로 들어섰다.

“계시요?”

“거 누구요.”

“손무삼 씨 계십니까?”

“누구신지? 제가 몸이 불편하니 그냥 들어오세요.”

신동협 선생은 방문을 열었다. 어두컴컴하고 좁은 방, 때에 찌든 캐시밀론 이불, 퀴퀴한 냄새, 얼음장처럼 차가운 방바닥, 머리맡에는 소변이 가득 찬 깡통이 놓여 있었다.

"좀 앉으시오."

그는 귀밑까지 이불을 뒤집어쓴 채 가만히 누워 있었다. 신동협 선생은 말없이 그를 내려다보았다.

이 사람이 손무삼 하사란 말인가? 짧은 스포츠머리에 부리부리한 호랑이 눈, 딱 벌어진 가슴과 다부진 몸매. 어디에도 그런 모습은 없었다. 작고 연약하며 오랜 병마에 시달려 금방이라도 숨을 거둘 것만 같은 뼈만 남은 사나이가 누워 있을 뿐이었다.

신동협 선생은 가슴이 뭉클했다. 마치 자신이 손무삼 하사를 그렇게 만든 것 같은 죄책감이 들었다.

"손 하사. 나 신동협이야."

"신동협?"

"그래 월남에서 같이 근무했던……."

그가 이불자락을 걷어내며 일어나려 애를 썼다. 신동협이 그를 부축하여 일으켰다. 그가 벽에 등을 기대며 앉았다. 방 안이 좁아 두 사람의 무릎이 마주 닿았다. 손무삼의 얼굴에 반가움이 파문처럼 번지고 있었다. 신동협 선생은 찾아오길 잘했다고 속으로 생각을 했다.

"어떻게 날 찾았어."

"한영수 사장이 가르쳐 줬어."

"한영수가?"

"응."

"자기가 온다더니 몹시 바쁜 모양이군. 어쨌든 이렇게 누추한 모습으로 만나 미안하이."

"살다 보면 누구나 어려울 때가 있지."

"한 사장이 지금까지 나를 돌봐주고 있어."

"그랬어? 정말 고맙군."

"작년에 붕어빵 장사를 하다가 쓰러졌어. 다행히 증세가 가벼워 그냥 지냈는데 요즘은 다리가 너무 아파 걸을 수가 없어. 한 사장을 따라 종합병원에 갔더니 말초신경염이래. 종아리가 퉁퉁 부어오르고 걸으면 발바닥이 너무 아파."

"저런."

"한 사장이 그라는데 고엽제 후유증으로 생긴 병이래."

손무삼 역시 고엽제의 대가를 치르는 중이었다.

"난 그게 무슨 말인지 모르겠어. 한 사장이 병원에서 진단서를 떼서 보훈청에 제출했어."

"음, 그랬었군."

"내일 보훈병원에 나오라는 통지서를 받았는데 혼자서 갈 수가 있어야지. 무슨 심사를 한다고 그르더군."

"그래서 한 사장이 나를 보냈군. 그 친구가 손 하사를 찾아가라고 했어."

"미안해. 정말 미안해. 바쁠 텐데 폐를 끼쳐서."

"천만에, 우린 전우야."

"한 사장 이야기로는 심사에 통과하면 병원에서 치료를 받을 수가 있대."

신동협 선생은 주머니를 털어 쌀과 연탄을 구해 왔다. 그리고 돼지고기 삼겹살과 반찬도 샀다. 손무삼의 얼굴이 밝아졌다.

두 사람은 삼겹살로 배부르게 저녁을 먹었다. 마치 그 옛날 작전을 떠나기 전날 밤에 먹었던 회식 때처럼. 그리고 좁은 단칸방에서 밤이 늦도록 지난 이야기로 꽃을 피웠다.

손무삼은 결혼을 했었는데 딸 하나를 두었다고 한다. 부인과 딸은 7년 전에 가출을 했다고 한다. 그는 술과 노름으로 가산을 탕진하고 가족에게 손찌검을 했다고 울먹거리며 말했다. 손무삼은 사회생활에 적응할 수가 없었노라고 고백을 했다.

"병을 고치면 아내와 딸을 찾을 거야. 새사람이 되어 아내 앞에 무릎을 꿇고 지난날의 잘못을 사과하고 용서를 빌 거야."

"그래, 손 하사는 할 수 있어. 월남에 있을 때를 생각해 봐. 그때 손 하사는 영웅이었어. 힘내. 부두 깡패!"

"부두 깡패, 흐흐흐. 그 소릴 다시 들으니 정말 묘하군."

"개미허리와 싸운 얘길 해 봐."

"개미허리에게 들었잖아?"

"개미허리는 그런 이야기는 안 했어. 그냥 웃기만 했지."

"그랬어? SIG 벙커 속에서 개미허리와 맞붙었을 때 신 병장도 그곳에 있었잖아?"

"응, 그런데 자네가 나가라고 했어."

"그랬었나? 녀석에게 내가 선수를 쳤지. 그런데 녀석은 미꾸라지처럼 피하더군. 개미허리가 말했어. 야, 짠물, 덤벼, 어서 덤비라니까. 난 약이 올라 옆차기로 붕 떠올랐지. 그리고 녀석의 얼굴을 내리찍었어. 그리고 정신을 잃었네. 눈을 떠 보니 난 쓰러져 있고 녀석이 내 머리를 두 손으로 받치고 있었어. 야, 짠물, 정신이 드냐? 이게 전부야. 지금도 나는 녀석에게 어떻게 당했는지 기억이 나질 않아."

어느새 부두 깡패는 옛날로 돌아와 있었다. 그의 얼굴은 붉게 상기되어 있었다. 손무삼은 금방이라도 펄펄 날 것만 같았다. 그는 삶에 지친 병자가 아니었다. 화려했던 과거를 추억하는 그는, 이미 그 옛날의 용감한 병사로 돌아와 있었다.

이튿날 두 사람은 씨레이션 대신에 따뜻한 밥으로 끼니를 때웠다. 그리고 손무삼은 비록 낡은 옷이지만 그가 가진 가장 깨끗한 것으로 갈아입었다. 양말도 깨끗한 것으로 갈아 신었다. 러닝셔츠와 내의도 가장 새 것으로 골라 입었다.

40년 전에 병사들은 작전을 떠나기 전에 세밀하게 전투 장비를 챙겼다. 그리고 총알을 피하기 위해 여자들의 팬티를 속옷에 껴입기도 했다. 손무삼에게는 여자의 속옷이 없어 신동협 선생은 행운의 팬티를 입혀 줄 수가 없었다.

신동협 선생이 입고 있던 베이지색 파카를 벗어 손무삼의 점퍼와 바꾸어 입자고 말했다. 손무삼이 싫다고 거절을 했다. 신동협 선생이 말했다.

"이건 작전을 위한 위장복이야."

손무삼 하사는 군복과 장비를 모두 갖추었다. 이젠 작전 출동이었다. 두 사람은 문밖을 나섰다. 시멘트 계단까지 내려왔을 때 손무삼은 다리의 통증을 호소했다. 그의 발은 어느새 퉁퉁 부어 있었다.

그는 걸음을 옮길 때마다 발바닥을 바늘로 찌르는 것 같다고 말했다. 그는 말초신경염과 허혈성심질환을 앓고 있다고 말했다. 밖으로 나와 겨우 정글을 30m밖에 통과하지 못했는데 벌써 병사는 걷지 못했다. 신동협 선생은 그를 등에 업었다. 다행히 손무삼은 오랜 병마로 몸이 몹시 가벼웠다.

"무겁지?"

"괜찮아."

얼마쯤 걸어갔을 때 손무삼이 또 물었다.

"걸어갈까?"

"손 하사는 부상병이야, 십 분간 휴식."

신동협 선생은 눈이 녹아 질펀한 길바닥에 주저앉으며 말했다. 길 가는 행인들이 두 사람을 힐긋힐긋 쳐다보며 지나가고 있었다.

손무삼은 발이 아프다며 왼쪽 양말을 벗었다. 그의 다리와 발바닥은 퉁퉁 부어 있었다. 그리고 발가락의 끝은 심한 궤양으로 살점이 떨어져 나가 진물이 흐르고 있었다. 그에게는 걷는다는 그 자체가 고통이었다. 그는 바늘로 발바닥을 찌르는 듯한 통증 때문에 아무것도 할 수가 없었다고 말했다. 그런 그가 생업을 위해 무엇을 할 수가 있었겠는가? 공공근로, 막노동, 붕어빵 장수, 청소부. 그 어느 것도 그에게는 그림의 떡이었다.

"응, 저기 헬기가 온다."

신동협 선생이 택시를 보며 익살을 부렸다.

"빨리 세워."

"택시!"

두 사람은 큰 소리로 택시를 불렀다. 검정 택시가 손님을 내려놓고 저만치서 막 떠나려 하고 있었다.

신동협 선생은 손무삼을 업고 전력을 다해 달렸다. 그때도 그랬었지. 헬기는 우리를 위해 기다려 준 적이 없었어. 오직 우리가 헬기를 타고 작전지역으로 떠나가야 했지. 두 사람은 겨우 택시 앞에 도착했다.

"승선!"

신동협 선생은 손무삼을 택시 안으로 밀어 넣으며 중얼거렸다. 신동협 선생이 손무삼 옆에 앉은 후 택시 문을 닫았다.

부웅.

헬기가 엔진의 소음을 일으키며 달려가기 시작했다. 노병의 마지막 작전이 시작된 것이다.

택시는 보훈병원 현관 앞에 섰다. 신동협 선생이 손무삼을 부축해서 내렸다. 유니폼을 입은 청년과 간호사가 현관 입구에서 손님들을 안내하고 있었다. 신동협 선생은 간호사에게 다가갔다.

"저어, 실례합니다."

"어떻게 오셨습니까?"

"고엽제……."

"아, 예. 저기 원무과로 가서 접수증을 받아서 종교관으로 가세요."

"원무과가 어디 있는지?"

"절 따라오세요."

간호사가 친절하게도 앞장서서 길을 안내해 주었다.

"나 무서워."

갑자기 손무삼이 신동엽 선생의 손을 잡으며 말했다. 그의 손바닥은 땀에 흠뻑 젖어 있었다.

"뭐가 무서워?"

"집에 가고 싶어."

"왜 그래?"

"겁이 나. 집에서는 여길 오면 살 길이 있다고 생각을 했는데 막상 와 보니 무서워 죽겠어."

"무섭긴 뭐가 무서워."

"병원에서 받아 주지 못하겠다고 하면 어떡하지? 난 그게 무서워."

"받아 줄 거야. 안내문에도 그렇게 쓰여 있어."

"안 받아 주면?"

"손 하사는 고엽제 환자야."

"정말 나도 여기 입원할 수가 있을까?"

"그럼. 이번 검사만 통과하면 여기 입원할 수가 있어."

"여긴 밥도 그냥 주나."

"그럼. 국가에서 따뜻한 침대와 밥도 준대, 약도 주고."

"정말 그렇게 될까?"

"그렇게 될 거야."

"신 선생, 나 오줌."

손무삼은 말초신경염과 허혈성심질환으로 조금만 긴장을 해도 자신도 모르게 소변이 흘러나온다고 했다. 두 사람은 화장실로 달려갔다. 손무삼은 소변을 보며 중얼거렸다.

"여긴 변소에 향기가 나네. 꽃도 없는데."

손무삼이 신기한 듯 속삭였다.

"향수를 달아놓은 거야."

"변소에?"

"응, 요즘은 공공건물 화장실에도 향수가 있어."

"여기서 밥을 먹어도 되겠다, 얼마나 깨끗한지."

그는 화장실이 너무 깨끗해서 기가 죽는 모양이었다. 신동협 선생이 호주머니에서 빗을 꺼내 물을 묻혀 그의 머리카락을 정성 들여 빗겨 주었다. 쑥대밭같이 헝클어졌던 머리카락이 보기 좋게 단장이되었다.

"손 하사, 힘내. 허리를 꼿꼿하게 펴고 당당하게 말하는 거야. 넌 부두 깡패 두목이잖아."

"무서워 죽겠어. 여기서도 받아 주지 않으면 어떻게 살지. 난 혼자서 걷지도 못해. 이게 내 마지막 희망인데."

갑자기 손무삼이 가슴을 쥐어뜯으며 화장실 바닥에 나뒹굴기 시작했다.

"손 하사, 왜 그래?"

신동협 선생이 놀라 소리를 지르자 손무삼은 조용히 하라고 손짓을 했다. 협심증이 시작된 것이다. 낯선 환경에서 너무 긴장을 한 것 같았다. 관상동맥이 좁아지며 심장에 혈액이 공급되지 않자 그의 얼굴은 순식간에 새파랗게 변하며 가슴을 쥐어뜯기 시작했다.

손무삼은 다급하게 파카의 안주머니에 넣어 둔 약병을 꺼내려 했다. 그 약병은 비닐봉지 속에 넣어져 노란 고무줄로 묶여 있었다.

손무삼은 격렬한 통증으로 손이 떨려 약병을 집을 수가 없었다. 신동협 선생은 황급히 봉지 속에 든 약병을 꺼냈다. 약병에 '니트로글리세린'이라고 쓰여 있었다.

손무삼은 온몸에 경련을 일으키며 격렬하게 몸부림을 치기 시작했다. 신동협 선생은 재빨리 병뚜껑을 열고 알약을 꺼내려 했다. 그런데 병 속에 든 알약을 꺼낼 수가 없었다. 니트로글리세린이 들어 있는 병의 입구가 솜으로 막혀 있기 때문에 약이 나오지 않았다. 나중에 손무삼에게 들은 이야기지만 약의 휘발성 때문에 솜으로 막은 것이라고 했다.

신동협 선생은 겨우 병 입구를 틀어막고 있던 솜을 꺼냈다. 그러나 너무 힘을 주는 바람에 알약들이 화장실 바닥에 주르륵 쏟아졌다.

신동협 선생은 재빨리 알약을 집어 손무삼의 혀 밑에 밀어 넣었다. 그리고 손무삼의 머리를 들어 무릎 위에 올려놓았다.

1분이 지나갔다. 손무삼의 눈가로 눈물방울이 주르륵 흘러내렸다. 그는 눈을 지그시 감고 있었다. 마치 꿈을 꾸는 것만 같았다. 3분이 지나가자 손무삼은 부스스 일어났다. 그리고 옷맵시를 만져 보았다. 5분이 흘러갔다. 손무삼은 멀쩡해졌다. 신동협 선생은 손수건으로 그의 눈물을 닦아 주었다.

"자주 이런 발작이 일어나?"

손무삼은 고개를 끄덕였다.

"언제부터 그랬어?"

"오래됐어. 심할 때는 하루에도 몇 번씩 그래."

발작이 있은 후에 손무삼은 한결 침착해졌다. 신동협 선생이 다시 그의 옷매무새를 만져 주었다. 두 사람은 화장실을 나왔다.

두 사람은 원무과에서 접수증을 받아 긴 복도를 지나 종교관으로 갔다. 그곳에는 많은 사람들이 모여 있었다. 수많은 전우들이 그 옛날 큰 배를 타고 바다를 건너갈 때처럼 모여 있었다. 그러나 그들은 모두 삶에 지치고 병들어 있었다.

중대기를 앞세우고 정글을 누볐던 용사들은 늙고 병이 들어 이곳으로 모여들고 있었다. 초라하고 보잘것없는 늙은이들, 누가 그들을 용사라고 부르겠는가?

"297번 들어오세요."

종교관 입구에 앉아 있던 직원이 말했다. 손무삼이 자리에서 일어섰다. 그는 허리를 바로 펴고 의연한 모습으로 안으로 들어갔다. 조금 전까지 그렇게 두려워하던 모습은 간 곳이 없었다.

잠시 후 그가 나왔다. 그는 내과에서 정밀검사를 받아야 한다고 말했다. 어떻게 고엽제에 감염되었는지 검사를 받아야 한다고 말했다.

검사는 오후 늦게까지 계속되었다. 수많은 검사로 손무삼은 완전히 녹초가 되어 있었다.

"손 하사, 이게 마지막 검사야, 힘내."

심전도 검사실로 가면서 신동협 선생이 손무삼을 격려했다. 그러나 손무삼은 너무 지쳐 걸음을 걸을 수가 없었다.

신동협 선생이 황급히 매점으로 달려갔다. 그리고 빵과 우유를 사 가지고 와서 그에게 먹였다. 손무삼은 빵은 목에 걸려 넘어가지 않는다고 말했다. 그는 몇 모금의 우유밖에 삼키지 못했다. 모든 검사가 끝이 났다.

짧은 겨울 해가 저물고 밖은 컴컴한 어둠 속에 잠겨 들었다. 손무삼은 너무 지쳐 의자에 길게 누워 버렸다. 그의 옷은 끈적끈적한 땀으로 흠뻑 젖어 있었다. 그의 몸에서는 미열이 나고 있었다. 신동협 선생이 그를 업고 바닥이 반들거리는 대리석의 긴 복도를 천천히 걸어가기 시작했다.

#22 꽃잎은 하염없이

- 덧없음 -

　　손무삼을 엎고 가는 복도 양옆에는 많은 병실이 있었다. 열린 문 틈으로 병실 안이 들여다보였다. 병실 안은 이제 막 저녁밥을 먹고 있었다. 줄무늬가 쳐진 환자복을 입은 사람을 보고 등에 업힌 손무삼이 속삭였다.

　　"저긴 천국 같아. 병이 절로 나을 거야. 나도 여기 입원할 수 있을까?"

　　"그럼, 손 하사도 여기서 치료받게 될걸."

　　병실을 서너 개 지나쳤을 때였다. 문득 열린 출입문 사이로 나이가 든 간호사의 뒷모습이 보였다. 그녀는 환자들에게 약을 나누어 주고 있었다.

　　신동협 선생은 알 수 없는 전율에 몸을 부르르 떨었다. 그리고 자신도 모르게 출입문 쪽으로 다가갔다. 그녀의 뒷모습이 눈에 익었다. 낯설지가 않았다.

　　신동협 선생은 월남에서 돌아온 직후 찾아갔던 대전의 한 지하 다방이 선명하게 떠올랐다.

바람이 불 때마다 우수수 떨어지는 노란 은행잎이 깊어 가는 가을을 재촉하고 있었다. 신동협은 강혜원에게 전화를 걸었다.

"저어, 신동협이라고 합니다. 혹시 기억하실는지?"

"신동협 씨?"

"네, 개미허리, 아니 김이수 하사의 친굽니다. 전해드릴 편지가 있어서요."

"그럼, 신 병장님?"

"네, 지금 대전역 앞에 있는 초원다방에 있습니다."

"어머, 몰라봐서 죄송합니다. 지금 곧 그리로 가겠습니다."

신동협 병장, 아니 이젠 군대에서 제대를 한 신동협은 전화를 끊고 자리에 앉았다. 난로에서 톱밥 타는 메케한 냄새와 어둠침침한 조명, 전축 앞에서 연신 하품을 하며 신문을 읽고 있는 다방 마담, 텅 빈 홀의 썰렁한 의자들, 그리고 난로 옆자리에 혼자 앉아 있는 검정 가죽점퍼 차림의 사내, 그의 무릎 위에서 황급히 일어나며 스커트 자락을 내리는 긴 머리 아가씨 등이 이국의 풍경인 듯 낯설게 보였다.

그녀는 난로 위에 놓여 있던 주전자를 들고 신동협이 앉아 있는 자리로 와서 하얀 사기 컵에 엽차를 부었다.

"실례합니다. 저어 혹시 신동협 병장님?"

그는 뒤를 돌아다보았다.

"강혜원 씨?"

둥근 이마, 해맑은 눈동자, 오뚝한 코, 작고 예쁜 입술, 잘 어울리는 검정 투피스, 하얀 블라우스 속에 봉긋이 솟은 젖가슴 그리고 어깨까지 내려오는 긴 머리카락. 그녀는 보기 드문 미인이었다.

내 사연 날아날아 어디메에 자리하나.

신동협이 혼자서 중얼거렸다. 개미허리는 고국으로 보내는 편지의 서두를 언제나 이렇게 시작하였다.

산 넘고 바다 건너 마음이 자리하는 곳.

강혜원이 수줍은 미소를 지으며 신동협의 앞자리에 앉으며 대답을 했다. 신동협이 주머니 속에서 한 통의 편지를 꺼내 강혜원에게 내밀었다.

"이수 씨는 언제 귀국하시죠?"

강혜원이 편지 봉투를 개봉하며 물었다.

신동협은 앙케 패스에서 많은 전우들이 피해를 입었는데 그때 김이수 하사가 행방불명이 되었다고 말했다. 강혜원의 고운 얼굴이 일그러졌다. 그녀는 편지를 받아들고 읽기 시작했다.

혜원은 울지 않았다. 파랗게 질린 입술, 슬픔에 잠긴 눈동자, 그리고 절망 속에서도 의연함을 잃지 않으려는 단호한 자세, 가슴 밑바닥에서 터져 나오는 울음을 억지로 참고 있는 강혜원의 창백한 얼굴을 신동협은 영원히 잊을 수가 없었다.

오늘의 상처를 치유하는 데 얼마나 오랜 세월이 걸릴 것인가? 사람에 따라 한 번의 상처는 죽는 순간까지 영원히 남아 있을 수도 있을 것이다. 신동협은 편지를 읽는 강혜원의 모습을 오랫동안 지켜보았다.

환자들에게 약을 나누어 주고 있던 간호사가 신동협 선생 쪽을 향해 얼굴을 돌렸다. 신동협 선생은 귀밑머리가 희끗한 간호사를 첫눈에 알아보았다. 바로 강혜원이었다.

강혜원은 환갑이 가까운 여자로 보이지 않았다. 사람들은 아직도 강혜원을 사십대 초반의 나이로 볼 것이다. 처녀처럼 단정한 몸매와 아름다운 미모는 나이보다 훨씬 더 젊게 보였다.

신동협 선생이 병실로 들어가 강혜원 앞에 멈추어 섰다. 강혜원은 신동협 선생을 물끄러미 바라보았다. 신동협 선생이 누구인지 모르는 모양이었다. 신동협 선생이 강혜원에게 암호를 대듯 말했다.

"내 사연 날아날아 어디메에 자리하나."

강혜원이 소스라치듯 놀란 표정을 지었다. 그리고 이내 소리쳤다.

"아, 신 병장님!"

강혜원이 서둘러 환자들에게 투약을 마치고 병실을 나섰다.

"제 사무실로 가세요."

강혜원은 감독관실이라는 표찰이 붙어 있은 사무실로 신동협 선생과 손무삼을 안내했다. 그녀의 책상 위에는 빛이 바랜 한 장의 사진이 놓여 있었다. 그 사진은 맹호부대 마크를 단, 군복을 입은 개미허리와 강혜원이 부석사 무량수전 앞에서 처음 만나 3일 동안 함께 있을 때, 영주 고향사진관에서 찍은 흑백 사진이었다.

신동협 선생은 가슴이 뭉클했다. 개미허리는 강혜원의 책상 위에, 아니 강혜원의 마음속에 아직도 살아 있었다.

"손 하사, 강혜원 씨라고 생각 나?"

신동협 선생이 손무삼에게 물었다.

"강혜원 씨라면 혹시?"

손무삼의 얼굴에 호기심이 번졌다.

"김이수 씨 약혼잡니다."

강혜원이 가볍게 웃으며 대답을 했다. 신동협 선생은 그렇게 말하는 강혜원을 쳐다보았다. 강혜원은 과거의 일을 현재처럼 표현했다.

"옛날에도, 지금에도 저는 김이수의 약혼자랍니다."

강혜원은 신동협 선생의 얼굴 표정을 보고 조금 전의 말을 다시 반복했다.

"그럼, 아직도?"

신동협 선생이 놀라서 물었다.

"저 혼자 살아요."

"세상에!"

"전, 아직도 그분의 여자예요."

"왜, 결혼을?"

"그분만을 사랑했거든요. 어머나, 늙은 여자가 아직도 사랑타령을 하다니……."

강혜원이 차를 준비하며 말했다.

"전, 혜원 씨 편지가 두절되어 결혼한 줄 알았는데."

"그때 서울로 바로 올라왔죠. 이 병원에 취업을 했지요. 아무래도 여기가 그분의 체취가 가장 많이 남아 있을 것 같아서요."

"후회하지 않으세요?"

"후회요? 그런 적은 없어요. 전, 하고 싶은 일을 했고 누군가 해야 할 일을 했을 뿐입니다."

"많이 힘드셨겠군요."

"아뇨. 오히려 주님께 감사드려야죠. 보잘것없는 저에게 이렇게 소중한 기회를 주셨으니 얼마나 좋아요. 그리고 저한테는 애인들이 많아요. 오호호……. 우리 병원에 입원하고 있는 참전 용사들이 얼마나 많은지 아세요. 그분들은 모두 제 애인들이에요."

강혜원은 그렇게 말하면서 이 병원에 입원했던 환자 한 명에 대해 이야기를 하기 시작했다.

헤원은 그를 처음 만났을 때를 잊을 수가 없었다. 중간 정도의 키에 몸집이 깡마르고 뒤통수가 납작한 그는, 김이수와 얼굴 모습이 그렇게도 닮을 수가 없었다. 마치 그는 김이수가 환생을 한 것 같았다. 더구나 이름마저 그와 흡사한 유인수였다.

강혜원이 처음 유인수를 원무과에서 만났을 때, 그는 오랜 병마로 녹초가 되어 있었다. 그러나 그는 다른 환자들과는 달리 비록 낡은 옷이지만 깨끗이 세탁한 베이지색 점퍼와 검정색 바지를 입고 있었다.

아무리 고통이 심해도 그는 아프다는 표현을 하지 않았다. 단지 고통은 언제나 창백한 그의 얼굴 속에 나타나 있을 뿐이었다.

몸의 상태가 나빠질수록 그는 점점 더 말을 잃어 갔다. 하루에 한 마디의 말도 하지 않는 날들이 많아졌다. 그리고 사람들을 피해 외톨이가 되어 갔다. 그의 눈은 점점 초점을 잃어 갔고 그는 사람들로부터 멀어져 갔다.

아무도 그의 신상에 대해 자세히 아는 사람들이 없었다. 그는 자기 일에 대해 한 번도 남에게 말을 하는 법이 없었다.

병원에서 알고 있는 것은 그의 이름과 월남전에 참전하여 다리에 총상을 입은 보훈대상자이며 다발성골수암으로 병원에 다시 입원했다는 정도밖에는 알 수가 없었다.

그의 눈동자는 술 취한 사람의 그것처럼 항상 흐릿하고 멍청했다. 그리고 때때로 여름 한낮의 짧은 꿈에 취한 사람처럼 몽롱했다. 그는 병원 사람들에게는 마치 반딧불과도 같았다. 잠시 모습을 보여 주고는 하루내 어둠 속 어딘가에 숨어 사는 반딧불처럼 말이다.

보훈병원 직원들은 그가 대인기피증이나 고엽제 후유증으로 뇌 조직의 손상이 빨리 온 것으로 생각하고 있었다. 그는 남의 눈에 보이지도 띄지도 않고, 말이 없는 그림자와 같은 환자였다.

유인수는 언제나 혼자서 병원 뒤뜰에 있는 재활용 창고 앞에서 서성거렸다. 그 창고는 박카스 병이나 캔 종류, 그리고 마분지 상자를 분류해서 모아 두는 곳이었다.

그는 포장지와 약품 상자를 꼼꼼히 분류를 해서 묶은 다음 쌓아 놓았다. 그리고 병실에서 쏟아져 나오는 음료수 병이나 캔 종류, 플라스틱 병들을 종류별로 분류를 해서 상자 속에 모아 두었다.

병원에 근무하는 기능직 공무원들은 자기들의 일을 대신해 주는 그를 무척 좋아했다. 간혹 음료수를 감사의 표시로 건네줘 보지만 그는 받아서는 슬며시 놓아 두고 가 버렸다.

강혜원은 그가 약혼자의 얼굴 모습과 이름이 닮았다는 이유로 각별하게 돌봐 주었다. 김이수가 전사한 지 40년이 지나갔지만 아직도 그녀의 가슴속에는 그가 살아 있었다. 김이수는 주님이 보내신 세상의 많은 남자들 중에서 오직 그녀만의 남자였다. 김이수는 월남으로 떠나기 전, 부석사 무량수전 앞에서 우연히 만나 3일 동안 함께 사랑을 나누며 순결을 받쳤던 첫 번째 그녀의 남자였다. 그때 3일 동안을 같이 보낸 기억이 그녀의 남은 삶을 바꾸어 놓았다. 사람들은 그것을 운명이라고 말들 하지만 인생 전체를 놓고 보면 자기가 가진 성품대로 살아가는 것이 아니라 연의 고리를 찾아가고 있었다.

강혜원은 김이수의 마지막 편지를 지금도 생생하게 기억하고 있었다.

"혜원, 귀국해서 당신을 행복하게 해 주지 못하면 난 어떡하지. 전쟁으로 망가진 내 심성이 당신을 괴롭히면 어떻게 하지. 두려운 마음이 들어. 정말 무서운 마음이 들 때가 많아.

하지만 난 당신의 마음에 꼭 드는 남자가 되고 싶어. 당신을 불행하게 만드는 남자가 되는 것보다는 차라리 죽음을 택하겠어. 살아서 당신을 불행하게 만드는 것보다는 차라리 죽어서 천년의 세월을 당신의 가슴속에 살고 싶어."

김이수는 그의 소원처럼 죽어서 강혜원의 마음속에 영원히 살고 있었다. 그동안 많은 남자들이 그녀에게 청혼을 했다. 어머니는 임종 전까지 그녀의 결혼을 염려했다. 그러나 강혜원은 한 번도 결혼을 생각해 본 적이 없었다.

김이수는 주님이 보내신 단 한 사람의 남자였다. 그녀는 그와 결혼을 약속했고 그 맹세는 그녀가 주님 곁으로 찾아갈 때까지 지켜질 것이다.

꿈같은 삶이었다. 우연히 부석사 무량수전 앞에서 한 병사를 만났다. 그리고 그와 결혼을 약속하며 3일 동안 사랑을 나눴다. 그리고 그 남자는 낯선 이국으로 떠나갔고 전사를 했다. 강혜원은 그와의 약속을 지키기 위해 평생을 혼자서 산 여인이었다.

김이수는 그의 소원처럼 죽어서 혜원의 마음속에 천년을 같이 살게 되었다. 이제 겨우 40년의 세월이 흘러갔지만 아직도 960년의 시간을 그녀의 가슴속에서 살게 될 것이다.

봄이 오자 그녀는 몹시 우울했다. 점심시간에 우연히 종교관에 들러 무심코 피아노 뚜껑을 열고 건반을 뚜드려 보았다.

"통통, 퉁퉁……."

피아노 건반을 좌에서 우로, 우에서 좌로 열 손가락으로 피아노 건반을 휩쓸었다. 그리고

꽃잎은 하염없이 바람에 지고
만날 날은 아득타 기약이 없네.

참으로 오랜 세월 동안 김이수를 생각하며 살아왔다. 부석사에서 만나 영주에서 3일 동안 함께한 사랑을 생각하며 그렇게 평생을 살아왔다.

8년 전에는 이런 일이 있었다. 그녀가 다니는 교회의 여신도의 권유로 부인과 사별하고 두 딸과 함께 살고 있는 파출소장과 선을 본 적이 있었다.

윤세원 소장은 무척 점잖은 사람이었다. 그리고 착실한 교인이었다. 무엇보다 딸애들이 아주 착하고 귀여웠다. 큰애가 중1, 작은 애가 국민학교 5학년, 한창 엄마의 손길이 필요한 때였다.

몇 번 만난 후 그들과 자연농원에 간 적이 있었다. 딸애들이 무척 즐거워했다

아직도 철이 들 나이가 아닌 딸들이 혜원에게 점수를 따려고 무진 애를 쓰고 있었다. 아빠의 재혼을 위해서 말이다.

혜원은 그 애들이 불쌍한 생각이 들었다. 그래서 결혼하기로 마음

을 먹었다. 오늘은 그와 문 카페에서 만나 결혼을 결정짓기로 약속을 했다.

두 사람이 카페에서 만났다. 윤 소장이 커피를 시켰다. 모처럼 외출해서 마시는 커피는 무척 달콤하고 향기로웠다. 눈썹이 짙은 윤세원 파출소장이 그녀를 다정한 눈빛으로 바라보았다.

혜원도 그의 얼굴을 쳐다보았다. 각이 진 얼굴에 부리부리한 큰 눈, 한 일자로 굳게 다문 입술과 큰 코, 남자다운 모습이었다.

이 사람과 결혼하면 되겠지? 평범하고 단란한 가정과 화목한 가족.

그때 건너편 벽에 걸린 TV에서 명사들이 대담을 하는 프로그램이 끝나고 자막과 함께 안내 로고가 나오고 있었다. 그런데 그 배경 음악이 머시쉐리였다.

여름 한낮의 짧은 꿈처럼 감미롭고도 달콤한, 그리고 슬프도록 그립고 아쉬운 그 사람, 개미허리가 킬러밸리 전투에서 판초우의를 뒤집어쓰고 바로 전투 직전에 무전기를 통해 들었다던 그 음악.

밤하늘에는 한 줄로 길게 늘어선 빨간 조명탄, 끊임없이 들려오는 기관총의 난사음과 이따금 들리는 포성.

자정이 지나 밤하늘 저 멀리, 남십자성이 떠오르면 김이수는 혜원을 생각하며 이 음악을 들으면서 삶에 대한 투지를 다진다고 했던 그 음악소리. 오직 사랑하는 혜원을 생각하면서 말이다.

갑자기 혜원이 들고 있는 커피 잔 속으로 눈물이 방울방울 떨어지기 시작했다. 그녀는 자리에서 조용히 일어났다. 그리고 고개 숙여 파출소장에게 목례를 올리고는 그 자리를 박차고 일어섰다.

"아 혜원 씨, 강혜원 씨!"

윤 소장이 자리에서 황급히 일어서며 그녀의 소맷자락을 잡았으나 이미 그녀는 저만치 가고 있었다.

　무어라 맘과 맘을 맺지 못하고
　한갓되이 풀잎만 맺으려는가
　한갓되이 풀잎만 맺으려는가.

　파출소장과의 관계는 그렇게 끝이 났다. 그녀가 건반을 뚜드리자
그 위로 눈물방울이 떨어졌다. 하얀 피아노 건반 위로 눈물이 한 방
울 떨어지고 있었다.
　전쟁터로 떠나가기 전 한 병사를 만나 3일간 사랑을 나누며 미래
를 약속했다. 그리고 영원히 헤어진 그 남자와의 약속을 지키기 위
해 그녀는 평생을 혼자서 산 여인이었다.
　누가 이 말을 믿겠는가? 누가 믿든 말든 혜원은 그렇게 살아온 여
인이다. 갑자기 등 뒤에서

　바람에 꽃이 지니 세월만 덧없어
　만날 날을 꿈꾸듯 기약이 없네.

갑자기 굵고 저음인 테너 목소리가 들려왔다. 부드럽고 감미로운, 그리고 가슴이 저리도록 애절하고 슬픈, 그 남자의 목소리에는 아무런 기교가 없었다. 단지 마음속 깊이 한없이 쌓인 회한과 그리움, 애절한 아픔과 고뇌를 간직한 목소리였다.

혜원은 건반을 뚜드리며 생각을 했다.

이 사람이 누구일까? 의사 선생님, 아니면 원무과 직원? 그녀는 이 병원에서 평생을 살아온 산 증인이었다.

회식자리에서 어느 누가 어떤 노래를 가장 잘 부르며 좋아하는지도 잘 알고 있었다. 더구나 신세대의 간호사나 의사 선생님들은 이런 노래를 좋아하지 않았다.

그녀는 피아노 반주를 하면서 창밖을 내다보았다. 이른 점심을 먹고 햇살을 받으며 구내를 산책 나온 의사 선생님들과 간호사들, 그리고 많은 환자들이 창문 밖에서 종교관 안을 들여다보고 있었다. 그의 노랫소리가 많은 사람들을 불러 모으고 있었다.

이 사람은 누구일까? 그녀보다 더 큰 상처를 입은 또 한 사람의 남자가 노래로 마음을 열어 보이고 있었다. 고개를 돌려 그를 바라보았다. 아! 놀랍게도 그는 유인수였다.

유인수는 실어증으로 언어까지 잊어먹은 환자였다. 어떻게 그가 이 노래를 알며 어떻게 그가 이 노래를 이렇게 잘 부를 수가 있단 말인가?

월남전에 참전을 했다가 부상으로 대학을 중퇴했다는 그가 어떻게 성악을 전공한 사람들보다 더 노래를 잘 부를 수가 있단 말인가? 그는 전쟁의 후유증으로 한 번도 결혼을 한 적이 없다고 했다. 노래가 끝이 났다.

강혜원의 손가락이 피아노 건반 위에서 멈추어 섰다. 그녀는 가슴이 뭉클했다. 고개를 들고 그를 바라보았다.

그러나 어느새 노래를 마친 그는, 절룩거리며 종교관 문을 나서고 있었다. 병원 직원들과 많은 환자들이 놀라서 두 사람을 쳐다보았다.

긴 봄날 오후 시간 내내 병원에서는 환자들과 직원들 사이에서 두 사람의 이야기가 큰 화젯거리가 되었다.

많은 남자들의 청혼을 뿌리치고 평생을 보훈병원에서 전상자들을 돌보아 온 미모의 간호 감독관과 월남 전쟁에서 총상을 입고 고엽제 후유증으로 말을 하지 않았던 실어증 환자가 우연히 종교관에서 부른 동심초는 많은 사람들을 놀라게 만들었다.

이튿날 점심시간이었다. 혜원은 서둘러 식사를 마치고 종교관으로 갔다. 그녀는 피아노 건반을 뚜드리며 혹시나 그가 다시 오지 않나 궁금한 마음이 들었다. 다시 한 번 그의 노래를 듣고 싶었다.

아무런 꾸밈과 기교가 없이 가슴 저 밑바닥에서부터 들려오는 그의 목소리가 듣고 싶었다. 피아노 연습곡으로 몇 곡 치고 나서 다시 동심초를 연주하기 시작했다.

꽃잎은 하염없이 바람에 지고
만날 날은 아득타 기약이 없네.

어느새 유인수가 지팡이를 짚고 등 뒤에 서 있었다. 그의 목소리는 지난번보다 더 힘차고 당당했다. 어제는 다소간 수줍음이 들어 있었으나 오늘은 그런 것이 없고 힘이 들어 있었다.

자세히 들어보니 목소리의 음색이 아주 특이하며 미성이었다. 특

히 그의 목소리는 고음에서는 가슴을 저미게 하는 미묘한 색깔이 있
었다. 그것은 한 남자의 피맺힌 절규를 호소하는 목소리였다.

"한 번 더 부르세요."

강혜원은 다시 전주를 시작하며 말했다.

바람에 꽃이 지니 세월은 덧없어
만날 날을 꿈꾸듯 기약이 없네.

그가 다시 2절을 부르기 시작했다. 어디서 저런 힘과 당당함이 나
오는 것일까? 다른 사람들과 절대로 사귀지도 않고 어울리지도 않으
며 누구와도 말을 하지 않는 사람.

어쩌다 병원 직원들이 그에게 말이라도 걸면 대답도 하지 않고 얼
굴 표정으로 말하는 사람.

모두가 그를 실어증 환자로 취급하는 사람이었다.

그런 그가 노래를 부르다니 도저히 믿을 수가 없었다. 더구나 이
렇게 노래를 잘 부를 수가 있다니 도저히 믿기지 않았다.

병원에서는 큰 소동이 일어났다. 점심시간이면 그의 노래를 듣기
위해 많은 직원들과 환자들이 종교관에 모여들었다. 그가 부르는 동
심초의 한 소절은 우리가 평소 바쁘게 살아가느라고 잊고 지내왔던
많은 사연, 즉 지난날들의 아름다운 추억들을 생각나게 했다.

국민학교 시절에 같은 반에서 친하게 지냈던 해주, 중학교 3학년
때 편지를 건네주고 도망친 과수원집 둘째 딸 미영이, 그리고 여름
밤이면 서천 제방에서 몰래 만나 끝없이 걷기만 했던 선주가 생각나
게 했다.

그러나 지금은 남의 사람이 된 그녀, 어떻게 살고 있을까? 죽었는

지 살았는지? 그의 노래는 듣는 사람들 저마다 각각 다른 생각에 빠져들게 하는 마력을 지니고 있었다.

무어라 맘과 맘을 맺지 못하고
한갓되이 풀잎만 맺으려는가
한갓되이 풀잎만 맺으려는가.
선주야, 살아서는 우리가 다시 만나기가 어렵겠지?
하루하루 살아가는 몽환 같은 삶 속에서 어떻게 다시 만나겠나? 어디서 어떻게 살든 건강하게 잘 살아라. 사연이 많은 환자들은 눈물을 흘리며 그의 노래를 듣고 있었다. 그렇게 일주일이 지나갔다.

아침에 간부 회의를 마치고 나오는데 이원락 보훈병원장이 혜원의 어깨를 손으로 툭 치며 말했다.

"감독관님, 연주회는 잘되세요."

"어머, 원장님께서 어떻게?"

"우리 병원에서는 모르는 사람들이 없지. 소문이 자자해요. 나도 이따 연주회 구경이나 갈까?"

"예?"

"그 친구는 나도 손들었어, 도대체 무슨 사연이 있는지 말을 해야 알지. 감독관님이 좀 알아봐 줘요. 주치의 황 선생도 손을 든 환자요."

"네."

어제는 연주회 중간에 원무과 강 과장이 슬며시 문을 열고 종교관 안으로 들어왔다. 좀 편하게 앉아서 듣고 싶은 생각에서 말이다.

그런데 유인수는 부르던 노래를 중단하고 종교관을 나가 버렸다. 그것 때문에 강문호 과장이 몹시 무안을 당하고 말았다.

혜원은 유인수와 친구가 되었다. 병원 내에서 유인수는 오직 혜원에게만 마음을 털어놓는 사이가 되었다.

가을철로 접어들자 유인수의 병세가 급속하게 나빠지기 나작했다. 골수암이 혈관을 타고 온몸에 전이되기 시작했다. 암세포는 골수로 그리고 간에까지 퍼져 있었다. 담당 의사도 손을 들었다. 점점 죽음이 가까이 다가오고 있었다.

그러나 유인수는 강했다. 아무리 고통이 심해도 그는 통증을 호소하는 법이 없었다. 그의 증상은 나날이 악화되었다.

강혜원은 그에게 진통제를 주었다. 그의 고통을 덜어 주고 싶었다. 때때로 강혜원은 그에게 나직이 노래를 불러 주었다.

꽃잎은 하염없이 바람에 지고
만날 날은 아득타 기약이 없네.
무어라 맘과 맘은 맺지 못하고
한갓되어 풀잎만 맺으려는가.

그는 누나들이 보고 싶다고 말했다. 일찍이 아버지와 어머니가 죽고 그는 누나들 손에서 양육이 되었다고 했다. 특히 그는 큰누나가 몹시 보고 싶다고 했다. 그는 아직도 누나의 아늑했던 품을 떠나지 못하는 소년이었다. 아무리 세월이 흐르고 시간은 흘러갔지만 아직도 그는 무지개를 쫓아가는 소년이었다. 그런 그가 어느 날 먼 길을 떠나갔다.

먼 여행을 떠나기 전에 그는 입가에 희미한 미소를 지으며 이렇게 속삭였다.

"그간 참 고마웠어요. 누나, 비록 짧은 시간이었지만 행복했어요.

제가 죽으면 화장을 해서 나무들의 거름이 되도록 산천에 뿌려 주세요.
누나, 그렇게 해 줘요. 난 다시는 사람으로 태어나고 싶지 않아요.”

유인수는 그 말을 마지막으로 눈을 감았다. 또 한 명의 노병이 그
녀의 곁을 떠나간 것이다.

강혜원은 그때 깨달았다. 자신에게는 아직도 월남 전쟁이 끝나지
않았다는 것을 말이다. 김이수를 가슴에 품고 있는 한 그녀의 월남
전은 영원히 계속될 것이다.

#23 그럼, 안녕히

- 그대에게 전할 말 -

2009년 11월 초겨울.

구상원 내외는 신동협 선생의 초청으로 동대구역에서 무궁화호 열차를 타고 밤늦게 영주역에 도착했다. 두 사람은 신동협 선생의 집에서 하룻밤을 같이 묵었다. 이튿날은 바람 한 점 없는 청명한 초겨울 날씨였다. 일행은 신동협 선생의 소나타 승용차로 희방사로 갔다. 희방사는 구상원이 H대학교 2학년 때 한번 다녀간 곳이었다. 그는 희방사의 변한 모습을 무척 궁금하게 생각하고 있었다. 공팔은 진입로가 아스팔트로 포장된 것을 알고 무척 놀라워했다. 그는 희방사는 변했으나 폭포의 물소리는 조금도 변하지 않은 것 같다고 말했다. 일행은 희방폭포 아래에서 기념사진을 찍었다. 하산 길에 여자들이 기분이 좋은지 깔깔거리며 합창을 시작했다.

우리 만남은 우연이 아니야, 그것은 우리의 바람이었어. 잊기에 너무한 나에 운명이기에.

구상원이 새로 사 입은 빨간 등산복 안주머니 속에서 한 장의 사진을 꺼내 신동협에게 내밀었다. 사진은 명함판 크기에 흑백 사진이었다. 사진 속에는 배낭을 등에 멘 젊은 청년이 폭포수 밑에서 활짝 웃고 있었다.

"신 선생, 난 말이야. 살아서는 여길 다시 한 번 더 오리라고는 꿈에도 생각하질 못했어. 그런데 희방사를 왔잖아. 폭포의 우렁찬 물소리를 들으니 다시 태어나는 것만 같아. 산이 무척 아름다워."

구상원이 아주 감격한 목소리로 말했다.

"산이 보이세요."

신동협의 아내 주혜영이 신기한 듯 물었다.

"그럼요, 이 사람의 밝은 눈이 모든 걸 보고 있잖아요. 난 저 사람의 눈으로 소백산의 경치를 보고 있답니다. 여보, 건너편에 건물이 있지?"

구상원이 탁자 위에 놓인 현우 엄마의 손을 잡으며 말했다.

"예, 바로 건너편에…… 당신, 저 음악 소리 들려요?"

"응, 들려. 참 좋은데."

"왜, 태양은 다시 떠오르는가? 왜, 새들은 다시 또 지저귀는가? 이 세상에 끝이 있다고 말하지 마세요. 제발, 이 세상에 끝이 있다고는 말하지 마세요."

현우 엄마가 구상원의 손을 살며시 잡으며 노랫말을 속삭였다. 두 사람의 모습은 아주 인상적이었다.

일행은 하산 길에 풍기온천에 들려 목욕을 했다. 그리고 온천 앞 창락식당에서 순두부찌개로 늦은 점심을 먹었다. 여자들은 무엇이 그렇게도 재미있고 즐거운지 10대 소녀들처럼 깔깔거리며 웃음보를 터트렸다. 콜라를 마시던 여자들이 맥주를 한 병 시켜도 되느냐고 물었다.

구상원이 점잖게

"사모님들의 청을 어떻게 거절하겠습니까" 하며 능청을 부렸다. 여자들이 손뼉을 치며

"여기, 맥주 한 병요."

하고 소리를 쳤다. 점심 식사를 마친 일행은 부석사를 찾아갔다. 현우 엄마가 구상원의 손을 잡고 부석사의 일주문을 지나 가파른 언덕길을 올라가기 시작했다. 여느 관광객들처럼 그들 역시, 노년의 부부들이 한가롭게 여가를 즐기는 것 같았다. 그러나 두 사람이 여기까지 오는 데는 오랜 세월 동안 힘든 역경과 남다른 사연이 있었다. 일행은 부석사 구경을 마치고 내려오는 길에, 절 입구의 과수원에서 팔고 있는 사과를 사서 깎아 먹었다. 평상에 앉아 부사를 깎아 먹으며 여인들이 노래를 불렀다.

"나 혼자만이 그대를 사랑하여
　영원히 영원히 그대와 살고 싶소"

초겨울 파란 하늘과 낙엽이 지고 있는 노란색 은행나무 잎사귀들, 사과의 향기로운 맛과 여인들의 유쾌한 웃음소리와 감미로운 노래는 삶의 즐거움을 더해 주고 있었다. 구상원의 초점 없는 시선이 정동희를 말없이 바라보고 있었다. 그의 시선은 마치 꿈을 꾸는 것만 같았다.

"모습으로 나는 그대를 볼 수가 없네. 소리로도 나는 그대를 볼 수가 없네. 그러나 오직 사랑하는 마음 하나로 그대를 볼 수가 있네."

구상원 내외는 저녁차로 대구로 떠나갔다. 신동협 선생 내외는 하룻밤을 더 묵고 갈 것을 권유했으나 현우의 학교 때문에 더 이상 여가를 즐길 수가 없었다. 두 가족은 내년 봄에 다시 재회를 약속하며 헤어졌다.

19시 35분 열차가 개찰을 시작하자 아내가 정동희에게 두 사람의 차표를 내밀었다. 아내가 정동희를 껴안았다. 개찰구로 찬바람이 스쳐 지나가자 정동희의 머리카락이 바람결에 휘날렸다. 아내가 목에 걸고 있던 스카프를 풀어 정동희의 머리를 묶어 주었다. 정동희가 공팔의 팔짱을 끼며 개찰구로 걸어 나가기 시작했다. 역무원이 그녀의 표를 받아 검표를 시작했다. 정동희의 검정 롱 코트 옷자락이 바람에 탁탁 소리를 내며 나부꼈다. 공팔이 돌아서며 손을 흔들었다. 그리고 점점 멀어져 갔다.

공팔 구상원은 지금도 사랑하는 사람과 함께 투병 생활을 하고 있다. 공팔은 병마에 절대로 굴복하는 법이 없었다. 그는 모두가 잠든 깊은 밤이면 간혹 육신의 고통으로 잠을 깨서는 이 세상에 존재하는 모든 사물과 현상들이 비밀한 가운데 은밀하게 속삭이는 소리를 들었다. 그러고는 혼자서 킥킥거리며 소리를 죽여 웃었다.

그리고 그 옛날 먼저 간 많은 전우들이 그랬던 것처럼 그 노병은 "아직도 죽어야 할 이유보다 살아야 할 이유"를 더 많이 손가락으로 꼽으며 다시 잠이 들곤 했다.

구상원과 헤어진 지 얼마 되지 않아 한영수가 신동협 선생을 찾아왔다. 신동협 선생은 한영수를 데리고 단골로 가는 산촌식당에서 함께 소주잔을 기울였다.

한영수는 옛 전우들의 소식을 들려주기 시작했다. 한영수의 이야기는 끝이 없었다. 전우들의 소식은 물론 당시 그들과 연애하던 여자들의 뒤 소식까지 환하게 꿰뚫고 있었다.

한영수는 대구 북성로에서 동판장사를 하고 있는데 본업은 뒷전이고 옛 전우들을 찾아다니는 게 주업인 것 같았다. 전국을 얼마나 누비고 다녔는지, 40년 전에 월남에서 같이 근무했던 전우들의 소식을 모두 알고 있었다. 그는 강화도에 서버가 있는 '월남전과 한국군'이라는 인터넷 카페에 회원으로 가입하여 활동을 한다고 했다.

몇 해 전에는 고엽제 문제로 데모를 하더니 근간에는 월남전 관계자 모임의 지회장을 맡아 그들을 돕는 일에 몰두하고 있었다. 옛 전우들이 있는 곳에는 반드시 그가 있었다.

한영수도 개미허리와 애틋한 사랑을 나누었던 강혜원을 잘 알고 있었다. 이따금 보훈병원으로 찾아가서 지금은 그곳에 입원해 있는 손무삼을 만난다고 했다. 강혜원이 손무삼을 돌봐 준다고 했다. 한영수의 이야기가 변을수 일병의 약혼자인 우지혜로 넘어갔다.

우지혜는 당시의 충격으로 교편생활을 그만두고 서울로 상경하여 사회봉사 활동에 종사하였다. 특히 우지혜는 지체장애자들의 어려운 삶에 아주 관심이 많았다. 불행하고 어려운 사람들이 있는 곳에는 언제나 그녀가 있었다.

한때 세인들은 우지혜가 봉사 활동에 쓰는 막대한 자금의 출처에 대해 무척 궁금하게 생각하였다. 그녀가 지체장애자들을 위해 설립

한 재단의 운영 자금은 이제는 재벌이 된 변을수 일병의 동생인 변세란의 출연금으로 밝혀졌다. 언젠가 우지혜의 희생적인 삶은 TV에서 소개되기도 하였다.

우지혜는 친구 세란이의 중매로 치과의사와 결혼을 하였다. 우지혜는 결혼을 반대하였으나 친구 세란이의 적극적인 권유로 혼담이 이루어졌다고 한다.

2001년 우지혜는 남편인 치과의사와 캐나다로 이민을 갔다. 그리고 2009년 6월, 그녀의 어머니가 위암으로 세상을 떠나자 잠시 귀국을 하였다. 그녀는 일주일 동안 고국에 체류를 했는데 장례식을 끝낸 후, 혼자서 변을수의 흔적을 찾아 전국을 헤매고 다녔다고 한다.

그녀는 변을수와 사랑을 속삭였던 한강 변과 명수대, 동국대학교의 본교캠퍼스, 성균관대학교 후문 부근에 있었던 변을수의 생가를 찾아다녔다. 그리고 그녀가 근무했던 울진군 기성면에 소재하고 있는 국민학교와 당시에 자취를 했던 집을 찾아갔다.

그녀가 초임교사 시절에 자취를 했던 바닷가에 있는 방 2칸의 빨간 슬레이트집은 아직 그곳에 그대로 있었다. 그리고 그녀가 기거하던 방에서 마지막으로 변을수의 모습을 보았던 창호지 문도 그대로 있었다. 그녀는 그곳에서 혼자서 울고 웃으며 지난 일을 회상했다고 한다.

출국 당일 오전, 지혜는 변을수의 발자취를 찾아 혼자서 동작동 국립묘지를 찾아갔다. 그리고 40년 전 변을수와 함께 알밤을 구워 먹었던 그 자리를 찾아갔다. 국립묘지도 참 많이 변해 있었다. 당시에는 갈대와 잡초 밭이었던 곳이 지금은 조경이 아주 잘된 군인들의 보금자리로 꾸며져 있었다. 그녀는 변을수와 같이 다녔던 옛일을 회상하며 묘지 사이를 추억에 젖어 거닐었다. 두 사람이 알밤을 구워 먹으며 사랑을 속삭였던 그 자리는 이제는 병사들의 아담한 유택으로 변해 있었다.

상병 박xx 1968년 7월 29일 쏭카우에서 전사. 그녀는 병사들의 묘비를 읽으며 을수와 사랑을 속삭였던 그 장소로 가고 있었다. 바로 저기군, 그녀가 그곳으로 다가갔다.

그런데 아-! 그곳에…….

우지혜는 비명을 지르며 털썩 주저앉았다. 그리고 어린애처럼 목 놓아 울기 시작했다. 그곳에는 그녀가 사랑했던 변을수가 있었다. 어떻게 변을수가 그 자리에 있단 말인가? 그녀는 눈물을 훔치며 묘비 명을 읽어 내려갔다.

"일병 변을수, 1967년 12월 22일 킬러밸리에서 전사하다."

드디어 그녀는 그렇게 애타게 그리워하던 사람을 만날 수가 있었다. 비록 유명을 달리하였지만 변을수는 그가 그렇게 좋아하던 장소에서 고단한 육신을 영원히 쉬고 있었다.

오후 3시 인천공항에는 변세란이 먼저 나와 지혜를 기다리고 있었다. 두 사람이 마지막으로 서로를 포옹했다.

"기집애, 너 어디 갔다 왔니? 얼마나 찾았는데."

세란이가 곱게 눈을 흘기며 말했다.

"애인 만나러……."

"애인?"

변세란은 의아한 표정을 지으며 말했다. 그녀는 한 번도 을수의 묘지에 관해서는 말한 적이 없었다. 지혜가 세란이를 왈칵 끌어안았다. 그리고 속삭였다.

"세란아, 여름 한낮의 짧은 꿈은 아무리 긴 세월이 흘러가도 가슴 속에 그대로 남아 있었다. 비록 아무도 가르쳐 주는 사람은 없었지만 내 사랑은 언제나 그 자리에 변함이 없이 나를 기다리고 있었어."

그녀는 친구 세란이에게 이렇게 묘한 말을 남기고는 비행기 트랩에 올라갔다. 그리고 저 먼 나라로 떠나가 버렸다.

임태호 상병과 사귀었던 춘자라고 불렸던 여인의 행적은 알 수가 없었다. 한영수는 그녀에게 서신을 보낸 적이 있었으나 편지는 반송되어 돌아왔다. 반송된 사유는 수취불가라고 적혀 있었다. 수취불가라는 말이 무슨 뜻인지?

지난가을 권영준 병장의 유복자인 권세호는 태백산 유스호텔에서 결혼식을 올렸다. 신부는 그곳 단위 농협에 다니는 아가씨라고 했다. 신부 측 혼주가 딸을 신랑에게 인도한 후, 유복자를 혼자서 키운 신랑의 어머니에게 다가가 위로를 하자, 많은 하객들이 크게 감동을 하며 박수를 쳤다고 한다. 그리고 손자의 속눈썹이 얼마나 긴지, 성냥개비를 얹혀 두어도 떨어지지 않는다고 온 마을에 자랑을 하고 다녔던 신랑의 조모인 권영준 병장의 어머니는 이미 타계하고 없었다.

한영수가 전한 소식 중에서 가정 비참한 소식은 남호구 병장에 관한 것이었다.

결론부터 말하면 남호구 병장의 시신은 집 앞의 논 뜰에 서 있던 시멘트 전주 앞에서 발견되었다. 시신의 두개골은 박살이 나 있었다. 주변은 시뻘건 선혈이 낭자하여 남호구 병장의 처참한 죽음을 말해 주고 있었다. 남호구 병장은 시멘트 전봇대에 머리를 부딪쳐 자살을 한 것이다. 그는 가장 잔인한 방법으로 자신을 죽여 버렸다. 남호구 병장은 결코 과거에서 벗어날 수 가 없었다.

남호구 병장은 귀국하여 두 딸을 슬하에 두었으나 모두 선천적인 불구자로 태어났다. 큰딸은 피부에 붉은 반점을 가진 기형아였다. 둘째 딸은 사지가 뒤틀린 정박아로 태어났다. 그리고 남호구 병장 역시 이름을 알 수 없는 질병에 시달리고 있었다.

월남에서 귀국한 남호구 병장이 가장 먼저 한 일은 집 앞, 전봇대가 서 있는 상답 세 마지기를 사들인 것이다. 마을에서는 새로운 부자가 탄생하였다며 큰 잔치를 열기도 했다.

그는 밤낮을 가리지 않고 황소처럼 열심히 일을 했다. 살림이 불어나는 것 같았다. 이전에는 청상과부의 아들로 멸시와 천대를 받았던 그가 마을 사람들로부터 부러움과 칭송의 대상이 되었다.

그러나 딸애가 태어나자 집에는 검은 먹구름이 몰려오기 시작했다. 딸이 선천성 불구자로 태어나자 남호구 병장도 원인을 알 수 없는 병마에 시달리기 시작했다. 사지는 뒤틀리고 피부는 시커멓게 썩어 들어갔다. 마을 사람들로부터 부러움을 샀던 결혼 생활이 파멸의 길로 들어섰다. 아무리 열심히 일을 해도 병원비 때문에 부채는 자꾸만 늘어났다. 농토는 채무로 날아가고 빚만 눈덩이처럼 자꾸 불어갔다. 행복은 잠깐이었고 불행은 가까이에 와 있었다.

그는 고엽제(오렌지에이전트)에 중독되었으나 본인은 죽을 때까지 이런 사실을 모르고 있었다. 남호구 병장은 앙케 패스에서 작전 중 중독이 되었거나 아니면 사계 청소 중에 약품에 접촉이 되었을 것이다.

병사들은 사계 청소용으로 배부된 분말을 헝겊으로 만든 작은 주머니 속에 담아 가슴에 달고 다녔다. 그리고 팬티만 걸친 벌거벗은 몸으로 약을 물에 타서 맨손으로 외곽의 진지에 뿌리고 다녔다. 초소 외곽에 무성하던 잡초들이 앙상하게 말라 죽었다. 참으로 신기하고 재미가 있었다. 남호구 병장도 그렇게 이 주머니를 목걸이처럼 가슴에 달고 다녔다.

오랜 세월을 병마에 시달린 남호구 병장은 약값으로 모든 농토를 날려 버렸다. 삶의 희망은 점점 더 멀어지고 절망의 나락으로 떨어졌다. 그는 아주 은밀하게 복수를 계획하기 시작했다. 그로부터 행복과 삶의 모든 가치를 빼앗아 간 잔인한 적들에게 최후의 공격을 하기로 결심을 했다.

작전은 이른 아침부터 시작이 되었다. 병사는 마을 앞 느티나무 아래에서 아무도 몰래 소주를 한 병 마셨다. 그리고 마을 회관 구판장으로 가서 새우깡을 안주로 하루 내내 소주 한 상자를 냉수를 마시듯이 들이켰다. 술이 엉망으로 취한 병사는 주먹을 흔들며 군가를 부르기 시작했다.

'진짜 사나이'도 부르고, '맹호가'도 불렀다. 노래를 부르는 그의 얼굴에는 오랜 세월 동안 병마에 시달린 나약한 모습은 어디에도 없었다. 기분 좋게 노래를 부르며 술을 마시던 병사는 해가 지자 무서운 맹수로 돌변하기 시작했다.

그는 짐승처럼 울부짖으며 추수가 끝난 텅 빈 들판을 헤매기 시작했다. 엉엉 울며 통곡을 하기도 하고 큰 소리로 웃기도 했다. 핏발이 선 두 눈에는 짐승처럼 파란 불덩이가 뚝뚝 떨어지고 있었다. 마을 사람들은 공포에 질려 모두 몸을 피했다.

얼마나 들판을 헤매고 다녔는지 신발을 신지 않은 양말은 구멍이

뻥 뚫려 있었고 손끝에는 피가 줄줄 흐르고 있었다. 병사의 노여움은 정말 무서웠다. 마을 사람들은 밤새도록 공포에 떨며 짐승처럼 울부짖는 그의 울음소리를 들어야만 했다.

새벽 동이 트자, 병사는 그 옛날 낯선 이국에서 적을 찾아 나섰던 수많은 병정들처럼 용감하게 적과 마주섰다. 그는 가장 잔인한 방법으로 적을 죽여 버렸다. 집 앞의 논 뜰에 외로이 서 있는 전신주에 머리를 부딪쳤다. 두개골은 박살이 나서 수박처럼 깨져 있었다. 하얀 들판의 차디찬 서리 위에 붉은 피가 꽃잎처럼 흩어져 있었다. 그는 시멘트로 만든 전신주에 붉은 피로 이렇게 써 놓았다.

"그럼 안녕히."

용감한 노병의 마지막 인사였다. 이번에 그의 적은 바로 그 자신이었다.

노병은 순간에 살고 영원에 죽은 것이다.

－下권 끝－

김범선 ————————————————————————

경북 영양 출생
경북고등학교 졸업
동국대학교 경제학과 졸업
前 영주여자중학교 교사
한국청소년문화연합고문
한국문인협회 문학사 편찬위원
국제펜클럽한국본부 회원
한국소설가협회 중앙위원

『눈꽃열차』(장편소설)
『황금지붕』(장편소설)
『비창』 1, 2권(장편소설)
『영혼중개사』(중편소설)
『비단개구리』(중편소설)
『벤의 원리』(중편소설)
『니가 있어 행복하다』(에세이)
『남자로 사는 법』(에세이)
외 다수

주간 일요서울 2008~2009년 장편소설 연재
현재 월간 문학저널(장편소설), 월간 좋은만남(에세이) 연재 중

개미 허리의 추억 (下) 추억편

초판인쇄 | 2010년 8월 30일
초판발행 | 2010년 8월 30일

지은이 | 김범선
펴낸이 | 채종준
펴낸곳 | 한국학술정보㈜
주　소 | 경기도 파주시 교하읍 문발리 파주출판문화정보산업단지 513-5
전　화 | 031) 908-3181(대표)
팩　스 | 031) 908-3189
홈페이지 | http://ebook.kstudy.com
E-mail | 출판사업부　publish@kstudy.com
등　록 | 제일산-115호(2000. 6. 19)

ISBN　978-89-268-1446-8 04810 (Paper Book)
　　　　978-89-268-1447-5 08810 (e-Book)
　　　　978-89-268-1442-0 04810 (Paper Book set)
　　　　978-89-268-1443-7 08810 (e-Book set)

이담 Books 는 한국학술정보(주)의 지식실용서 브랜드입니다.